《梧桐深处》书系

月上心弦

徐云芳——著

中国书籍出版社
China Book Press

图书在版编目（CIP）数据

月上心弦/徐云芳著．--北京：中国书籍出版社，2021.5

ISBN 978-7-5068-8477-8

Ⅰ.①月… Ⅱ.①徐… Ⅲ.①中国文学—当代文学—作品综合集 Ⅳ.①I217.2

中国版本图书馆 CIP 数据核字（2021）第 096548 号

月上心弦

徐云芳 著

责任编辑	毕 磊
责任印制	孙马飞 马 芝
封面设计	中联华文
出版发行	中国书籍出版社
地　　址	北京市丰台区三路居路 97 号（邮编：100073）
电　　话	（010）52257143（总编室）　（010）52257140（发行部）
电子邮箱	eo@chinabp.com.cn
经　　销	全国新华书店
印　　刷	三河市华东印刷有限公司
开　　本	710 毫米×1000 毫米　1/16
字　　数	368 千字
印　　张	20.5
版　　次	2021 年 5 月第 1 版
印　　次	2021 年 5 月第 1 次印刷
书　　号	ISBN 978-7-5068-8477-8
定　　价	98.00 元

版权所有　翻印必究

《梧桐深处》系列丛书
编委会

编委会主任: 董　秀（女）

编委会副主任: 蒋祖逸

编　　委:（按姓氏笔画为序）

　　　　　　王玉祥　宁家瑞　许　评

　　　　　　张　帆　钟　芳（女）

　　　　　　徐云芳（女）　蒋祖逸

主　　编: 蒋祖逸

执行主编: 王玉祥

编　　辑: 张　帆

总序
为民族文化复兴鼓与呼

伫立于百年未有之大变局中,举国上下正凝心聚力为民族复兴而奋斗,中华民族迎来了前所未有的重大历史机遇和伟大复兴的光明前景。实现中华民族伟大复兴需要中华文化繁荣兴盛。数千年的人类文明史无不证明,但凡优质的文化皆具有超越时空的属性和魅力,它们既是民族的,也是世界的。与此同时,那些广受认同的文化成果又是不同时代无可替代的精神标尺,它不仅能标示出文化创作个体的精神维度及价值向度,更能够丈量出具体时代的人文高度。从文化的传承发展来看,优秀的文化种子可以播散在任何地域,至于如何才能更好地生根、发芽,乃至茁壮成长,则取决于生命个体能否汲取时代精华,在漫长历史发展中流芳。

在古今中外优秀文明成果的濡染和中华优秀传统文化的引领下,近年盐田文学艺术界日趋成熟,呈现蓬勃向上之态势。盐田地处深圳东部,依山面海,历史源远流长,地理位置优越,自然环境优美,民俗文化丰富,历来都是艺术创作的风水宝地。今年恰逢深圳特区建立40周年,我们欣喜地看到,在山海盐田丰富的人文气息浸润下,在盐田区文联的精心培育与指导下,在盐田广大艺术家的共同努力下,八册之丰的《梧桐深处》文丛终于和大家见面了,这既是盐田为深圳特区建立40周年献上的一份礼物,亦是艺术家们内心美好祝福的自然绽放,可谓水到渠成、锦上添花,也见证着深圳盐田文学艺术界"主力军团"来到了一个新的起点。

遍阅《梧桐深处》系列文丛可知,就艺术表现手段而言,它是一部体裁多样的文学作品集以及用文学作底为蕴的摄影艺术集，反映了盐田区在经济、政治、文化、社会和生态文明建设各方面取得的成就，记述了百姓的幸福生活，描绘了繁荣发展的美好景象。如此鲜明而有趣的组合，既凸现了盐田文艺界在文学创作方面的优势，也映衬出盐田摄影艺术在促进历史、人文和性灵相互融合方面的独特魅力。同时，这也昭示着盐田尚有更多闪光点值得继续深入发掘与展示，譬如，书画、音乐、戏剧、影视等别的艺术门类也表现不俗，渐呈崛起之势。

聚焦丛书作者们的社会身份，既有盐田区文联主席蒋祖逸先生、盐田区文联秘书长王玉祥先生及盐田区作协主席钟芳女士等各领域的带头人，也有数位来自基层一线优秀的业余作者。他们都有着令人钦敬的共性，那就是深爱盐田这片热土，同时对文学艺术表现出异乎寻常的热爱和坚持，或许这才是他们能创作出有思想、有温度、有感染力的优秀作品的初心。

中共十八大以来，特别是习近平总书记主持召开文艺工作座谈会后，在习近平总书记系列重要讲话精神的指引下，我国文艺界引发了一股股勇于登攀文艺高峰的热流，呈现出百花齐放、蓬勃发展的生动景象。正是在新时代文化盛世下，盐田文艺乘势而上，努力创作出无愧于时代、无愧于人民的艺术佳作。《梧桐深处》付梓成册，是盐田文艺事业浓墨重彩的一笔，是深圳文艺发展成就的有机组成部分，也是中国当代文艺发展的一次有益探索。

是为序。

深圳市盐田区委常委、宣传部长　董秀
2020-03-20

自　序

绿色，白色，蓝色，构成了我的底色。

豆蔻年华，军校与军营，是青春的绿色。这是生命的第一次意外。

母校的推荐，是灰色时代的亮光，奠定了生命的底色，也开启了一生的生涯。

白色的职业，锻铸个性，规定目光，也成了挣脱不了的围栏与根基。

蓝色的海，是童年的梦幻，是命运的牵引，也是生命的第二次意外。

当年突围而出，哪知终会成为归宿？

橙色，紫色，是历经"绿白蓝"之后的喜爱色，那是自我原色吗？

加入生活中，要的是淡淡的色彩，如同淡淡口味。调和其间，幻化为更多更多的色彩，有如更多更多的味道。

今天的生活，可是灰色时代可比可想？

那么，浓重，浓烈，浓情呢？那一刻，时光定格下来，仿佛跳跃其间的重音，在生命的交响中，成为回环往复的主旋律。

文学，是什么颜色？

世间，有多少种色彩，文学或全都能囊括。

而文学对于我，却是个外遇。

徘徊围墙之外，张张望望着，且行且珍惜。

从书页到荧屏，从笔墨到键盘，文学是陪伴，是对话，是参照，是眺望，也是调剂。

可能还是一种存在。

回看一路脚印，羞怯不安，也感到些许慰藉。

那一段段月上柳梢的时刻，红尘在心，心在指尖。

徐云芳

2020-03-22

目录

A 诗歌

一、海之歌 ······ 3
　大海的传说 ······ 3
　山海情怀 ······ 5
　神奇之都 ······ 7
　和谐之歌 ······ 8
　梦幻盐田畅想 ······ 10
　走进心灵 ······ 11
　你与我 ······ 12
　年　龄 ······ 13
　一声伙计 ······ 15
　书啊书，说不完…… ······ 16
　致 D. H. ······ 17
　才子之冠 ······ 25
　蕉岭长潭之晨 ······ 26
　再相逢 ······ 28
　下　班 ······ 29
　盐田风光（配画诗） ······ 30
　微信和朋友圈 ······ 32
　广东移民 ······ 33

想象力是什么？……………………………………………… 36
风，从白鹿原吹来……………………………………… 38
邮　筒………………………………………………………… 41
关于音乐……………………………………………………… 42
与诗人相遇现场……………………………………………… 43
瘟疫，伸向人类的魔掌……………………………………… 44
多重的影……………………………………………………… 47
生死相拥……………………………………………………… 48

二、月之吟 …………………………………………………… 49

月亮树………………………………………………………… 49
一种时态……………………………………………………… 50
晓　月………………………………………………………… 51
为夏而歌……………………………………………………… 52
月桂树下……………………………………………………… 53
2000年的某日　深圳………………………………………… 54
为心灵歌唱…………………………………………………… 54
问寻天际……………………………………………………… 55
生　日………………………………………………………… 57
短信——心灵的电律………………………………………… 58
轻唤你的名字………………………………………………… 60
悟……………………………………………………………… 62
夜……………………………………………………………… 63
问……………………………………………………………… 64
爱的低吟浅唱………………………………………………… 65
一片阳光……………………………………………………… 67
梦……………………………………………………………… 68
你从窗外走过………………………………………………… 69
青藤，长在城墙上…………………………………………… 71
白发与眼泪…………………………………………………… 72
谷雨沪寻……………………………………………………… 73
纪　念………………………………………………………… 77

三、山之语 ... 78

  我在山中，我在水里 ... 78
  心中的丽江 ... 80
  赴神仙和梦幻之约 ... 81
  世　界 ... 82
  "六·一"天地间 ... 83
  髌骨脱位 ... 86
  偌大世界的一个点 ... 88
  宝贝，你是深圳的孩子 ... 90
  岁月摇曳 ... 91
  都市画面与变奏 ... 92
  清明时节 ... 93
  十八岁的前夜 ... 94
  瞬间与凝思 ... 96
  玻璃门与黑蝴蝶 ... 97
  死亡之歌 ... 98
  醒来·本色 ... 100
  日常·感悟 ... 102
  身　份 ... 103
  云在水上漂 ... 104
  从　前 ... 105
  有标记的日子 ... 106

B 散文

一、年少时光 ... 111

  故乡·童年·桥 ... 111
  找寻，童年梦想的影子 ... 113
  青春的纪念 ... 114
  母爱，在回味中悠长 ... 115

栀子花开 ·· 117
　　女军医和小姑娘 ····································· 119
　　教员与学员 ··· 121

二、海风阵阵 ··· **124**
　　浓雾之春 ·· 124
　　沙头角，我们的家园 ······························· 125
　　都市里的小憩园 ····································· 127
　　世纪初，装修小记 ·································· 128
　　节约之风吹来 ·· 131
　　超越时间的追求 ····································· 132
　　客韵悠长 ·· 133
　　艳遇"大运" ··· 135
　　善良的向度 ··· 137
　　深圳的色彩 ··· 138
　　梧桐山的女儿 ·· 140
　　紫禁书院听汝窑瓷 ·································· 143
　　重返海山公园 ·· 144

三、日记·杂感 ·· **146**
　　心灵日记 ·· 146
　　那些年，那些书…… ······························· 154
　　眼泪的成分 ··· 159
　　品格的力量 ··· 160
　　好医生的标准 ·· 163
　　以病人为师 ··· 164

四、艺术欣赏 ··· **166**
　　舞神，从歌舞的海洋里升起 ····················· 166
　　冬夜里的火凤凰 ····································· 167
　　《白色巨塔》里的追问 ···························· 170
　　沐浴音乐 ·· 179
　　动心时刻　光影瞬间 ······························ 181

C 小说

一、金蚂蚁微小说九篇 **185**
   1. 搜　救 185
   2. 变　迁 186
   3. 阅　兵 187
   4. 打　猎 188
   5. 看　病 189
   6. 六瓣花 190
   7. 街　头 192
   8. 窗　口 193
   9. 母与子 194
   创作随笔 195

二、寓言小说 **197**
   今世前缘 197

三、"历史"小说 **202**
   尘世中的白牡丹 202

四、言情短篇小说两篇 **206**
   情归何处 206
   此情绵绵无绝期 209

五、幻想小说 **212**
   地球岛 212

D 游记

门里门外小洞天 219
北京，感喟匆匆　掠过你 234
封开、德庆之旅 235
回归山水间 237
徜徉在"绿宝石"上 238

E 札记·书评·文论及其他

一、读书月大家演讲札记 243
聊侃余华　近临毕淑敏 243
聆听曹文轩的"真文学"观 246
叶永烈笑谈书背后的故事 248
严歌苓：八百分之一的不同凡响 250

二、书评 254
医者心路历程的艺术升华 254
满眼悲怆 257
读曹征路的《反贪指南》 258
蝶蝶飞舞向何方？ 260
与 6D 小说相遇之杂记 264
人与书或相映，花与水或在心 266
出尖拔节拓疆界 270
贴着地面的女性写作 274
林小染新作《珠翠密码》读前读后 276

三、文论及其他 280
人性·女性·文学 280
一场及时雨 285
溯源回归　天人合一 289
搜摘 20 世纪中外文学交流路径及其演变特点 292
20 世纪中外文学交流的路径 293
20 世纪中外文学交流的特点 304

四、歌曲 308
名医风范 308

后　记 309

A 诗歌

一、海之歌

大海的传说

融化了,在浩瀚的大海上。
巨大巨大的心事,
只不过是——
一粒尘埃,
海天之间,
找不到踪影;
满腔满腔的泪呀,
凝成一滴珠。
嘴角淡淡咸,
是海的味道吧?

这蓝蓝的海水,
可有山泉叮咚,冰雪消融,
那最初的向往?
这轻柔的海浪,
可有森林草叶间,
雨珠滑落的仪容姿态?
那一个个气象万千的湖泊呢,
哪里才是她动人的歌唱?

怒吼、咆哮的大海，
是否忆起往日河流的雄风，
哪里是黄河澎湃汹涌的奔响？
哪里是密西西比河的低吟浅唱？

从海底悠然而出，
泣血的歌声，
只为心爱的王子！
梦中的美人鱼呀，
哪滴泪是你的？
哪滴泪是我的？
飘飘而下的七仙女，
也来和你一同起舞……
大海，记下这爱的坚贞和忘我！
你这天幕下的大舞台，
浓缩成蓝色的文明，
在雅典娜的圣火中，
美轮美奂！

海鸟，在礁石上雕塑着温情，
可沉重的翅膀，
抖落不掉厚厚的油污。
章鱼使出伎俩迷惑敌人，
可自己也被污染的海水迷惑。
而今迷惑的，是不是还有安徒生——
那双清澈见底的眼睛？
海里的故事太多太多：
"八仙"走过，"尼莫"掉过，
"铁达尼号"沉没过……

来自每一片陆地的心灵，
都在诉说。
梦想会穿云飞天，

海市蜃楼也会飘然而来。
渔村的传奇，海知道，
渔民的变迁，海传递。
漂洋过海，也曾凄风苦雨，
海外归来，深怀拳拳之心。

大海啊！你融汇着
大地的血液，万物的源流，
你称雄地球，主宰生命。
每一颗心怎能忘记：
第一次奔向大海的激情！
大海的呼唤，
是朝圣者永远的前方！

2010 – 04 – 23

山海情怀

山，是故乡，孕育了我的生命；
海，是梦想，召唤着我的灵魂。

我从山中来——
带着双脚的泥泞，满身的荆棘，
带着对远方的向往；
寻寻觅觅，风尘仆仆。

山，是祖先的跋涉，是龙脉的绵延，
支撑起，华夏精神文化的脊梁；
海，颠覆了诺亚方舟，又诞生了亚当夏娃，
依托起，哥伦布的探险航行。
我向海的尽头眺望——

风起云涌，沧桑依旧。
阅不尽，人类的步履历历；
听不完，人间的悲欢离合。

我向山的顶峰，仰望——
天高云淡，流水潺潺，
禅出：自然法则，天人合一。
悟来：人间真情，大爱无疆。

山，是我的背景——
映衬着大自然的赤橙黄绿蓝靛紫，
生命的七彩与之汇合，更加丰沛多彩；
海，是我的视野——
蕴涵着蓝色星球的酸甜苦辣咸，
人生的五味与之相融，更加富饶包容。

于是，山海之间，我寻梦而来。
透过梧桐烟雨，
依稀回望五岳神韵绵长；
穿越海天一色，
找寻欧亚大陆风情向往。

2008 - 04 - 09

神奇之都

（独唱歌词）

是谁在冰封的日子
蕴藏一颗种子
带来春讯　撒向南方
撒向一个与香港比邻的地方
让初春的绿芽
染绿岭南　染绿大江南北

啊——深圳
神奇之都
你诞生在春寒料峭中
你成长在春雨潇潇里
你是中华振兴春天的使者
你是世界史册城市的传奇
你连接历史与未来
你连接东方与西方
你连接贫穷与富裕
你连接现实与梦想

啊——
深圳
华夏儿女为你自豪
炎黄子孙为你骄傲
愿你永远充满活力
愿你永远灿烂辉煌
祝福你　深圳
神奇之都！

2008-03-02

和谐之歌

东方,是日月升起的地方,
东方,是人类文明的起源。

21世纪的东方啊——
和龙一起腾飞,
和凤凰一起起舞,
全球,有一支歌,
又从东方唱响。

飞翔的鸟儿在唱:
天空和森林,
不能没有我们。
鲲鹏、大雁、海鸥、麻雀……
都是我们家族的成员。

遨游的鱼儿在唱:
江、河、湖、海、溪流……
都是我们的家园。
无论造价多么昂贵,
我们不想只生活在,
精致的鱼缸。

东半球、西半球,
所有的大地都在唱:
高山、丛林、平原、草地、海峡……
都是我的孩子,
手心手背都是肉!

黄种人、白种人、黑种人,
所有的社会都在唱:

城市、乡村、机关、学校……
有人的地方，都要共存成长！
人类的进程，
不总有，
无限的时间和空间。

宏观、微观，内环境、外环境，
所有的生物都在唱：
大小、上下、前后、左右、阴阳……
平衡、和谐、发展、进步，
生命的进化，
都有其中的规律。

啊！和谐之歌
又从东方唱响——
取之自然，用之自然：
自然和谐，人类和谐，生命和谐。
和谐之歌，普天同唱！

梦幻盐田畅想

捧着海之花,天之羽,山之灵,人之志,为你采摘音符吧
霞光,风雨,雾霭,徜徉在晨曦或黄昏,如婴儿睁开双眼
海的眼,从远古的海岸线,一寸寸地漂移,凝结成一个点
这一站,立着屈辱的碑,大榕树下根须万千代代愁破渔网
结着家国恨,出发三洲田,庚子起义飘洋过海旗帜熊熊燃
荒海野田白茫茫,越过东江,驰骋沙场,跟随先辈扛起枪杆
做主人,得解放,一河两岸一街两制,风起云涌阻隔着骨肉血脉
不可挡车轮,滚滚奔香江,簕杜紫荆并蒂开放,扶摇大鹏金翅膀

临界新世纪盐田一瓣香海岸跃动金色彩五洲宾朋四海涌来
小小村镇放异彩青山碧海鱼灯闪亮广场沙滩星星颗颗发光
集装世界连通大洋运营昼夜片片绽放古老家园睡莲的梦想
山呼海应草木珠贝重回清新欧镇落户基因解密客从天外降
一代移民拓荒成长孩子飞翔回望这方故乡欣欣向荣好气派
特区里的特区一路口碑犹如黄埔摇篮起飞着小而美海胸怀
钢铁愿望塔珍奇南北极驿站航母异域客居风情烟云出军港
山居安宁庭院大海人家深处乐业兴旺遥感大洋彼岸起风帆

2011 - 08 - 17

走进心灵

走进心灵　那里有
一片未开垦的处女地
播下种子
任她生根　发芽　枝叶长成
风中雨中　摇曳

走进心灵　去犁开
那里沉寂多年的淤泥
看蚯蚓　舒展腰肢　透透空气
然后　精心耕耘
让泥土散发清新

走进心灵　那里有
一个个迷宫　弯弯曲曲
找寻　曾经丢失的钥匙
去打开年少时的梦境

走进心灵　去发射
那里有生命的气息
听云朵　散步夜空　淅淅沥沥
晨光中向着旭日
开满绚丽

1999

你与我
——致来访者和咨询师

一方静谧的空间。
故事，在两把椅子之间，
传　递。
茶几的距离，摆放着"道具"。
诉说，倾听；倾听，诉说；
递过纸巾，濡湿一团。
零零散散，起起落落……
我　沿　着　你的话语，
码起，找寻你的　线索，
和你　所走过的路途。
在你的眼泪、叹息、焦躁、愤怒、犹疑、痛苦……
那许许多多叠加的情绪里，
找出　你　所在的位置。

一盆植物，在你我身旁，
默默地，吐露着　生命之绿。
墙上的"自然景观"，
呈现着　外面世界，
盎　然　生　机。

用什么来拯救呢？
漩涡中的你，摸到并抓住，
求援的手。让我们一起　用　力，
向着岸边，劲　往一处使，
去　抗　拒，下陷的　淹　没。
幽暗中，有一盏灯，一直在闪耀，
你看到了吗？让我们一起，携　手，
摸索地，走——出——去——
你　依然　是个大写的人！

踏着 命 运 律动的节拍,
走在 你 自己的 人生路上。

哦,谢谢你,信任了我!
哦,谢谢你,帮助了我!
我们在人生的旅途——
相遇,相携!
在这真诚、温暖、理解、支持的氛围里,
你和我,我和你,
我们 一同 成 长,
完成了 各自的使命。
再见!让我们握手,各自 一路走好。

2007-05

年 龄

阳光
　　在绿叶间舞蹈
路边
　　一棵棵树
绕着轴心
　　一圈一圈
向四周扩长

心
　死扣住话匣
不动声色
眼神
　　穿透
一张张面孔

　　　　和他们
背后的故事

一路沉默
　　　小憩间
胡子与皱纹
　　　　唇膏与服饰
恰好可以细辨

出站
　　　一前一后
直至
　　　彼此
消失在
　　　人群中
旅伴
　　　还是
一言不发

鼻子　嘴角　喉咙
　　　合奏
算是
　　　给自己
一个表情

行囊
　　　从豆蔻年华
一次次背起
那时
　　　想说就说
想笑就笑

2005

一声伙计

睁开　乡野朦胧睡眼
一声伙计
唤起久违的纯情
醉醒的心　颗颗
如带露的山枣

闭着眼　在人群中
捻着白色的胡须
听嫦娥现代的幽怨
潺潺有泉　叮咚在三更天

单舞擒人　都市星寥
油菜花灿烂的季节
闪动的快门流过车窗外
有酒为伴奔波生息
广交友人豪气依然

可爱精灵　永留史册
鹤发童颜依稀记忆
打开五粮液说家常
山海之间蜻蜓点睛

书啊书，说不完……

孩子说，那么高的书山，什么时候才能爬完？
老人说，攥紧指缝里，流水般的时光！
男人说，生活就是无字的书，社会就是大学堂……
女人说，阅读书籍滋补美颜，养育智慧健康秘方……

书啊书，说不完……

城市说，书是一方净土，可安抚躁动的灵魂……
乡村说，书是一扇天窗，可通往心灵的远方……
白昼说，书是一串音符，可奏响人生的乐章……
夜晚说，书是一叶风帆，可引领思想的桅杆……

书啊书，说不完……

山冈说，书是人类的脊梁，来自远古连绵不断……
河流说，书是历史的脉络，奔向未来源远流长……
飞鸟说，书是天空的眼睛，能看透人间的真相……
游鱼说，书是大地的呼吸，能生长梦想的翅膀……

书啊书，说不完……

哦……书啊书，说不完……
哦……书啊书，读不完……
哦……书啊书，写不完……
哦……书啊书，看不完……

致 D. H.

（一）

原来　你　一直
就在那里呀
可我　却　从来
都没看见

当你　出　现
在我的视线

像是一个预言
又像是一个安慰

当梦　灯一样
一盏盏　亮　起
又一盏盏　熄　灭
我不会惊喜
也不去希冀

而把　叹息
伴着　橹桨
我依然
独立前行

那轻盈的翅膀啊
曾穿越了峡谷
也穿越了断崖
而今　能否穿越
这厚重的高墙

你开垦着心灵大地

月上心弦 \ YUE SHANG XIN XIAN

曾掠过这样一隅?
你飞翔在梦想天空
也曾擦去云朵的泪滴?

我误闯了
你的果园
迷住了
金色的香气
看一眼遍地花儿
就是一番如醉

一时记起
早春的一次探寻
那颗种子呀
不知何时发了芽
却未曾
将收获藏起

那么　那么多呀
你的朋友
你的伙伴
遮挡了梦的视线
却没盖住
午夜的铃声

从那里
是否可以架起
一座桥
通向叶芝的炉火旁

你依然
急急地行走
我还是
悠闲地思虑

（二）

下夜　你已睡去　我却醒来。
独思的时刻　时常这样
你我的时空　可否交汇？
有多少时光　可以分享？
因为什么？我们相遇
因为什么？我们交往
什么时候？涌动的浪花
会撞击　你我心河
放逐自我　穿行都市
却不知——
心　会依附你的形
形　会围绕我的影
那重逢的时刻呀
辗转反复　该如何定格？
回应　温和　却让泪光盈动
就这么　顺其自然？
多少感受　都在心门之外
浪漫精灵　飞动在现实浓雾里
打湿了盘旋的翅膀
篱笆墙　温情地扎在那里
阻止　探寻步履
搁浅　园中春色　依然
肩负着流浪的风霜
一路走在风景更迭的路上
四季总会轮回
生命的过程是不变的方向
情满天地看大江东去
正道是沧桑
心语缤纷　绽放夜空　如焰
相遇的人却只是赶路
终于在滂沱日子里

萦绕心系　那个匆匆来去　雨中人
泪水奔涌　胸中多少感慨
无限柔情　戛然而止

（三）

终于　你的心扉
开启了　一条缝隙

我不知道
理由与呈现　是不是
充分　子夜时分　是个纤细的筛子
杂质　是否都会　滤尽

我知道　百花丛中　白玉兰
最单纯　沁香
总在　夜深人静时　扑鼻

最难见的开花　是竹子吧
只有熊猫才可以看得见
国宝　活宝　都稀罕
贴上一张张世俗的标签
鉴别　都被清风一一
揭去　淳朴是本质吧
迷住了蜂与蝶　一阵阵飞来
你的天仙在何方
总在远处　心域里的望乡？

你从不谈起　来时的路
就是自己回望
也总是变幻着模样——
鹰　九死一生
飞过喜马拉雅山之巅
羊　撕开皮　曝　晒

又　远　渡　东　洋
狗儿　流浪　隐匿着忧伤
六祖惠能　是你朝圣的方向
那么健康训言　被大众所需
中药当铺开起来　尚能糊口
直面人心　是对人心的修护
你缝缝补补　不知疲倦
打开天窗　看到了天机吗？
天地间　你不按常理
留下了自己一步步脚印

与你相遇　是我的幸运吗
为何淡淡的恻隐是最初的情怀
长久地　疼　发誓之后　恰恰
你就出现　像命中的谶言
宛如　佛光　灵　现
我开始迷信了　真有冥冥之中吗？
为何你来时　正逢其时
还有许多重叠　惊人相似
很自然　就迁移了吗
那是你标志性的特征？
苦笑欢颜　你不知受益还是受伤
设起防线　救起自己
连本能也会藏起？
真实的状态也许可以推测
何必走进　柴　米　油　盐
纸上谈兵　也许　很　惬意
会符合浪漫的本性
哪怕　银　发　飞　舞
哪怕　步　履　蹒　跚

不知名的人唱着不知名的歌
记不清歌词却领会大意

"就让我来疼你吧
给你自由　让你放松　让你开心"
别后的接风洗尘
在佳节　乡愁　望断秋水里

（四）

以为不再写了
仅仅是第三首
才过一春夏就已终结
是事不过三的应验？
在一个没有期待的夜晚
是一个平淡的节日
有一条不愿和别人一样
老套的短信轻吟
用从未有过的形式
从头到尾完全反着写
！乐快节午端祝
确是很不容易累着拇指
据说是为了让人开心

湖水深深只是掠过一道涟漪
淡淡笑靥倏然而逝
喵！一个调皮的孩子
难有清闲该给他一个回应
那么是表达着什么呢

夜已深了敌不过睡意
不去想他让我安息
梦中挤在破旧不堪的屋里
被人催赶胸前窒息直逼
有男有女有老有少
斯文的男子在说着什么
都是熟人却不相干

说是西安大雁塔眼前却是
破败的大理三塔
双脚泥泞下山去　女儿如影随形
怎么会是没房住呢
不是买了一间不错的高价楼房
就是梦里也记得这个现实

满嘴是瘀血（牙龈出血）
找不到吐出的地方
辗转反侧终于醒来吐出
时钟四时是黎明前的黑暗
独嚼感情之苦悲从中来
饮啜不止纸巾如雪堆积片片
为何为何又是这样
最初的相遇是美丽的
再靠近时却是哀伤
当心渐冷又为何再投石
热情难再是否还有情怀
独守自己不再期待
泪水不止一遍又一遍
直到看到又一条短信——

"公安出动的时候是'擒人节'
两人晒太阳的时候是重阳节
一人跳舞的日子就是单舞节了
朋友，祝开心！"

"单舞，端午，
这该是心灵独隅之吟吧？
再不是成千上万条群发？
比之大年，这碟小菜，
独酌又如何？遗憾收件人已入梦，

醒来啜泣时遇这'独吟'意外
泪声渐停窗外晨曦来临
嗨！鸟欢云闹又是新的一天
伙计，该干活！
谢谢节气里不时总有你的诙谐。"

太阳出来了，
泪水已干。
都已过去烟消云散

（五）

我不是孔雀
不愿去竞相争艳
我学习过木棉
等待或者迎候
那株可以并肩的橡树
当树影跃入眼帘
欢欣和向往
海浪一样
一阵阵扑向堤岸
痛楚与快乐
切割着日夜
我不让心老去
一次次注入新鲜血液
我祈祷情能长久
蚕丝一样
绕着地球悠悠旋转
在你的絮语里
我打起盹来
在你的文字里
我梦游了一场又一场
前世的约定
在今生的相遇中错开

最好的季节
我们追寻各自的梦想
彼此失散
生命的终结就是一抔黄土吗
我宁愿让灵魂永远浪迹天涯
你不愿做云的码头
哪怕只有片刻的停泊
我从没有学会缠绕
像山中的青藤那样扭曲攀缘
注定远远地凝视吗
走不近蜂蝶迷乱
哪能就痴迷起花香
燕子一样飞过
只把记忆留在春季里

才子之冠

穿上孤独之衣走进春雨
晨燕可曾飞过　剪开了绵绵往日
站在街的两侧你我以背影接见
来自相反的方向相视无语
承受着心的律动　与过去和未来
握别　向往着最初圣母般的胸襟
往心灵之筐装进岁月的杂质
瞬间碎裂之声响得太晚迟
盛开的花蕊高悬殊异扭曲
即便最本真的张扬
最深刻的爱恋也打折了价值
远离与藐视　尔后
无关痛痒　或　心冷如铁
恢复本色路径就都没有了损失

蕉岭长潭之晨
——己丑春 广东鲁院作家班采风有感

草鞋岗

三月三　荠菜香
春暖花开　去山岗
山岗有群好朋友
山岗的主人是庄园
庄园曾是打工仔
热爱文学追梦想
开垦心灵耕耘大地
找寻理想回归家园

总督学

优雅，随年龄增长
才情，伴岁月绵长

母亲离去的痛撼
深藏心底　为妻为母
仍执着心中的痴狂

黑土地的风云
可曾汇入你的笔端
而童心的芬芳
永远开放在文学的殿堂

客家山歌

梅河水　弯弯长
一桥连着一桥淌
土屋山歌箩筐装
背篼簸箕唱不完

月光光　上学堂
秀娘唤起读书郎
山里放歌远方亮
唱给未来一代代

善良

用眼力和笔锋
穿透　淘取
揄揶　亵渎　可是
本来心肠
眼神语气能见风骨
平俗　抑或　高贵
都是外衣　遮不住影踪

芭比娃娃

黄土地的情歌唱出泪花花
泪蛋蛋锁明眸秦腔浓软软
你不去纽约街头展橱窗
却念山沟沟出文采亮歌谣

蕉岭记事

桃园木棉竞相春晓
鸟欢蝶舞迎客欢笑
篝火熊熊放飞畅想
风景一路回闪童谣
围屋内外世纪沧桑
少年奔跑艾草飘香

再相逢

时光倒流了吗?
当你我重现在彼此的眼前
顿时隐去——
多少岁月的意义

我在你的诉说里
回溯着渐失的奋进和痴迷
就连眉眼里愣头的汗滴还可见依稀
为何执着找寻呢?
韶华点水飞过的涟漪

连接起的青春
就在昨昔
冥冥之中那个交集
隔着又一轮生命的轨迹
留个见证面对自己

惊讶你细微准确的感知
可惜晚识了一个世纪
我高高低低的脚印
竟在你的预料里?

从此灵魂里
可以与你
品茗　或许夜半
还会挂记

下　班

夜幕
落在街头穿行的脚步
落在华灯初上各色食店

卡通娃娃
硕大脑袋　耸立草坪
通明透亮

一群群舞步
吵不醒　海里的鱼儿
贯入摇摆　等待上钩

海港荡漾
灯火　映不出几粒星光
健步人流　喧默林荫道上

远方
从心里流淌在音乐里
紧闭的门
推开　将是什么

2018 - 01 - 17

盐田风光（配画诗）

之一　地久天长

天海有界爱无尽
古往今来恒永心
日月可鉴任寒暑
芸芸众生不枉临

之二　紫荆花

花为旗明珠归来
骨肉连盛开维港
蝶蝶飞舞睦血脉
天宫神树落香江

之三　梧桐烟云

魂牵梦绕晨昏新
芳华含吐山海醒
远古丛林共万千
一望鹏城醉心灵

之四　颐康园

车从海上来
霞自山中开
静享云深处
世事出心怀

之五　东部华侨城鸟瞰

一出深闺惊海外
大峡溪谷茶飘香
腾云驾雾环球去
笙歌萦耳入梦来

之六　海滨栈道

亲海濯浪行崖上
一路蜿蜒梦园开
问寻东鹏何处美
栈道风光天下扬

之七　日出沙头　月悬海角

三界门晴雨不改
五谷情日夜循环
舰泊此岸听涛声
多少兴衰榕树讲

之八　成坑村新景

闯海冲浪勇挑战
门前港湾迎归帆
喜登高处看世界
风起云涌总激荡

之十　奥特莱斯愿望塔

天外来客比愿望
奥特莱斯美时光
风情万种山水间
小桥碧波赛画廊

之十一　茶溪谷瀑布

九天倾落竟潇洒
奔向东海气宇昂
春雨茶园沙沙响
珠溅露飞冲云霄

微信和朋友圈

二维码　腾空起　横扫全球
文　商　娱　音　画　影　登陆时空
秒网一机　喜奋　隐忧　扑面来
这就是时代？

经营者　经营领空
看客　默默不语　蹲守
头疼脑热吃喝玩乐都上场
只因是朋友？

养生鸡汤很畅销
辨不清张冠李戴
名人言论大行其道
转的是共鸣和向往？

各人选各人口味
莫衷一是自有行情
群聚与类分有了分野
狐假虎威只是为了生意？

孤岛发射世象意
时尚之风习习吹
总有淘汰的掉队的不屑的
行业俱乐部分潜伏？

一对一　一对多
全看你心意
隐秘的张扬的不都是个性
这个世界这个生态
也会生长还是逆生长？

自媒众媒全媒
体现公元两千年再加十年
之后的讯息态势
伤透老媒们的脑筋?

厚土哪愁萌芽出
景象自会时时新
奔跑固守任选择
好一个一亩三分田!

2014 – 06 – 20

广东移民

1
猛醒过来
对折的生命年轮
就是切入的时间点
一个命运的意外!
一个性格的本来?

遇见　欣喜　挣扎　留下
竟成了一生的走向与归宿
粘附在家国的吸盘
从此悲喜与共
从此荣辱相伴

2
黎庶贬地　车舟劳顿
远离京都中原

隔网逃港求生搏击
历史的尘埃
稀薄了你的背影

3
外婆家一个奇怪的邻居
小小的个头宰洗老鼠为食
童年长江边记忆闪现
与青春军营战友男友的分配地
当年鲜有听闻的广东
直到踏入"锦绣中华"
才有懵懂时全部打底

"橄榄树"召唤红尘的跌撞
困留广州站撕碎蜜月的幻想
热土飞尘牵引一路寻梦步履
流着打工妹的泪　呼吸却格外自由畅快
钻车窗趴火车往返穿行体制内外
耳膜屏蔽鸟语丝丝扣扣细细洞开

4
通行证暂住证资格证学历证护照
证证交替堆高弃用复用签证
方言杂言普通话白话客家话潮州话
英语法语日语韩语西班牙语网络出新语
内地舌恋上了榴梿黄皮芒果百果香
数码花开天堂鸟绿萝年橘四世同堂木棉凤凰

户口房子孩子升学考学就业接连不断
时装一茬茬再难找出来旧时衣裳
读书月演出季晚八点市民大讲堂
一次次相遇新人新路新景新气象
海陆空联网连接全球各地

中转货运中转观念中转人情

5
哪里人　来几年了　（孩子）在干吗
见面寒暄莫如地头街边
唔该唔知洒洒水好靓哦
来来去去分不清谁是不是老广
凉茶煲汤早茶利是夜灯阑珊
出游时间多过返回家乡
乡音改鬓毛白胸膛穿了弹

回不去的民俗见不到的老路
老家看看不几天就想回来
都是高楼高速高铁私家车
距离缩短人情拐弯一切熟悉又陌生
故乡在故乡里渐渐消逝
广东在广东人移民身上扩散

6
经济金融速度质量标准冠戴头上
观念文化环保资源素质闪烁光芒
门窗全打开任东风西风吹进来
无电不商无新不旺举起引领大旗
太平洋东海南海香江珠江长江雅鲁藏布江
一浪高一浪闯海拓疆圣贤怀想

　　　　　　　　　　2014 秋

想象力是什么？

一位诗人的表达

想象力是什么？
人人都说，人人未必说得清。

想象力，是抽象思维形象地表达呈现，
是科学与艺术的引擎。
是已知对未知的开垦或新发现，
是未知对已知的推翻或重建。

是儿童的童话，是成人的梦幻，是老人的记忆。
是人类的翅膀和航行的风帆。

是毒日下的皮肤对阴凉的渴望，
是冰窖里的隆冬对炉火的怀念。
是洞穴里的生灵对鸟巢的期盼，
是陆地上的群兽对海底与天空，
还有肚肠与心脏里的向往。

是舌头对耳朵的觊觎，
是头发对树的渴慕，
是鼻子对色彩偷窥，
是眼睛对指尖侵犯　或
指尖对眼睛的霸占。

是男人对女人的嫉妒　或者
是女人对男人的超越。
是仇恨的火苗，
是爱慕的旗帜。
是痛苦的逃脱，
是幸福的追逐。
是人类不羁的灵魂！

是对光的追逐，
是上天入地的愿望。
是欲望的延伸，
是惩罚的逃避，
是人类对非人类的扮演。

是雄心的扩张，
是水对火的对抗。
是天空对海洋的颠覆，
是海洋对天空的攀比。

是超人对常人的反弹，
是人类对自然的拟化。
是人类对束缚的挣扎，对有限的不甘。
是自由的召唤，不屈的抗争。
是智慧海洋里深藏的珍珠！

是人类童年的复活，
是人类不死的渴望与期盼。
是千千万万细胞的撞击与能量的释放。

是地球的卸载，宇宙的穿越。
也是地球，霸主的不爽。

是旋律对谱调的反叛，
是无形对有形的侵夺，或
有形对无形的挑战。

想象力——
只给清晰的呈现发证，
不给模糊的涂抹打分。
有兄弟姐妹的排序辨识，

要与联想，记忆区分鉴别。

有时穿着联想的外套，
却比联想漂亮。
有时躲进记忆的怀抱，
却推开记忆的胸膛。

是大脑百万挑一最优秀的孩子，
住在脑海深处的边缘岛系里，
有许多兄弟姐妹。

2018年4月6—7日南科大人文研究中心举办了
"追寻想象力的本质——2018人类想象力研究"年会。
4月9日《晶报》报道题为《关注想象力就是关注人类的未来》。
4月11日南科人文公众号发表《大咖说：想象力是什么》。
笔者有缘有幸参加这一研讨会，并以持续关注。
此诗手机写于2018年4月11日下班后，黄昏的沙头角海滨栈道。

2018－04－17 修改

风，从白鹿原吹来

风，从白鹿原吹来
穿过世纪长廊，化作雨雪
落进一带一路的起源

在舞台开花，在荧屏生根
撞击北方南方男人女人的心房

宋思明起身蜗居
拖着长辫子娶了第七房

祠堂的族规
建起灾难镇塔
压制田小娥的尸骨
却放飞了抗争的亲闺女
最终无奈地磕倒在
黎明的门槛

于是白嘉轩，与他的白鹿原
从笔尖、键盘、声光电里
长出一篇篇长长的文章
开在一个个手机的微信群里
从白天聊到深夜　从高原聊到大海
自由女神，从太平洋西岸也落入了街谈巷议的口舌间
在兵马俑的酷暑里大汗淋漓
在腾讯的写字楼里张望呻吟
那个敦煌小子
穿梭在白娘子的西湖断桥上
在九寨沟的余震中呐喊
狠狠地踢出阿三的觊觎

张学良的故里
飞出一只鹰
盘旋在美庐别墅上空
从云端缝隙间
眺望着大江南北，孤独的海洋
而军舰已开拔，导弹一次次飞出
第三胎，悄悄地出世
保密着性别安顿着大海港

深夜里的饿汉
举着硕大的碗
叫喊着粮食的大名
谁知老鼠钻进了海底捞的灶台

转基因，大吵文人与科技的前台
老百姓害怕了，该吃什么呢
只有南来北往的市场

闽南之声响起
京津大鼓敲散了雾霾
溜溜球，从大妈大爷的手里
传到了暴走团的路旁
霍元甲的后代苦练祖传秘方
一个个上班下班的灵魂
挣钱养家吃饭

天鸽与帕卡追逐打闹
毁了一大片南海边的树林
闭上眼睛
七夕的鹊桥
在夜空中架起
牛郎织女们
用自己的方式，窃窃私语
与世界，隔了一道墙
打通吧！去寻找信用、信任与信仰的翅膀
曙光，露出了笑脸
拭去了，昨日的忧伤
机器人，大步走来
插进了，人类前进的队伍
大踏步地加塞。

2017－08－30

注：此诗缘于一位北大文学博士系列《白鹿原》评论文章读者群中，天南地北海聊而作。

邮 筒

百年遗落雕塑般静立
谁知道你的荣耀与喧嚣

鲜红招牌开启新时代
回眸聚焦蓦然发现

那个联通清末长辫子
与马车蒸汽机羽毛笔

精灵之屋簇新着一身墨绿
纪念一段履历和鸿雁传情

尾声悠长互联网数据时代
立你在街头润鹤发童颜

瞬间击中涌出青春记忆
那一刻便是一个世纪

  2019－11－15 车上
  2019－11－16 早晨（二稿）

关于音乐

音乐在音乐里流淌
是情感是思想是心灵
是世界是自然是社会
是时代是国度是民族
是天空是海洋是群山
是春夏秋冬风雨雷霜
是城市是乡村是故乡
是爱人是朋友是亲人

是弓是弦是对话是键盘
是鼓是锣是喉唇伸展
是心跳节奏是律动血脉
是共鸣是回响是余音绕梁
是手指芬芳耳朵张开聆享
是气质是气概是万千气象
是马达轰鸣江河湖海电闪
是毅力是坚持是梦想

是孩子开启老人属望
是青年鞭策人性音响
是鸟鸣虎啸水滴石穿
是神谕是地门是星星开放
是流年是冥想是空中步漫
是明灯是洞穴是航海方向
是马踏蹄燕归来丝路花开
是种子发芽是稻谷飘香

是宇宙天体是银河迢迢
是潮涨潮落日月遥望
是虫儿低吟是生老病亡

是色彩是味道是肌肤触感
是所有的文字画面舞台
是道路是车轮是罗盘
是脉冲是线路是纸张
是奋斗是情怀是浪漫

2019 – 11 – 16（从盐田到南山）

与诗人相遇现场

被晨曦叫醒
给清晰的梦
按一个标签
云门舞集冲出
黄礼孩声门
频频点头与
俄罗斯
黄金白银时代
招手

种子从鸽子喂食的彩虹里
发芽　长在沙头角诗社
嫁接藤蔓牵出
荔枝湖畔
诗人们集结四季花环
东欧文学21世纪升起
晨雾帷幔何日
冉冉华夏之鹏
东渡羽翼纷纷
如乐　丝丝飞扬

此刻正落在
阿拉伯发梢
纯净的心温暖笑容
就在身边，近在咫尺
叮叮咚咚山泉
汩汩敲响
你我的心尖

2019－12－14（作于现场）

瘟疫，伸向人类的魔掌
——2020 中国春节

起初，你悄无声息蹑手蹑脚
接近一处处肉眼看不见的起源
不明觉厉的人们常常浑然不知
依然歌舞升平欢度岁月和节日

当接二连三倒下去的人
势如破竹一片一片地中弹
这才蔓延起恐慌睁大着眼睛
警觉地关注起你隐形的翅膀

而这还只是部分清醒的脑筋
去立马刹住正在疾驰的车轮
千方百计去扑灭足以能毁灭
整体那燎燃着看不见的熊熊烈焰

更有浑浑噩噩者或逃避或隐瞒
或疯抢紧张物资四处游荡流窜
为虎作伥地传播扩散凶猛病毒
而天使与勇士却舍生忘死奋不顾身

历史已不止一次演绎过这一幕幕
曾经消失的文明只留下空空的城郭
从西方到东方留存的遗址仍在诉说
而健忘的人类隔一段时间却又重演

虽然源头各不相同却无一不是陋习
地球的生物当真只有人类最强大
可以杀戮吞食弱小的飞虫走兽
一次次教训报应翻开历史都赫然

政治经济生态轨迹地图烙印历历
可只有少数人才去关注总结告示
好了伤疤忘了疼的戏码经久不衰
但人类的车轮已越过一个个高地

这一次悲从喜中起武汉是中心
九省通衢春节枢纽网络助力
迷雾重重层层拨去成效初见
中国的态度与速度世界瞩目

援手可见驰援闪电拔地而起
军队开拔全民响应医疗可泣
山河依旧空城个个全民屋洞
而英雄义无反顾奔赴一线阻击

年三十团圆饭取消或吃到一半
春晚没心思赏只紧盯着疫情
当四面八方医疗队开拔黄鹤地
紧绷神经才稍喘息多少人无眠

大年初一不拜年更不可出门
手机电视窗口才能窥见外面

宅与静成了风景无论多么憋屈
隔离阻断排查消杀防护播报

十天二十天一月还是更久
确定在不确定中慢慢显现
沉静下来反思开始追踪痕迹
揪心的孩子老人亲人爱人

最高指挥全国抗役生死存亡
没有硝烟战争已打响信心是旗帜
每个人每一兵都可称为战士
前线后方捐献参战共筑防御

无一幸免警报在鸣保护自己
都是贡献全民响应学习防疫
这一课终生难忘从此记忆
将写进历史为人类遗产刻印

反思总结标记以血泪血肉
再出门往哪儿走可是清晰
记性一代又一代增长传承
往后的步履瘟疫可还敢再侵?

2020－02－04 立春日晨

　　2020立春日寅卯时，睁开眼，一腔心事，涌动难抑，拿起手机，一气呵成。
　　2020年2月15日看见"学习强国"上发表了该作品朗诵音频。感谢！

多重的影

里里外外
重叠重逢重构
浓缩了许多主题

关于自然天空远方
关于社会城市家庭
关于宗教时空孤独

…………

一瞥见天地
一望在人间
一框遇此刻
一存凝永恒

年年岁岁　瞬间
可不就是你我人生

2020－03－10 黄昏

生死相拥

终于　怀抱了飘落
终于　紧紧地依偎

此刻　生与死　相拥
此刻　春在鸣奏交响

梦醒时分天地相契
开始了一岁一枯荣

绿的分外绿
红的绚烂红

石路　滴滴脚印
定格了远方的永远

2020 - 03 - 11 寅时

二、月之吟

月亮树

我是　宇宙间
一　粒　尘　埃
因为　追随　太阳
投进了　你的心怀
在你　荒凉的　额头
我用　希望　孕育
种子一样　发芽　悄　然
千万年的流星雨啊
为我　灌　溉
太阳的汗水和星星的眼泪
把我　滋　养
我以"木棉树"的姿态
向心中的"橡树"　告白
在没有生命的土地上
开始了　默默地　生长
地球上的　人　类
用神话　送来了　嫦娥
还有　陪伴的小玉兔
终日　围绕在　我身旁
谁知　吴刚　持斧

跟 随 而 来
从此 夜空 失去了平安
伐木声声 天宇 震 响
为什么要砍去 我的 枝 干
生命 在这里 就是奇迹呀
千万年来 我 夜 夜 反射着
太阳的 光 芒
演绎着 日升月落的
循——环——
永——远——

2006－09－23

一种时态

驶进——
时间隧道
窗外
没有风光
既定的轨道
既定的方向
四周如铅
只有呼吸在歌唱

点亮往日情怀
梦中的小憩
滤掉扯动心律的记忆
握住思绪
就这么遥望

1999

晓 月

春江花月夜
为何你不见
千古追问
不息探寻
你何时出现

大地微露峥嵘
万物渐醒曦光
你追赶太阳
年年月月日复一日
消消长长长长消消
那么坚贞那么忘我
那么忘我啊那么坚贞

噢——
晓月　晓月
你可知道
日月同辉
只是昙花一现
日月同辉
只是昙花一现
噢——
晓月　晓月

2003 - 10

为夏而歌
（外一首）

灯在水里
水在花上
花在月里
月在心上

夜里退去
日笑而来
风想睡了
树却醒来

朦胧恍惚
迷离惆怅
情还要不要说
爱还在不在
就这样沉醉
就这样思量

心在月里
月在花上
花在水里
水在灯上

1999

月桂树下

蝉羽片片飘落在月色草丛呢喃着缕缕脉络精灵
丝丝竹衣紧贴起一颗与另一颗心房之壁
今世的缘喷涌出前世的梦倏然来临
牵连你我日出东头日落沉西遥远纤尘的雨滴
千万种亲临滔滔引擎搜索出海浪的背脊
思绪翻滚往日你我都跌进过汪洋的胃里
哗哗的流水淌走了曾经激昂的鼓音
田埂漫步岁月翻阅着年华的日记
葱茏麦苗欣欣响起天边的汽笛
陨落了地老天荒山盟海誓都向生命问诘
心游离于心开始都市的生活齐步稍息
升降起伏耕耘在红绿线上看涨落的行情
桃花落红绿莺起舞送走多少黄昏黎明
风雨中流浪的驿站有情侣等候的身影
放飞鸽哨雪山草地捎去家乡的梦境
淤泥之泽开放着千万年冰川的遗迹
婷婷摇曳酷暑里最永恒的魂之风情
还有什么可以表达一生中最绚丽的记忆
天堂与地狱同时邀请听候谁的旨意
某种轮回循环上升蜿蜒盘曲在登山之径
昂起头颅警戒时光倒流问寻闪烁红霓
步履款款丈量起主干道跟随血脉移民
嫦娥舞袖缥缥缈缈撕裂夜色空中歌吟
兰花观音指尖施布前方凡尘的迷离
十字架上千古耶稣跨越时空在日夜间穿行
祈祷心中相知相慰坚不可摧的安谧

2009-04-08 凌晨

2000 年的某日　深圳

细雨又起
淋湿了烈烈初夏日
半个世纪
难逢其时

关闭所有
只留　一线感官
时隐时现
通向天堂或地狱
喜痛的心思
缥缥缈缈
终其一生
留不留痕迹

为心灵歌唱

我在黎明歌唱
用一夜的思念
等待你的到来
沐浴你的光辉
温暖忧伤的心房

我在正午歌唱
用劳作的息憩
呼唤你的出现
送去问候和关怀

我在黄昏歌唱
用焦灼的目光
找寻你的踪影
祈盼你的平安

从冬到夏
从年少到白头
都是一样的情怀
和你一起
去探索山川
从南到北
从古到今

问寻天际

流星雨　是你不灭的灵魂
划过宇宙　播撒　人　间
种　植　经　典　爱　情
美人鱼呀，世纪之风
曾吹落　东方　牡丹亭
人　鬼　情　未　了
也吹去　雨后彩虹　双双化蝶
还　有　唱响英伦　莎翁挽歌
都随　莱茵河　漂　泊
那么　今天　你那灵魂
是否依然　千年不老
万年不灭　是否
依然　飘荡在
海洋上下　不离不弃

南国海边　一颗红豆
悄悄滑落　偏偏就生在
流星雨坠落的地方
我　不明白　为什么
年年　发　枝　岁岁　结　子
不去采撷　也未曾修护
竟能长成　参天大树
遮天蔽日　顶天立地
枝枝蔓蔓伸进了
血　脉

深情绵绵　紧锁进　血源故乡
岁月之河　不能带走
季风　南来北往　未曾吹灭
我　不明白　为什么
玫瑰花　漂洋过海
远涉重洋　在每年的某一天
千朵万朵　纵情开放
飘香　东方西方
闻不出　泥土的气息
却吹皱　一池春　水　情窦荡漾
浸染相思林　秋冬　也不会凋谢
而你　在我心中
无论何时　一　枝　独　放

一千次一万次阻止克制
克制阻止渐演生命成长
习惯了静思习惯了独处
放不下　天涯何处　不呼唤
心中日月光　照亮一个个黑暗
长明闪耀　任泪水流淌
出现在你面前　只有笑颜绽放
无与伦比　惟有你　突显疆域心版

所有的人和事　都不过是
你的反衬和对比　让沉醉缅怀走开
走不出囹圄　把毒药烈酒投掷
阳光　又越过千山万水
投　进　心　怀
走出长夜　走进又一个黎明的东方
问寻天际　遥望天际
幻化的海浪花　请告诉我
如今的美人鱼　在哪里

生　日
——写给本命三十六

在岁月的枝干上
挂一串风铃
用盐之手
撑起断桥上的伞
破天荒地馈赠
成了"国宝"
借音律能不能
征服自己
还是还俗于民间
用最吉祥的祈祷
托付——红飘带
象征闪亮　流逝
梦一般封存在精致的地方

十二生肖　人生几何
下一站码头
握手间藏不住白发
远远近近调适焦距
片片纪念历览风采

蓝天白鸽
剪一缕天使情怀
嵌入生命
深锁进血源故乡

切莫惊慌
无需疑惑
好好爱护
不仅仅是自己的眼睛
还有你那理想的家园
为值得的人做值得的事
搏击　提升
修炼的境界
召唤凡人凡心
舍我其谁

短信——心灵的电律

终于，找到了心与心
最短的距离
最快的速度
最简洁的呈现

电波流过
一阵悸动
无形的情感
看不见的思绪和心迹
即刻变成文字
飞越时空
飞越有形的躯体

穿梭茫茫天际
在心与心之间
交流　传递
及时　即刻
了然于胸

雷电击过的枯树
矗立荒原　不愿
默哀　不想坍塌
风雨之中　又长出新芽绿叶
原来　阳光依然灿烂
伤痕演绎　承积　成为
土壤　天然雕塑
成就一帧独特风光
记忆　摧——枯——拉——朽
疼痛变幻着模样

一段段　一声声
流淌着心河的韵律
短信　时代中的你我
心灵的电律

轻唤你的名字

用最柔软的声音
轻唤
轻唤
你的名字
一年又一年
从青年到老年

是宝石花的声音
是太阳升起的声音
是月亮穿云的声音
是梦中的声音
是心灵的声音
是婴儿的声音
是母亲的声音
是情人的声音
是星之声
海之声
山之声
你可听见？
这万物中最动听的声音！

是鸟儿回巢的声音
是春芽破土的声音
是竹子开花的声音
是大雁南飞的声音
是光之声
电之声
舟之声
风之声
雨之声

雪之声
你可听见？
这地球上最天然的声音！

是稻谷抽穗的声音
是玉石打磨的声音
是土地开垦的声音
是花朵绽放的声音
是杜鹃泣血的声音
是荷珠滑落的声音
是春夏秋冬交替的声音
是日升日落的声音
是霜之声
露之声
雾之声
笛之声
琴之声
画之声
舞之声
你可听见？
这来自心灵深处的声音！

用最柔软的声音
轻唤
轻唤
你的名字
一年又一年
从青年到白头

岁月在轻唤
时空在轻唤
生命在轻唤
轻唤你的名字
你可听见？

悟

在心与心对流的时候
我低下　高傲的头
因为　昂起的头颅
敌不过　心的节奏
不是奴颜婢膝哟
是在　心爱人　面前
呈献　出　温　柔

当青春的容颜
率性地曝晒在街头
终究　花开花落
随　水　漂　流

我天使的心
得不到回应啊
就在深渊里
变　骤
折断了翅膀
也要　遨　游

我以为爱情是宗教啊
能让我信仰
直至　白　头
却原来　爱　情
只是旗帜
在青春的手中
迎　风　飘　悠

爱情不是宗教啊
世俗，用黄昏的钟声
告诫了我
叫我如何再虔诚
直至　坟　头

夜

睁着　夜的　眼
俯视着　潮水
一次次　冲向　堤岸

我听到了　心灵
撞击　心灵的声音

那千万个　密码
解读出　哈姆雷特
永恒的　诘问

在都市　深处　演绎
心灵　的　困惑
理想与现实
坚守与突围

咬　住　孤　独
生命　依然　如故
飘香雪中梅

2006－07－15

问

起风的时候
滚滚的冷　与
腾腾的热　厮打
种子
趁势而飞
带着梦想

下雨的时候
稀薄的空气
阻挡不了
沉重的坠速
花蕾
敞开胸怀
吸吮营养
等待
开　放

落雪的时候
沉沉天幕
见不到生机
静谷的松
昂然挺立
以自己的姿态
迎接
洁白的洗礼

哦，亲爱的
风中
雨中
雪中
你会是什么？

爱的低吟浅唱

爱是什么——
爱是磐石下
一株嫩芽
舒不了身姿
放不开歌喉
只在
缝隙中
探着头
找寻
阳光的方向
找寻
雨露的踪迹

爱是什么——
爱是丛林中
一张蛛网
撞进来的
就被粘住了
任凭挣扎
徒劳后
只剩
最后一息

爱是什么——
爱是枯井里
一股新泉
只因有了出口
才会汩汩而流
或许积蓄太久
或许隐埋太深

终于豁然而开
源源不断
从日出
到日落
停不了
不息地涌动

爱是什么——
爱是子夜里
一只婉转的莺
在黑暗中
飞翔
穿越
阻碍
向着前方的
枝头
亮出
自己的歌喉

爱是什么——
爱是"力必多"之父
永恒地解析
那纵情的呓语
忘情地拥抱
激情的交融
如火山碰发
江河奔腾
血脉喧啸
心灵——
可将能
遏　止？

一片阳光

暴风骤雨的领空
憩息了一个季节的转换

翻江倒海，执意而立
承诺给自己
无需期待
心结结在山顶上
是否已越过高空
不胜暖意

曾有一丝寒流
从最初的海边掠过
最后的三分钟
声音却滑过笑意

阳光的故乡
是冰清玉洁的晶莹
夜幕深浓时分
可和煦、温馨、健美
储存在心

从此，还有没有隔膜
即便，袒露山川河流

一个轴心环绕星座
旋转左右拷问天平
也曾悟出细水长流
视屏召唤
将生活痕迹滤过
矜持脚步

可是时间的修炼
垂垂眼帘何必顾盼生辉
了然于心了吗
还有没有跨越不了的距离

阳光就那么地流动着
轻轻一抬眼
闪耀

梦

已经远去了
就是　那个春天
你　用眸子　播撒阳光
一粒种子　恣意破壳
沿着音色　我攀缘废墟
在悬崖的游丝上歌唱
激情如岩浆
在漆黑的夜中奔放
灼伤了心芽卷曲入窖
与冬虫为伴
任冰雪雕饰思雨花瓣秋叶落黄

夕阳归巢
星星引路枝桠
翻山涉水还有牵挂
依依夜色相伴
遮住视角隐没怀想
搁浅为岸沉入沼泽收起风帆
枕着田野入眠
又是一片葱茏生长

你从窗外走过

为什么——
心泉干涸了
夜莺喑哑了
春风不绿江南岸
春雨不润芳草地
那吟咏的诗情
那春天铿锵的节律
那春心荡漾的湖水
都不见了呢?

为什么——
想起你
我眼眶里就噙着泪水
为什么——
走在街头,心里会呼唤你
我已不知道该如何对你开口
该对你说些什么
想说的不能说,能说的不想说
一切的说与不说,又有什么意义

我沉默了,在曾经歌唱的季节
我不想再去打扰你
你的担子很重
你的处境不易
我不想给你添负担
这是我最初的诺言
我不再让自己的心,起伏不定
恢复平静,卸下重荷,充充氧气
我只是你树上的一片叶子
晶莹,易碎

你是否呵护、珍藏、爱惜

玫瑰怒放的日子
你从绵绵春雨中走来
细语轻言，谁都能听得见
鲜花盛开的节日
你从窗外走过
沉寂的心又起涟漪……

你从窗外走过
沉寂的心又起涟漪……
细语轻言，谁都能听得见
鲜花盛开的节日
你从绵绵春雨中走来
玫瑰怒放的日子

我只是你树上的一片叶子
晶莹，易碎
你是否呵护、珍藏、爱惜？
我不再让自己的心，起伏不定
恢复平静，卸下重荷，充充氧气
我不想给你添负担
这是我最初的诺言
你的处境不易
你的担子很重
我不想再去打扰你
我沉默了，在曾经歌唱的季节

一切的说与不说，又有什么意义
想说的不能说，能说的不想说
我已不知道该如何对你开口
该对你说些什么
为什么，想起你

我眼眶里就噙着泪水
为什么，走在街头
心里会呼唤你

那吟咏的诗情
那春天铿锵的节律
那春心荡漾的湖水
都不见了
春雨不润芳草地
春风不绿江南岸
夜莺喑哑了
心泉干涸了
为什么？

青藤，长在城墙上

太阳　悄然地渗出窗幔
眼帘　涩涩地泻着月光

键盘　鼠标　回车
把心绪一一敲出来
云山雾海　和盘托出
杂烩的滋味怎么样

哼哼不屑　也许
嗯嗯点头　默然
哦哦应声　如此

砖与砖之间　连接
一枚　不死的种子
被鸟儿衔来　铺床

公文　练就出
冷眼　扫几下
作罢　与案头文件
共处同息　料不到
会有一丝青色　逸出

白发与眼泪

深潭汩汩，笑意收隐背影
嶙峋乱石，岁岁年年泉眼

泪凝成丝丝丝生根如雪
发飘如滴滴滴泪流黑夜

梦在梦里相会
俗从俗外漂移

惊鸿天边，打捞沉钩
闪电云海，银针突矗

玉洒屋檐，布谷不再
青鸟羽翼，锈蚀成斑

鸽哨响起，笼脊散开
暮色风中看海起浪

通连血脉雀跃声
怎踏进万千风帆

春秋遍游，遥想沪上
城中绿荫，原野飘香

谷雨沪寻

之一

名府如瓣，散落沪上
世纪之问矗于纵横交错之隅
在来来往往中凝眸

小园肃穆
在纷纷扰扰之中
向佛静立

门与名片重逢
跨越二十几载
轻狂已是稳稳坐落

笑与泪
都不经意了
长长的街途　会被
果品或服饰　稀释

塑像　一次次地
翻转疵微
牵动神经的疼惜
呵护机上机下

至少还有你
从红宝书的缝隙间
弥漫　缠绵　袅袅
只是片刻梦憩

话语如刺
奄奄之中诘问
入喉之窘味
用什么来改

雨雾夺去了色彩
跟随了一路
从晨到暮
一阵浓似一阵　急倾

汪洋在心
目极之处无幸
紧贴大地之绿　却
欣欣洗净

之二

最密集之需
有价
傲慢与卑屈
转换

中西之争
谁来裁判
各有各的缘由
除了蒙骗　市场不愁

之三

三十年之花
还在开放
香味入怀

微 Q 编织经纬
轻言慢语
不时撞出差异

都走过去了
一步步的人生
如今到了高地?

之四

烙印尚在
要仔细辨析
明绿晶莹点缀古籍
百年耸立

伟人名流
老巷深处苍翠静谧
人流嚯嚯玫瑰入鼻
明珠之下香钟留影

之五

无声之中沉寂
万语千言　隔空岚曦
一代根红苗正
落升亘垠

命运之手
秘密出世回首挥袖
顾不上叹息
时间不停

万世沧桑不值一袭
情蒂结着素平
音容如星从太阳里收起
闪烁夜空里

魂灵有致
岁月发出锅碗瓢盆
平凡之根落在平淡里
谁人不吟

2014-05-13

纪 念

又是一年初夏
雨 起 雨 落

你从心里，走了很久
曾经的时光，像只在前世
我再也醒不来了
心就永远，沉寂一片

一枚心愿，沉入海底
谁去打捞，重见天日

蓦然遇见，汪洋中的一帆
生命之歌，唱响多少个性梦想
惟有一人去珍藏
天命谁人知　情意可镌长

日子要纪念
换算过几次方式

匆匆而过，曾经的地方
凭吊　花开花落
剧场未开幕，何必对你讲
探问无声，就在手掌中

好坏冷热
入梦也不再来

2007－05－19 雨夜

三、山之语

我在山中，我在水里

一座山　横亘着
看不清山的高度和险峻
路标的方向　和
路障的位置　似已勘测
却又有几分模糊
怀想着山峰上蓝天
一路的风景　也召唤着探险的雄心
荆棘和悬崖
预示着疼痛的颜色
潜伏的野兽也会出没吧
只要我小心翼翼地绕过去
就不会伤害到肌肤
何况筋骨　历就多年　早有钙质沉积
快到半山腰了吧
给自己加加油
远方的摇旗呐喊　依稀可见
擦擦汗　还有不经意间　滑落的泪珠

山风吹起来了

抬头眺望　一条小河绕着山脚

日夜不停地流

和着血脉的节律

就连源头　也在胸膛跳荡

有时歌唱　欢快的浪花在阳光下

熠熠生辉　奔流不息　一唱三叹

不时俄顷间　竟又呜呜饮泣

是阴霾和浓雾深锁住了吧

茫茫一片没有了前方

溺水的恐惧和挣扎　恍若而至

我该抓住什么呢

这山，这水呀

裹着我的躯体　缠着我的呼吸

只有沿着律动的心率

向　前　行　进

山风吹吧　河水流吧

带着我向上攀　向东流吧

脚下总有一片土壤

前方总有一片云彩

我的心　始终

向着大海　向着蓝天

心中的丽江

你是上天赠给人间的礼物
你是远祖遗留后辈的念想
你是情侣凭吊爱情的圣殿
你是艺术召唤心灵的天堂

走进你
心——
会　长出翅膀
飞到玉龙雪山
亲　吻
神灵的羽裳
哈达般圣洁的羽裳啊
你净化了尘世的肮脏

走进你
血——
会　流出音泉
伴着东巴古韵
抚　摸
小桥流水似的吟唱
万世流芳的吟唱啊
你带走了人间的忧伤

走进你
情——
会　架起天缆
遨游蓝色地球
呼　唤
五洲四海的宾朋
远方朝拜的宾朋啊
你回到了自然的故乡

赴神仙和梦幻之约

一、张家界

是哪一位神仙
恣意吸干了
远古峰壑如雕的汪洋?

是哪一位画圣
忘情泼墨
让东方古典山水复活?

地球上最大盆景
谁能收藏?

"人间仙境"
此生未去是遗憾!

二、凤凰古城

融入夜色
河灯漂起老人心事
点点闪烁摇晃霓红碎波
苗乡歌谣没走远
摇滚节奏吊楼唱

走进晨雾
揭开梦幻的面纱
招呼背书包的孩子
倏然只见
小巷深处
大红灯笼
一串串

流动的是音乐
矗立的是画屏
随意走走就是文章
快门按不够
所有游客
目光里　永远
都是珍藏的镜头

世　界

雪　落进了梦里
咬破了　黎明

发梢　挤上了　云端
喘了一口气

星　雨　纷纷
多少个世纪

梦　还在雪里
抿着双唇……

"六·一"天地间
——写给震后的孩子

当所有的心
在那一刻　震惊、撕裂、哀痛
当所有的眼
在那一刻　凝视、流泪、不忍
当所有的喉
在那一刻　哽住、封堵、难咽

孩子啊——

你看到了　所有的热血
像洪流　四面八方　聚集奔涌吗？
你看到了　所有的脚步
像翅膀　空中水陆　急飓神速吗？
你看到了　所有的手臂
像钢铁　排除万难　临危援救吗？

与肆意的地震恶魔　对峙抗衡
与冷酷的死神　夺秒争分
忘记　骨肉亲情和自己的生命
忘记　地动山摇和伤痛饥饿
只为　拉住你的手　（明天一起　去远方郊游）
只为　捧起你的脸　（每天醒来　能亲吻问候）
是为了　再听听你　童稚的歌声飘扬
是为了　再看看你　背起书包满怀希望

这个儿童节呀——
妈妈望着你离去的地方，哭也哭不出了眼泪
爸爸摸着你留下的相片，疼都疼得说不出话语
爷爷奶奶　木讷地　站着　坐着　躺着　满脑子里都是

你呀
　　叔叔阿姨　捧着花　默哀　祝福　只能对着天堂

　　孩子啊——

　　你说：天堂里不孤单，我们不舍也不愿
　　怨只怨　地震无情　教室不坚
　　亲人啊！多保重，好好地活下来
　　想念，是我们共同的衣裳
　　来生与你再相聚　再来爱一场
　　把疼爱留给幸存的小朋友，我们　祈祷　在天上！

　　当所有的呼吸
　　在那一刻　屏住、急起、轻柔
　　当所有的神经
　　在那一刻　紧绷、挺住、坚持
　　当所有的脉律
　　在那一刻　狂跳、激奏、和平

　　孩子啊——

　　你感到了　所有的关怀
　　像阳光　穿透黑暗　送来温暖吗？
　　所有的支持
　　像胸膛　呵护托起　带来力量吗？
　　所有的疼爱
　　像亲人　知冷知热　播撒希望吗？

　　与灾难留下的伤痛和残疾　斗争较量，
　　与心中哀伤和阴影　握手告别
　　记住　人间的大爱　爱会让你更坚强
　　记住　明天依然美好　唐山的叔叔阿姨就是榜样
　　你们感恩的歌声　发奋的身影

传递着爱的接力棒
你们的勇气和勇敢　引领着新一代成长的肩膀
创造奇迹见证不屈　向同龄人挑战

这个儿童节呀——
我看见了　你们仰起了笑脸，挺起了脊梁
我听见了　你们的歌声　飞越高山大海
鲜花和掌声　为你们加油喝彩！
胡爷爷为你们　吹响了进军号角
重返校园　回到老师同学的身旁

孩子啊——

灾难压不垮，祖国是后方
你们是人民的孩子
千万个爸爸妈妈是你们的靠山
只要心中有信仰
千难万险　一定会　走出来
前方永远有太阳　未来依然在召唤

髌骨脱位

206 块组建里
一对骨头
玉石般圆润
仅此一对
直立进化功不可没

体坛上驰骋
红舞鞋旋风
八面游刃一湾剔透
光速连通
有鲜红与暗红伸缩
谁会关注
活骨质的作用

瞬间脱岗
轰然倒地
自如顿跌另一境地
健态隐身

条纹服里
复杂感知
人生轨迹可曾拐点突降
纠结揣度影像叠闪
身份和前途
陆离光怪

摄入与排泄
最基本的快感与屈服
诊视享有的资格
潜入伊甸园

青涩哪能开怀

脑海印深刻
微创也翻江倒海
权利义务交织
可怜父母
觅寻仁术仁心

敢问
比例的标准和匹配的尺寸
活力入门
筛选漏遗
少男少女花季雷暴
规避风险谁担责

疗愈意义
固化一律
延伸出万千独特个体
怎样遵从

偌大世界的一个点

一个点
一个心灵
一段段历史，一番番感怀
一幅幅图画，一首首乐章

放大点
以年轮作标识
立心为圆
源远流长
弹拨着键弦

点的轨迹
一路岁月衬映
人生篇章
徐徐拉开

阳光的色彩和阴影
土地上的风云
从鼻孔吸进血里
从瞳仁烙入沟回
从鼓膜传给记忆
从皮肤渗往脉络

日夜不息的血
跳跃着时光的痕迹
呼出的味道
背负着生命的传承
密码和重任
挤压着枝桠的方向

天性在心跳之中
过滤而成长
点哟，幻化着无数的模样
而缘
是串起的点点滴滴
汇聚着汪洋

点的力量
长在屋檐的雨丝里
落叶的芳容
叮咚款款

丛林的声息
在喧嚣中静默隐匿
星光疏忽祷告
寻迹着悸动的节律
哑然无痕

于无声处
滚滚海潮蛰伏天边
浩渺星宙
一点闪烁

2011 - 06 - 10

宝贝,你是深圳的孩子

宝贝　你是深圳的孩子　迎着春天的海风
与梦想一起　飘落在这里　从此
心灵发芽　抽穗古老大地　扬帆远行
岁月刷新　复兴龙脉苍鹰　腾飞展翅

轰隆隆的开山炮是你第一声哭啼
振——兴——中——华　跨越了一个世纪又一个世纪
你爷爷的爷爷　漂洋过海半工半读黎明前
你奶奶的奶奶　一代"剑侠"冲出牢笼黑夜里

老屋门前那棵大榕树下　1889年的界碑
屈辱　永远立在那里　泊沉铁锚牢记警醒
终有一天　你以全新的视野　穿云破雾越过地平线
呵护地球　保卫母亲　珍爱一切生命

去吧　与"自由女神"握手!
携起黄皮肤、黑皮肤、白皮肤一同去遨游宇宙!
记着:你有十三亿的兄弟姐妹
记着:你有九百六十万平方公里的家园
用力量的音符　点燃不息的火炬
以东方的智慧　回归自然的和谐
哦　宝贝　宝贝　你是深圳的孩子!

2008-03-12

岁月摇曳

岩浆喷发炽热抽身远远地离航
隐入路旁冰冻透明缝隙间逃亡
看来来往往车流人流雨水阳光
出出进进梦里梦外泪流笑靥交班

树粗了楼高了人变了模糊了地方
地面翻新恰如树叶出芽又飞扬
时寂时喧风中屋檐抖落尘埃
商贩斤两赢亏日日平和生长

世界与街道在身后伸展或深藏
万千变幻海面游动远洋货轮影像
角角落落忧伤哭泣打着热线诉说
抬头望青山视线遮蔽遮不住向往

孤独心灵苦苦寻觅远远阻隔崇尚
卧守田亩收屯渔网日复一日等待
夕阳西下荡游过往朝霞又出山
潮汐涨落代代辈出一派新气象

戚戚幽幽心事汨汨细草海浪
天地宇宙塑造跨越形骸胸怀
万古风声千秋兴业蝼蚁定格
山水为家冲出海门又一片艳阳

2008-10-11

都市画面与变奏

片段文字消没了你的喉结
下沉的思绪开始飘起晨烟
间断的近距离话剧般放映
又读出更深更远几度空间
有形无形冲撞隐秘不经意
日落斑驳谁开启心思寻觅
最大的诱惑神经还是感应
喂养欲望丝丝入扣多陆离
翻检的过程哪一颗最明瑾
清理开掘潇洒太平谁认领
哪一站可栖枝头抑或水底
目光沉郁发亮情思遽飞逸
夜色与阳光何处诚实美丽
呓语反讥泉水沸腾上天青
用什么计算时间还有生命
你方式他方式还有我独另
聚集在一起组成行动轨迹
往日唤起鸽哨明天布阵棋
画描脉络展示灵魂的走行
究竟什么潜伏深处放风令
你知道我知道还有不知的
每个谜面谜底都能开致兴
谁陪你月落守候翠微天明
系领结缠绵不绝感思无限
马奔腾海风天涯何处沉醉
浪呼啸情天大地哪里为眠

2009 - 04 - 26

清明时节

断魂忧伤不止唐盛悠悠至今沿行
留下诗篇入耳吟口又有多少人情
魂为谁断心为谁伤泪雨感怀难临
全球大同华宇文脉犹存经络黄陵
铺天盖地疗救心灵纵横风骚谁领
上下心眼交错话语雾绕堪碎黎民
生存福利世人差别耳目森严等级
背景支撑学术聚集所言游刃缝隙
过滤纯粹纯洁异军突起力量挺进
花容智慧相映昭示公务前沿财经
冲天牛气目标锁定还有什么可理
开辟三天放映三月梳顺情感琉璃
漫游梅岭穿行竹林呼应文思内心
长短言辞片段文字天上地下人铭
两个人种纠结神经迁延变更不清
繁忙开道退避茶亭不见风清月明
倾城潜伏世纪之恋祈祷善美真心
寻觅审视由内向外展露各自魂灵
至美消遣感叹风光有限网络连起
昙花绽放心空耀眼殒逝瞬间粹精
品喜不及消散弥漫涌堵车道行迹
高楼晨梦诡诞难实呼唤不出连理
视频透出冰山组合字码呈现潜意
旷野无人援助打捞只为高诱黄金
隐去新闻对接时空撤走图像专利
漠然理会小众交流架起信号引领
众生芸芸朝拜神灵修炼各自选定
同道相逢异道相交图画展现认清
超然来去追溯前缘爱心涌动珍惜
情愫怀春激情更年穿越空间古今

世俗地域泛滥金典凡尘自限定律
披荆斩棘突围幻化虚空景色耸立
漫步海岸遥望天边谁可衷肠诉倾
伟哲留步膜拜裙裾跟随游离脚印
柔水铸身钢造意念藏起玻璃心地
骑士来过绝尘而去风沙卷起雪域
春花山野冲浪寰宇采风狩猎森林
放荡书籍畅想容颜心生感念无极
高原流岚沙漠清泉沁香遐想入脾

2009 - 05 - 02

十八岁的前夜

梦想在很远的地方
叫　我　　长开的五官
在　某些日夜　　更替的时刻
演绎着　美或不美的议论

透过　庸常的碎片
咀嚼和领略过
人性深处的　度　量　可能浅薄
或许深刻　那看是谁的评判

校园里栖身
多年之后　不知家的味道
间隔的胃肠
跟随起流行的风向标

末日的预言
连同　哈利·波特　一起走进

尾声　　而世界之谜
从童年的血液里　循环着青春

词典的故乡
刻着父辈迁移的脚印
杂闪着《天鹅湖》和《雀之灵》的情境
滋养着天资　牵引着人生

成人礼　埋进了高考的墓穴
衡量的标杆
押着　墨守成规的路径
撕裂着从众和超群的翅膀

五彩的星子　缤纷　坠满
眼睫和额头　云朵里
歌乐声　蛊惑着明天
奋力坚定地拼搏　时偶迷惘

总有一阵风
向我张开笑脸　挽着伙伴的手臂
我们在晨暮之间　从书本到琴键
从琴键到书本

2012 - 01 - 10

瞬间与凝思

墙与路　并行相随
风一样掠过

回眸瞬间
六菱窗复眼延伸

立在云枝间
无需依傍　岂止钢筋铁骨

一方故土
四面八方洞开　出入有谁

高校集散地　错落
引领衔接人间每一个入口

深闺凝固
天际地平线可立个标杆

2019 - 09 - 01 即刻

玻璃门与黑蝴蝶

临街大楼底部　玻璃门仿生瞳仁
好多年就呆在里面
某天清晨突然睁眼　看见打折灵魂
大雨扬起羽翼　水母遨游海洋
与人等高　视线凝结
从此内外通透，对视彼此　秘而不宣

钙镁铸就特质坚硬透明
加厚加固参入些合金　莫让心灵碎裂
历历行人行色　风雨观摩
蜡封表情任路面频改　车流斑驳
血脉摇曳枝头

进进出出　开开关关　自如如肺
阻止与开通　视而可见　或　视而不见
此处之外，与木与铁与铝与铜与金
关闭的功能无异　只有
蝴蝶却不知

缝隙间　黑精灵般随气流翩跹入内　振翅新奇
门里一桌一椅　一人一样　杯子　空调
绿养植物　画中山水　荧屏鸟儿
陷阱生动无限　诱惑飞翔　一次次撞击
空气如水结冰　怎么都找不着出口
终于一动不动　合拢双翅
与墙角另一只黄色小蝴蝶　同样的姿式　躺倒注定

2014

死亡之歌

死亡——
从出生时就蹲在生命的门口
伺机登场

在强大的生命力面前
负于一隅
在最热闹快感中
一不小心也能得逞
在最静寂时分
甚至会猖狂其道

披着一件恐怖的外衣
吓唬众生
撩起很丑陋的獠牙
狠狠咬住不屈的头颅

死亡的名字很多
每一个都足让人畏惧
当然也有极少的诱惑力
引诱一些脱离苦海的向往

与生不同的是
没有喜悦的迎候
只有悲伤的送别
没有自由的选择
只有无奈的接受
没有等价同值的仪式
只有身份不同的差别

死亡的乐章纷呈

随着主角心情奏响
告别肯定是主旋律
爱恨情仇
一头是烟消云散
一头是笼罩聚结

死亡的色彩杂乱
黑白是主调
缤纷也许在某处小众起舞
人间天堂地狱
三界分隔灵魂的品质与分量
谜底世人永远不知

命名与定义
是命名与定义人的游戏
其实与死亡无关
死亡只有一个形式
消失是永恒的样子
喜怒哀乐戛止

醒来·本色

从出生的时候
我就想着离开　是要远离血脉的方向
不管　父亲的血　流在哪根血管
也没在意　母亲的血　从哪里发往
离开就是梦想
离开就是飞翔

童年的时候
我常在屋檐下祈祷
擦去眼角的泪花
想象着白胡子爷爷来带我去远方
远游即欢畅
远游有前方

年轻的时候
我把房屋当棺材
闷在里面没有空气
只有出去才有欢颜
只有远方才是向往

跋山涉水的时候
我听到灵魂在歌唱
气管里存根着自然空气
记忆都是清新
浑身变成飞羽

穿行城市街道
炫目的色彩
让血液如焰绽放
我忘了自己融入其中

不停地追寻
什么才是人生的意义

离世俗越远
我越奔放
一回落尘世就越恐慌
一切该怎样打理
远离了人群又该如何主张

要什么呢？来世一遭
所有的追逐都有终极的下场
看戏演戏导戏迟早会收场
折腾来　折腾去　剩下什么呢
呼吸还在　心跳　还在
拿什么充盈躯体和脑袋

快到减速的站台了吗？
卸下所有的货品组装
激情却是　车厢的废气　都要排放
人生只是单向而列车总要出发
忽然忆起得上上下下把自己打量

原来潜藏在皮肤下的血管
每天流来流去的都是父母的血液
他们在叫我回去回去
外面很累很乱很迷茫
回去吧回去吧才能安宁
可我要从哪里往回走呢

2011 - 08 - 06

日常·感悟

"越做越有力,越懒越好吃。"
方言母语,不动声色
伴你一生
无论你走去哪里

母亲的话
几十年后　某天蹦出
肌肉记忆生长在脑回深处
干净,才是最爽!
却要付出多少劳动

清洗,不留遗迹
阳光味道里　会警惕
外面进来的一切
琳琅满台　将与
每一缕阳光　　都有
肌肤之亲

人的一生
都离不开洗洗涮涮
新陈代谢,与大自然
相交——共谋。

2019 - 10 - 11

身　份

羊，处在羊群中的位置

陆地上，却并不单是羊
狮、虎、象、鹿、牦牛、河马……
还有鼠、蛇、蟑螂、臭虫和蚂蚁……

这些或庞大或微弱者呀
甚至水里的鱼、虾、蟹……
空中飞来飞去的鸟、蜂、蝉、蝙蝠……

概都——莫　不　类　同
（当个体处在群体中
就自然形成
这样一个名分？）

星星，运转在宇宙间的轨迹
连同自己的体积、覆盖、作用、辐射……
也都被用来命名？

那么，作为天地间万物之灵呢？
附着其名，究竟如何怎样而来的？

拥有者，不屑？
毫无者，不觉？
嚷嚷者，不配？
惦记者，不言？
哈哈，这些猜测只是陋识孔见
当是尾族对王族的妄想武断

脱下这件外衣

相同与不同　一目了然
然后再次组分
又显出等级
不得不重新穿上
谁也脱不去的
那件外衣

如同羊群、鹿群、鱼群、鸟群……

　　　　　　　2011－08－10

云在水上漂

　云在水上漂
　梦从风中笑
　泪滴星空红尘老
　一骑无疆飞天涯

　云在水上漂
　梦从风中笑
　残月连晓环世绕
　情往何处终难了

　云在水上漂
　梦从风中笑
　海心起沙哪见着
　神仙落花谁逍遥

　　　2011－07－08 作于女儿练习钢琴时

从 前

那一刻，我们瞬间回到了
青春年少
隔着屏幕，只有声音
毫不设防地打开了
当年的话题

封存了 35 年时光
一下子复活了
那个从前的你我
说过与没说过的话
一下子全说了

戛然而止
生命的总结与反思
或开始

不能重来的时光
回不去了
命里潜伏的肌理
是否都能看得清

那个横断面的你我
可是彼此真正的对方
又有多少是本来
必然的走向

本色依旧
不陌生的话音

顿感惊喜与无奈
岁月流过

2020 - 03 - 15 丑时

有标记的日子

每个日子，每个时辰
都有人开始标记
春夏秋冬，子丑寅卯
一轮一轮的刻度
记下了每一个生命

自己与至亲
无论有没有形式
都会在这一天纪念庆贺祝福
岁月年轮刻度都是记忆的标记
差别只在于外在样式

太阳直射南回归线入九夜长
童年的鸡蛋面条发糕就是纪念
闯入南方安居之后开始响起圣诞铃铛
华夏子民深切怀念伟人诞辰日
紧随其后的日子是父亲的记忆

80年代开始　从此定格在身份证上
冬月十一子时（三个一呀隐含着某种寓意？）
是母亲隐约的话语
公历农历并用时代刚好由父母来体现
从此正儿八经纪念从电话到微信到红包

伴随独自一人默默刻下滨海时光

56个刻度明晰亮度寥寥无几
发光的只是青春友情的记忆（短暂）
军装相册留下中学同学的笔迹
同事的庆宴也曾暖过隆冬林场
一眨眼就是十几载还有家人团聚

所谓本命年回想起来都是坎儿
1975，1987，1999，2011……
都是人生最重要的事件
无论好日子坏日子都刻在生命柱上
留下来走过去就是生命的胜利

昨天公交上微信里（跟着文人）给自己算了个命
即将到来鼠年不是凤凰就是喜鹊（都是好命）
有一点吻合了父母早年曾帮算过的大女儿命
南方利——这是命里指引还是运的行走
终归命运线重合在南方之南里
许多商业庆生贺卡你会不会欣喜
最初的温馨很快随风而去
唯有成功人士富人才大摆宴席
特殊的日子其实也是一种经营
曾经暗暗发誓可曾就是暗藏的命迷

看清了命运玄机翻篇过去
走下社会舞台还能否重塑自己的江湖
丑时未到即清醒记下这个刻度上风云
擦亮自己年轮只有自己用能用的方式
以文字以思想以当下对时光感知

月上心弦 / YUE SHANG XIN XIAN

今年的冬天北京下了三场雪
而南方从趾尖冰凉的时刻就开始
墨迹默记这个日子要以什么方式
心情紧跟喧闹是在与时代紧密相连
自嘲活在当下就以此来呈现

离离原上草，一岁一枯荣
野火烧不尽，春风吹又生
此刻走出斗室与白居易会晤
思想流水一去不复返
留下个只鳞片爪慰心怀。

2019 - 12 - 27 丑寅时

B 散文

一、年少时光

故乡·童年·桥

故乡，是一首拨动心弦的歌。《故乡的云》从眼前飘过，却没有在心灵生根。那首深情动听优美的歌，是我裹着灵魂、和着血、蕴着泪、勾着梦，唱给故乡的歌："每当明月升起，升起的时候，我深深地怀念，亲爱的故乡——那里有美丽的青山绿水，那里是抚育我生长的地方！啊！故乡！亲爱的故乡，我愿化作天上的白云，乘春风飘呀飘，飘到你身旁……"这是电影《庐山恋》中的插曲，是故乡，在我心灵最深处的歌！

庐山，你有多少传说？你有多少故事？你有多少歌谣？

生于斯长于斯的故乡啊，你于我，是生命最初的朦胧和混沌，依稀如烟的往事似梦非梦。婴儿的眼眸里，对世界有多迷蒙，你山上的一切就有多迷朦；幼儿蹒跚学步有多摇晃，你的神奇景物就有多摇晃。尔后的我，就是远离，隔山隔水的远离，全然不知的远离。回来后，十年的成长（6岁到16岁），你就是我会看会想，若即若离的眺望。70年代的十年呀，于国于家于我，那是怎样的十年?! 历史的风云在这里激荡过；家庭的沉浮在这里飘摇过；我的成长，也如山野、石缝中的一棵节节抽条的小竹笋，阳光照耀过，风雨吹打过。山下的一草一木，一砖一瓦，印刻着我童年和少年的记忆。80年代伊始，祖国云开日出；我和我的全家，也扬眉吐气。感谢我的母校，感谢我的师长，他们培养了我，并以正直宽厚之心，顶住了歪风邪气，把我送进了军校。

成长童年的山南脚下，在离别多年的成年以后，总觉得是吻合："采菊东篱下，悠然见南山"的那个场景。那时，天蓝得似乎没有一丝尘埃，除了乡村的炊烟和田野的火粪烧。后来，一个个烟囱冒起来了，工厂带来了发展，带来了富裕，也带来了污染。隆冬时节，焦黄浑浊的天幕，是下雪的前兆。在孩子眼里，总疑心天是让那个冒着黑黄的烟囱给熏黄的。但雪天雪地里的欢乐，让童心顾不得去追究了。门前有条河，从前的水，是清澈见底的。常常在午后，趁着大人睡着的时候，孩子们就偷偷地溜走，去河里抓鱼：鱼儿一群一群的，在河岸一眼望去，就能看见鱼儿向哪个方向游去。于是小伙伴们就分工，一些在鱼群前面，拿着竹藤做的筦箕堵，另一些在鱼群后面，蹚着水吆喝着赶，不亦乐乎。鱼儿总是能抓住的，只是多或少，大和小罢了。大的回去煎着吃，煮着吃，小的回去喂猫儿。女孩子们更多的是在清晨或傍晚，去河里占位子洗衣裳（头水净，尾水浊）。那洗衣长长的"龙门阵"，在日出日落时分，不时传出歌声、笑声、吵架声，妇女们的家长里短也从那里流传着。

　　河上最早的时候，只有一座"古"桥，据说有两百来年的历史。用来建桥的大青石，一块块如课桌般大小，六面都凿有一道道小沟槽，传说是用糯米饭和石灰把它们粘合起来的。就这简单质朴的一个拱形桥，却承载着一个多世纪的历史：日本鬼子的炸弹，国民党飞机大炮，还有记不清多少次的山洪，都不能摧毁它。那时，在我们孩子眼里，那简直就是一座神仙桥。

　　让我确信这是一座神仙桥，是由于一段与我家切身相关的故事。一天下午，刚刚可以称为少年的小舅舅（十二三岁吧），兴冲冲地骑着刚学会的自行车来我家。在他冲上引桥的长坡，刚上正桥时，一阵风吹来，掀起了他头上的草帽，只见他一手去拉帽子，一手还扶着车龙头，就这样连人带车，向桥下跌去。起初是头朝下，对着桥下一摊乱石，可在急速的下坠中途，忽然就掉转了方向，一百八十度的大转弯，变成了脚朝下，向着桥下水最深处坠去。小舅舅生长在长江边，是游泳高手，这点水对他来说，根本不在话下。一场惊心动魄，结果只是虚惊，是高台跳水，扎了一个猛子。算是技术不当吧，只伤了一脚踝。经老中医推拿，敷敷草药，不到一月不留任何后遗症地痊愈了。人们都说那是因为有神仙的相助。年少的我很相信。直到今天，我还宁愿相信这是真的。

　　桥的这头是家，桥的那头，是一座早已没有了菩萨的旧庙——我们刚上小学一年级时的学校。在那里，我们第一次捧着课本，大声朗读：毛主席万岁！中国共产党万岁！中华人民共和国万岁！第一次学唱《国际歌》："从来就没有什么救世主，也不靠神仙皇帝，要创造劳动的一切，全靠我们自己……"苦大仇深的贫农老伯伯，给我们讲忆苦思甜课，我们还尝过野菜糠粑。那就是70年代初，我们人生的第一课……

　　故乡，童年，门前小河，还有河上的神仙桥啊，你们渐行渐远，如梦似烟。

每当我再次回到故乡，再也看不到那条清丽童趣的小河，心里充满了哀伤。河水已是发绿发臭，再也没有人敢用了。河边总是堆着垃圾，四处的污水废水都流向那曾美丽的河。河床更是惨不忍睹。虽说靠河吃河的人，在河边建起了一幢幢小洋楼，可周边对比着的百孔千疮的河床，哪儿还有一点美感呢？

今夏，在"泰利"的肆虐下，那座古桥——神仙桥，或许是被挖空了桥基，或许是太苍老了，年久失修，居然就没能挺住这次的天灾，轰然倒坍了。电话里，老父告诉我这一消息时，我心一阵悸痛。有关那桥那河的一幕幕童年的印象，禁不住浮现脑海。还有前几天，妹妹短信告知：我们高中的班主任离去了。我的哀思只有托妹妹代表了。由此，故乡的一切隐隐于心，难以释怀，以此文纪念。

2005-09-05

找寻，童年梦想的影子

我的童年，是从长江边，独自唱着"划龙船"的歌谣开始的。那时，记不清，匡庐云雾里的摇篮曲，也忘记了，隆冬矿山边，冒着腾腾热气的老井。和山里的孩子一起去砍柴，蘑菇和竹笋，带给我无限的新奇。在田间地头采猪草，掉进水里，哭着爬起来，又笑着向同伴们吹嘘。从门前的河里，踩着一块块大石头，去上学。最讨厌，同桌那个起我绰号的浑小子。

70年代初，琅琅读书声，不是校园的主旋律。记忆，是与学校里的一次次排练演出，联系在一起。寒假里，小姐妹们，也是挖空心思来"演出"：把家里的木制大饭桌当"舞台"，"导演""演员"站在桌旁，"观众"坐在"台下"小凳子上。剧目是《白毛女》。那是旧社会，应是黑暗的呀，而我们"出演"时，正值暖阳高照，怎么处理这一"技术"难题呢？"导演"号召说，我们把外面的棉衣都脱了吧，把窗户遮起来，不就"黑暗"了吗？大家一致同意。就这样，大冬天的，一群孩子，"台"上"台"下分不清"演员""观众"，只穿着毛衣，看着，演着，自己"编导"的节目，乐不可支。

小伙伴们这样的"自造剧场"毕竟有限。许多时候，在傍晚时分，由老师带领，穿村走寨，去打谷场，去大队部，给老乡们演出，填充着我们课余的时光。最让我们开眼界的，是每年"六一"各校的大汇演，那真是我们盛大的节日。印象最深的，是一对双胞胎女孩跳的"镜子舞"，镜里镜外，两个女孩相对而跳，你还真以为，是一个人对着镜子在跳呢。

（许多年以后，电视里，才出现一对男生双胞胎的哑剧。）

后来上学的路上，一位子弟学校，背着小提琴的女孩，吸引着我的视线。可惜，我像是只看见过她的背影，似乎没有正面碰到过她，更没有听过她的琴声。这个背影，也许就是童年的一个梦想吧？直到我女儿喜欢上了小提琴，看到她周末背琴去上课的样子，才隐约记起，那个我童年眼中的背影。

　　童年的梦想，也许还在萤火虫纷飞的夏夜，小朋友捉着迷藏，做着游戏；或躺在竹床上，仰望星空，听着大人讲故事；或在月光下的河边，唱着歌，洗着衣服，一边和鱼儿嬉戏，一边高一句，低一句地聊着，想着，自己的心愿；或挨骂后，倚着墙角哭泣，幻想着有位白胡子老人，带自己去到一个，没有烦恼，没有忧伤的仙境……

　　当兵，是那时，我们女孩子最大的梦想。若干年后，当梦想成真时，和所有的人一样，当时的心情，高兴得无法形容。

　　梦想，引领着人生，是命运中闪亮的灯光。而童年的梦想，是人生最初的那盏。也许，它能照亮你的一生，也许，它只在你生命的深处，闪闪发光。

2007 - 05 - 28

青春的纪念

　　十六岁的花季，我们走向军营。

　　20世纪80年代，那是个激情浪漫的年代。国门刚打开，生活一下子从黑白片变成了彩色片。曾是草绿色、灰色、蓝色制服一统天下的时代，一去不复返了。高亢的《祝酒歌》，青春四溢的《年轻的朋友来相会》，还有绵绵的《乡恋》，以及邓丽君的"靡靡之音"，录音机、交际舞、喇叭裤、大背头，似乎一夜之间，就占领了街头巷尾。

　　而就在这时，我们的青春，刚刚伸出触角。命运之神，把我们一批批来自闽赣两省的花季女孩，带到了榕城的西湖之滨。那是一所刚刚建好的军医学校：整齐的校舍，巍峨的教学楼，新开垦的操场。这一下子，就把我们与花花世界，隔离开来。

　　一群花花绿绿的女孩，从赣水两岸，闽江流域，欢欢喜喜地来到这里。昨天还是花裙子，高跟鞋，在父母身边撒着娇；转眼就是清一色的短头发，绿军装，解放鞋，一排排整齐划一的女兵。

　　清晨，一声声嘹亮的军号，把我们从睡梦中惊醒。15分钟，霞光里，就要站成一排排整齐的队伍：报数、出列、立正、稍息、齐步走。

来自军营的人都知道，出操，整理内务，是每天每个军人的必修课；而军营里时政学习，革命传统和先进模范教育，队列讲评，每周班务会，战友之间批评和自我批评，则是我们从一名普通老百姓，成长为一名军人的精神洗礼；那队列训练，瞄靶射击，行军拉练，还有那时常响起的，此起彼落的，拉歌、赛歌声，又抒写着军人的风采。

我们学员兵，政治课、业务课、军事课，穿插进行，把我们锻造成既能拿枪，又能救治伤员的白衣战士。

傍晚，操场上一派生龙活虎，生机盎然。姑娘们一条军腰带，分野着白衬衣绿军裤，朴素简洁之美，让炫目缤纷的时装也逊色；排球、篮球敢与小伙子们抗衡，欢快的迎宾舞和潇洒的水兵舞，更让健美的身姿，赏心悦目。

军校生活，最自豪的是：酷暑盛夏，烈日炎炎，我们经过几个月的艰苦训练，一支英姿飒爽、训练有素的女兵方队，在那年国庆阅兵的福州"五一"广场，接受党和人民的检阅。

那年，我们不满十八岁。

青春的纪念，是绿色军营的纪念。

军人的品格，激励着我们的人生路——

自强不息，让人生，无愧于曾经的军旅生涯！

2006 - 07 - 28

母爱，在回味中悠长

母亲，离开我们已有 12 个年头了。

那一年，在异地他乡，我初为人母。恰逢春运之时，千里之外，一票难求，抱着怀中褓襁，两天之后，我从冰天雪地里，乘飞机，打的士，才绕道赶回家。

母亲躺在那里，很安详，睡着似的。我丢下孩子，来到母亲面前。从没为母亲梳过头，拿起梳子，我和妹妹，一下一下地梳着；伸手去摸摸，母亲的脸，好像从来都没有摸过，怎么这么地冰冷？

52 岁的母亲，真的就这么走了？

是的，带着黑袖章，悲戚难抑的亲人，告诉了我；屋里屋外，母亲同事的叹息，告诉了我；一批批穿流而来的亲戚，和来告别母亲的学生，都告诉了我。

第二天，要送母亲进火化炉的那一刻，我才恍然醒来，放声痛哭，发疯似的奔过去，要去抓住母亲，那最后的衣角。

从此，我的生活，就再也没有了母亲。

而母爱，却从那时候，才开始慢慢地，滋长在心底——

朦胧的记忆之初，依稀的母爱，是那深更半夜，抱着病重的我，在父亲出差时，独自翻山越岭（家住庐山），去敲医院的门。生下妹妹的产后，只有左邻右舍的照料，夜半时分，母亲顾不得自己的休息，为两岁多，正高烧着，吵着"喝水，吃萝卜"的我，倒水不停。

长江上，那穿梭不息的"东方红"号，曾记载着，我童年几多迎来送往。而那次驶向故园的客轮里的母女图，却成了永恒的记忆。

隆冬的船舱浴室里，母亲满头是汗，为浑身上下都是厚厚污垢的孩子，使劲地抹肥皂、又是搓，又是抠，一遍一遍地冲洗不停。母亲心疼不已，没能亲自照料我，心里是说不出的滋味。一路的江边风景，母亲无心欣赏，只有寸步不离地，守着刚接回的，寄养在江北边的公公和后婆婆家里的孩子。一人要照料，两个年幼的孩子，才二十来岁的母亲，要出外工作，只有送走长女。从我牙牙学语，到学龄而归，母亲心中，何曾不总是牵肠挂肚？这一幕，直到成年后，母亲还不时地，对我说起。

除夕之夜，孩提时的姐弟仨，与父母一起，全家围着满桌菜肴，团圆之后，还要分享父母忙碌几天而来的年糖年果。会唱几种戏曲的母亲，总能把永远只唱一首歌的父亲带动起来，与孩子们一起开家庭"春晚"。一家五口，围着火炉，支撑到新年第一声鸡啼的时候，总只有母亲一个人，还有她身边亲手一针一线，抢做出来的，三双崭新棉鞋。每年，当第一声迎春鞭炮响起，母亲总是一夜未合眼，让我姐弟仨人，一身新的，出门去拜年。

成长的年代，体弱常病又倔强的我，常与脾气急躁的母亲，冲突不断。等"翅膀一长硬"，我就远走"高飞"了。每一次离家时，总有这事那事，弄得不欢而散。我和母亲，似乎谁也不示弱，车要开了，挥手告别时，谁都能憋着，不掉出眼泪。

我出门在外，年轻气盛时，很少想到母亲。偶尔回家，有机会，也难与母亲，说说成长的烦恼。从来就不是她的"小棉袄"。从不在她的"规划"中行走。生命受挫的低潮时，甚至对她说，不感谢她给我生命。从没有为她过生日，更不知道有母亲节，唯一记得，我买的一件礼物，她没用多久，竟成了陪葬。在她走后的第十二个年头的，我才第一次，在清明时节，去为她扫墓。

养女方知母。直到女儿，到了叛逆的年龄，我才时常想起母亲。梦里的母亲，也不再是记忆中的模样。我和母亲的悄悄话，才开始在阴阳两界间，晨曦渺渺，似有若无地说起来。

母亲所给的爱，在她离去的多年后，我才能从记忆中，点点滴滴，去回味，去追忆。她将伴着我的生命，直至尽头。

2007－05－10 一稿
2008－03－28 二稿

栀子花开

人间四月天，生命变奏弦，走过芳草地，召唤常青年。

知否？知否？知知！否否！

这个四月，对生命的感悟，对人生的感悟，来自莲花山，那山上山下，盛开的栀子花。

最初遇见栀子花的时候，也是春末夏初的四月天。20世纪70年代，那是生命花蕾刚刚绽放的季节。七岁的孩子，跟着父亲去医院，从黑暗阴冷的X光房，走出来的时候，被告知患了病。本如芝麻开花的心情，一下子就遮蔽了阳光，回家的路，脚步沉重地拖着走。从此，与小伙伴们，就有了隔离。多半时间，都是自己一个人玩。记忆中，那时最美的时光，就是清晨一个人，去屋后山里田间散步，吸吮新鲜空气。踏着露水，边走边听小鸟说话，看山间花开。兴致好的时候，采上几枝映山红。

春天上学的时候，有同学带来几朵白润润的花，别在上衣的扣间，或夹在书里，大胆地戴在头上。那时我不认识那白润的花，也不知道花来自哪里。只觉得花的香气，淳厚扑鼻，很诱人。

一天早晨，又去散步的我，快到家的时候，在老乡家的门前，猛然间，发现了一株栀子花树。齐我头高的树身，婆娑着片片绿盈盈的叶子。新叶长出来了，老的叶子还未凋谢，仍是那样地呵护着。从树根旁生出的，是一支支斜身向上的树枝，越往枝头，叶子越翠绿、柔嫩。看着叶子，从墨绿向嫩绿的演变递进中，我惊喜地发现，绿叶间，有一朵朵瓷白的花。看那花瓣，恣意地开放着，毫无保留，一眼就能看见，那越来越小的花瓣中，有星点微黄的花蕊。花蕊与花瓣，从白到黄渲染着，她们一起完成着，春天的花期。还有的花瓣，却是紧紧地裹在一起，不分彼此，绿白相间，让我分不清，那是叶还是花，吸引着手指，非得轻轻地拨开，包藏其间的秘密，直到沁香入鼻，眼前一亮，原来，这就是尚未绽放的栀子花呀！更小更绿的花苞，躲在叶子间，与叶子难舍难分，浑然一色。

这是当年栀子花,带给病中的我欣喜和快乐。孩子的心不更事,那时也许没那么多的观察和发现。今天的想象和体悟,却投射于当年。在记忆的深处,那株栀子花树,一直开放在早晨的露水里!她封存着,藏进了潜意识里。随着老家和少年时光的远去,随着人生之路的不断延伸,那记忆底版的映入,也渐渐地淡忘了。这么多年来,我很少在四月天,回到那片,最初记忆的生命故乡里。无论是军旅之途,还是南下之路,我怎么从来都没有,再见过栀子花的身影呢?真好像从未与她,在生命中遇见过……

深圳街头,那个细雨霏霏的早晨,病中散步的我,突然看见有人在买卖着,一簇簇带着叶子,夹着花蕾的栀子花,我忧郁惆怅的心情,一下子就雀跃起来。潜藏的记忆,倏然生动地复活了。清晨少年眼中,老乡门前的,那棵带露的栀子花树,神奇地复活了!那瞬间的感觉,冲击着我的情感。顿时,我浑身充满活力,按捺不住心情,要去莲花山走一走。

这一走啊,我竟然是投入了栀子花的怀抱!整个人,幻化成一支笔,饱蘸着弥漫浓郁的栀子花的香气呀!这太出乎意外了,欣喜之情,简直让我心花怒放起来。那条由健身之人组成的川流不息的,鹏城中心区的心脏之山,男女老少,每天都有人,扑向她怀抱的莲花山啊,我真没想到,山上山下,路的两旁,竟全是一棵棵,牵手相连的栀子花树。绿叶油油的栀子花树,不是开着一朵朵白瓷瓷的花,就是露着一丝丝绿闪闪的花苞。她们一株连着一株,一朵连着一朵,开放的,打朵的,款款达荣的样子,一下子激起了我心中,一汩汩热流,奔涌而出。

哦,栀子花呀,久违的栀子花!这个四月天,在这繁华蒸腾的都市,卧病的我,与你相逢,你是如此地打动着我。究竟是因为什么呢?是你的朴实,你的默默无闻,你的平凡无华吗?

你是我病中热望的生命礼物吧?!

在这个城市,我们曾在许多节日里,饱览过玫瑰、郁金香、菊花、荷花盛大的美丽,却从来没有留意过,这来自农家院前的栀子花。这朴实的美,竟能在我生命静息休养中,感到如此之美,如此地动人!如之国色天香,也丝毫不逊色!这是怎样的发现,怎样的惊叹呢?

而当我漫步在关山月美术馆,门前那两列,摆成"八"字形的迎宾盆景,竟然也是这淳朴的栀子花,真是让我有了震撼之感!哦!栀子花呀,艺术家们把视角也投向了你,把你迎进了这美的殿堂!你的美,是天然之色,是本真之美!是生命回归的纯粹之美吧?!

这也许是病中我,对生死穿越后的感悟,也许是生活烦劳的空隙间,有了一种对生命滋味的回眸?让我从一名医者,无奈地成了一名患者,换个视角来看两者关系,而多了一些感慨和向往吧?

是的,愿我们的白衣天使,都有一颗天然之心、本色之心!对生命,对每一个生命,包括自己的生命,无论伟大还是弱小,都是由衷地热爱,充分地理解和尊重!

像这四月天里,盛开的,醇香的,栀子花一样,美得震撼,回味久远!

2008-04 北大医院

女军医和小姑娘

那是个夏天,两小姐妹,从外婆的山里,翻过一个又一个山头,到了有照相馆和电影院的十里铺,已近中午。

穿过马路,要爬一个很长很长的坡,每次都能看见那幅很大的壁画:一个珍宝岛上的解放军叔叔,握着冲锋枪,头上还负着伤,在雪地里,一往无前地向前冲——"我们一定要解放台湾!"

看着看着,姐姐不小心摔了一跤。小花裙子里的膝盖,粘着马路上的细沙,往外渗血。妹妹使劲地拉起姐姐,汗水湿透了她心爱的花绸子短袖衫。姐姐咬咬牙,直起高妹妹一个头的小身体,不在乎地往前走,显然已走不赢妹妹了。

前面还有,九玻厂,屈家磴,飞机场,和尚分,团馒山,还要走好远啦!

什么时候才能到家呢?哎呀,裙子又粘在腿上了。

"小朋友,怎么啦?"

小姐妹回头一看,是一个比妈妈老,比外婆年轻的解放军阿姨。头戴红五星无檐帽,身穿红领章绿军装蓝裙子。推着一辆自行车,笑眯眯地向她俩走来。说着广播里很好听的普通话。

姐姐不好意思地低着头,妹妹抢着说:"姐姐摔跤了,腿出血了,走不动了。"

"哦?让阿姨看看。"她扶着自行车,走到小姑娘面前,停了下来。

"哟,擦破了皮,出血了。小姑娘,用手提起裙子,别让它再贴上伤口了。"

"你们去哪里呀?"说着,她在路边支起自行车。

"回家。"

"家在哪里?"

"新桥头。"

"哦,还有好远呢……别怕,跟我走吧!去医务室清洗伤口。待会儿我帮你上点药。要不，这大夏天，会发炎的。"

"阿姨，你是飞机场的吧？"小姐妹俩都知道，只有那里才有解放军。

"是啊！你们去过吧？"

"嗯！去过。"

俩小姐妹感激地你看着我，我看着你。

"你们去飞机场干什么呀？"

"看大飞机。看电影。看飞行员叔叔训练小飞机。帮万婆婆晒谷子。"

小姐妹你一言我一语抢着说。忘记了烈烈炎日，忘记了路途遥遥，也忘记了流血的伤口。

呵呵，解放军阿姨一边推自行车走着，一边饶有兴趣地听着。这一大两小，慢慢地爬上坡，走得实在太慢了。

"这样走，我们下午才能到呢。"解放军阿姨还是笑眯眯地看着小姐妹说，"坐上车子，好吗？你俩一前一后。前面平路，我们还能……骑上一段吧。"

姐妹俩，你看看我，我看看你，都朝军医阿姨点点头。

女军医在路边把自行车停稳，先抱上妹妹坐在前面，再抱上受伤的姐姐坐在后面，可她自己再上车就不容易了，只能推着走。不一会儿，军医阿姨军装后背全被汗浸湿了，前面横杆上的妹妹坐久了屁股也不舒服了，就说："阿姨我下来吧，让姐姐一个人坐吧。"

上了坡，过了九玻厂，就能看到方圆几十里的飞机场了。

这条马路，两旁是一个接一个的村庄。间隔或高或低的稻田或菜地，偶有一两个水潭和小水库，一路伴着飞机场，一直往前延伸。

总算有机会说上几句普通话了！这个心愿，是小姐妹一直埋在心里的小秘密呢。除了上学念课文，宣传队报幕，哪有机会说普通话呢？

走了一阵子，阿姨又让妹妹上车坐一会儿。就这样，小丫头上车下车，一行三人走走停停，在太阳把地上的影子拉长时，才到了飞机场。

在马路的左边，一个大铁门前，女军医说："到了。"俩姐妹去过的是马路右边的飞机场，这里没进过，有点胆怯。铁门里一个哨兵向女军医开了门，行了礼。女军医推车进去，俩姐妹还愣愣地站在门外。

"进来呀，小朋友！"

这是飞机场的后勤处，有航模学员宿舍，饭堂和医务室。

小姐妹跟着阿姨，沿着围墙，走了一段，来到医务室。

女军医帮姐姐洗净伤口，涂上紫药水。拿一个小药瓶，倒点紫药水，再拿一包棉签，一起递给姐姐："孩子拿着，回去每天洗完澡后涂一次，不要湿了伤口啊！"

"谢谢阿姨！谢谢阿姨！"俩姐妹忙不迭声地谢道，向门外走去。

女军医跟出来，带孩子出大铁门后，还送出一段，才挥手再见。

四十年过去了，这位空军军医的言谈举止，还留在当年那个受伤的小姑娘脑海。

教员与学员

明天要上肌肉注射实操课了。下课前当教员宣布这个消息后，学员们既紧张又兴奋。

这种心情，在一年来的军校生活中，经历了多少次呢？

第一次，肯定是发军装啦。大家穿着自己花花绿绿的衣服来上军校，集合了几次，都提不起劲。第二天通知明天发军装，大家一下子兴奋得睡不着了。晚上熄灯号吹过，区队长查房时，在走廊就听得到，关了灯的寝室里叽叽喳喳：你穿几号？怎么弄领章帽徽呢？星期天我们穿军装去照相寄回家。

第二次，当然要数军事射击课。第一次摸到枪，谁不激动？什么瞄准的准心，枪托弹镗，大家竖着耳朵听，宝贝似的摩挲着，下了课还都围着教官问这问那。步枪，一扳一发，冲锋枪，连梭子发，稍一偏离靶心，就"全军覆没"，一颗也不中靶。直到实弹射击，才真正感受二者差别。不过瘾，也只有一次。

第三次，非八一阅兵莫属了。提前两月开始队列训练，到最后一周停课全训。"西瓜"姐姐们都成了"黑煤球"了。这群16～18岁朝气蓬勃的姑娘，是阅兵场上英姿飒爽的唯一的女兵方队。那天的五一广场，一亮相就聚焦着所有的目光。那个场景是每个参阅队员，一生不可磨灭的记忆。

第四第五……是上专业课以后了。从围着尸体看解剖，到提着骷髅，回营房（宿舍）复习，对于这群半大的女孩子，不敢靠近，捂住眼睛，尖叫，恐惧和害怕，挤压着内心，那种感受是一次比一次惊心动魄。

大家私下认为只有学会打针，才能成为真正的护士，才能叫白衣天使。第一次拿注射器，小心翼翼地，怕被扎到，怕摔碎玻璃针管。在试教室里，一次一次练习扎海绵枕头，几节课下来，还有人不是用劲过猛，扎弯针头，就是针头全部扎进，要不手力太轻了，针头还留在外面一大截，只是浅浅地扎进去针尖一点点。

怎么办呢？等到真人在你面前，怎么敢往臀部扎下去呢？那要用多大的劲呢？学员们的表情，没逃过教员的眼睛。

晚饭去饭堂前，列队动员中，队长安慰鼓励着大家：不要紧张害怕，掌握基本手法，多练习，每个人一定都能成功。告诉大家一个好消息，今晚晚自习，吴教员——我们最优秀的教员，会来营房看望大家。十二个班，每个班都会去的，有什么问题和想法，大家可以和教员交流。于是大家心安了许多。

黄昏的操场，没有往日的喧闹。突如其来的狂风暴雨，正肆虐着。大家回到营房，心想，吴教员来不了吧？可七点一到，号声刚响，我们十二个战友正准备复习时，区队长带着吴教员就出现在四楼我们班的门口。

一班的学员，吴教员来了。你们是第一站。

大家大胆地问道："吴教员！这么大的雨，你也来了？"

吴教员一身绿军装潮湿湿的。一旁的区队长说，六点半刚过，一楼队部就来了一个从头到脚滴着水的雨人，从雨衣里钻出来，才认出是吴教员。

大家感动得很，全体起立。

"大家都坐下！"吴教员边说边走到宿舍中间的长桌桌头前，频频向大家点头，用目光与每个人打着招呼。

"大家好！明天实操肌肉注射，你们准备得怎么样？"

一时戛然，怎么说呢？大家其实都怕。胆怯的低头闷不吭声，胆大的抬头问道："教员，我们都是在海绵枕头上练习手法的，对真人……手要轻一点还是重一点？"

吴教员温和地看着大家，用很轻柔的，却是肯定的声音说："差不多力度。"

一丝愕然在十二个人脸上传递着。

吴教员和区队长交换了眼色，看着大家这种表情，都笑了起来。

"真的，就是差不多力度。不然我们干吗用海绵枕头，让大家练习呢？"

学员们，互相瞅瞅，将信将疑。也跟着笑了起来，紧张气氛似乎一下子放松了。

接着，吴教员和区队长，手把手地纠正每个人持注射器的手法和扎针的力度。直到大家手势都正确了，就去了隔壁二班。她俩一出门，大家崩不住了。随后互相监督着再练习，还督促赶紧翻课本，背诵注意事项。

第二天实操课上，一群绿军装，穿起白大衣，扎好腰带，带好帽子和口罩，屏住呼吸，眼睛盯住操作台上的吴教员一招一式：铺治疗巾，锯安瓿，打开注射器盒子，取镊子取针头，抽药水……一种超然、专注、一丝不苟的神情，在那一刻，把白衣天使的美，如雕塑一般定格了。

一切准备完毕。吴教员轻轻一笑,对大家说:"谁上来?我来给你们做第一个'病人'!"

大家太意外了。昨晚猜来猜去的谜底,竟然是吴教员自己。谁都没有想到。一个学员大胆地举起了手,走了上去。

"好!"吴教员妈妈一样微笑着说,"一班有人上来了,我们来给大家示范一下。"大家围拢着,选好最清楚的位置。

说着吴教员坐在凳子上,背对着大家,当起"病人"来。

只见她一边摆好姿势,准备接受注射,一边扭头用鼓励的眼神,望着拿注射器的学员。轻轻地说着:"别怕,像平时练习一样。你平时手法力度都对。好,消毒,左手食拇指绷紧皮肤,右手持好注射器。对!垂直!进针!"

上台的学员,在吴教员和一旁的助教鼓励下,进针的那一刻,紧张得几乎要闭上着眼睛,停顿犹豫片刻,迎着教员鼓励的目光,扎了下去。

啊?不好,太用劲了,扎深了,针头几乎全进去了。学员不知所措。一旁的助教,赶紧接手拔出了针头。流血了。学员呆着。吴教员立刻拿出准备好的棉签压住针眼,一个劲地说:"没事,别怕,你很勇敢。扎得还不错,你太紧张了,放松就没问题了。力度稍微轻一点就好了。出血可能是拔针急了点。别怕,没事,挺好的。"然后她整理好自己,转过身来,拍了拍一旁还在愣神的学员:"你看,我好好的。"

然后大声对大家说:"同学们,记住,进针时你们一定要放松,别紧张,都会成功!"

教室里一片寂静。

片刻,掌声响起来。泪花在学员们的眼中闪烁。

人生是选择的结果。社会是关系的总和。

这两句话,说者与听者,身份不同,说出的和听到的,感觉与意义是不同的。

初出茅庐的小子和丫头,与历练几十载长者,认识自己和认识社会,真不只有朝阳和晚霞的差异。

当一生走来,身着白衣的职业,相伴了一世。

在飞速发展的时代里,白色,在纷至沓来的,新与旧的种种观念杂合与碰撞中,有时几乎失色,有时本色呈现,更多的却是沃土一片,会生长出,人世间的万紫千红,缤纷无限。

2003-07

二、海风阵阵

浓雾之春

在这山海之地,所谓"冬",几乎没有标识。不过几场"寒潮"来过,穿几天厚衣,长娄和高靴,隆重一下。有时一阵阵沁凉的风,撩舞着树上墨绿的叶,就是在示意着冬的来临。让你感觉,第四季与夏秋,只隔了件薄薄的衫。可春的脚步,总在不经意间的某个黄昏或清晨,从你身边迷迷漫漫而起,又从湿漉漉的雾里,盈盈款款而至。

今春的雾,比往年更浓,更久。从子夜到子夜,整天整夜,都没退意。朝夕二十年,回南天,未曾这等闷人。冷热气流撞击,交织,混杂,雾气缭绕……呵呵,何止这裹人的大气?

傍晚时分,漫步海边,眼前茫茫一片,海天莫辨,山楼浑蒙。迷雾海面水天深处,三两光亮是毛毛的,零零散散的灯。海岸楼群,晕晕灯光,都有穿云破雾之象。只是望一望,眼睫就湿凉凉的。水雾深浓,直扑发梢,脸面,后脖。用手一抓,就是一把把的湿,缠绕指间。走在长长的海岸廊桥,见不着清丽夏风中的喧哗和热闹。浓雾中,伫立凭栏俯视,无意间,瞥一眼,晴日里难见的,重墨般的海水,此时在紧临堤岸处被那蓝幽幽的装饰灯所映照,竟有着清清见底的绿。正从远处,一波一波地,缓缓地,荡漾而来。注目凝神,却见水底,还游着几尾悠然的鱼儿,全然是在雾之外。不知不觉,一抬头,发梢眉间,水气雾气,牛毛细雨般濡湿。呵呵,难怪几个漫行的人,都撑着伞呢……

这密雾萦洄的海边,与匡庐之雾,有几分相似,却更有几分不同。匡庐之雾,是那山巅之中的雾,总是贴着深山里的地面而起。一簇簇的,会走动,淡而白，有如草原牧场里的羊群，有灵性。刚才前面还是一团白雾，等你走到，却不见踪影。回头一望，那山那谷里，又是一朵朵白云绕山间，风起云涌之际，无人莫不感叹身处仙人仙境中。云雾深处，古朴空灵，亭台楼阁，让时空逆转，返璞归真。

这海边的雾啊，铺天盖地，密不透风。幻化之间，飘飘渺渺，也不由得让人联想起八仙过海的传说。而明斯克航母的威武，与咫尺椰林树木相望，视觉冲击下充满现代感，映入眼帘的首先是一大片的建筑群。这现代建筑，最能直接叙说社会发展中，经济腾飞的海滨，那一个个成长的故事。

向海洋出发——从与世界接轨，到引领全球。我们民族的崛起，一代代人所历经的，一段段历史进程中的，一个个生命时光里，那些求索，追寻，摸着石头过河地探险，少不了会在某个时光，回味和追忆。我们不是一次次地，从这雾天雾海里走出来了吗？谁能掩饰和忘怀得了呢？回眸远望，在社会发展过程中，浮浮沉沉的观念，思维，与自身生命成长一个个阶段，如影随形，伴随着变革中的社会进程，洗礼蜕变的一个个过程，也不恰如这漫舞的海天之雾吗？

海雾，再大，再浓，总有散去的时候……

2012-03

沙头角，我们的家园

20世纪90年代初，在军营磨练了十个年头的我，对经济浪潮，一浪高过一浪的改革开放的"外面世界"，窥视已久。当一段"高尚的爱情"破碎后，击毁了二十多岁的年轻人，曾在"纯净环境"里成长起来的信念。

终于，有一天，"橄榄树"的旋律在心中盘旋，召唤着我背起行囊，独自一人，踏上了陌生而新奇的流浪之路。

走过童年的梦境，走过"革命"的摇篮，历览着自己的步履，迷迷茫茫，寻寻觅觅，欲迈向"儿童村"的脚步，又有几分不甘……就这样，我登上了，南来的列车。

从广州、惠州、惠东、惠阳、南头、罗湖、蛇口，我一路找寻，找寻自己的栖身地，在许许多多热心人的指点帮助下，一则《深圳特区报》的招聘广告，把我引到了，我流浪的归地——沙头角。

这是怎样的一个地方啊?!

"特区里的特区",听起来,令人有几分向往:有闻名全国的,一街两制的中英街,有首家工业保税区,有"活雷锋"陈观玉和"特区好卫士"六支队,是全国精神文明重镇。

白天,那来自全国各地,蜂拥而至的人潮,喧嚣着中英街;夜晚,梧桐山下,静谧的街灯街道,海风习习。可是,繁华和热闹,只属于深圳,属于年轻人。这里——90年代初的沙头角,一条隧道,两条公交,三家商店,有着几分荒凉,几分落寞,是深圳的乡下,香港的边陲。

虽说"山是居处自有诗,海为庭院独安宁",可在这飘动着年轻的人口,才刚刚成年,就创造了经济奇迹的年轻城市,是难以共鸣的。许多年轻人"宁要深圳一张床,不要沙头角一套房"。说这里只适宜老年人居住。

曾经,若有人说,深圳,是文化的沙漠,那么,沙头角,就是沙漠中的沙漠。这里只有十几平方米镇级图书馆和新华书店,藏书量极有限;一家二十张床的卫生院,一所中学、两所小学。人们休闲散步的地方只有巴掌大的东和公园。

那时的海边,杂草丛生,腥臭的海水,伴着工业废水,阻止着人们前行的脚步;只见一道铁栅栏,与荷枪实弹的哨兵,深深浅浅的脚印。与当年风华一时的蛇口"海上世界"相比,可谓一个是现代的浓墨重彩的油画,一个是轻描淡写的古朴水墨画。

转眼,十几年过去了。当年"特区里的特区",正依从自己的特色,大写山海文章,开山辟路,填海造景,在九八年盐田新区成立后,沙头角成为区政府所在地,发生了突飞猛进的变化——

秀丽的梧桐山,已建造成休闲、锻炼的天然健身场;昔日的海边,已是人声鼎沸,豪华气派:"明斯克航母"的进驻,带旺海边的地产人气,今年春节新开放的,从中英街之角,一直延伸到保税区的,海边栈道,风光迤逦,更是让人流连忘返;中英街的界碑和警钟,已成为不可替代的爱国主义教育课堂;交通在一次次升级,隧道不再成为发展的瓶颈;黄金制造,高新科技是保税区的支柱产业,深圳旅游的品牌——华侨城,进军东部,异域风光,把三洲田打造的,不再是"锁在深闺无人知"了。

盐田人二次创业,让深圳的东部,在春风春雨春光中,渐渐地长出了绿洲——

让我们数数家珍吧:亚洲帆船赛,国际少儿艺术节,深圳旅游节,沙滩音乐会,沙滩沙雕展,沙滩风筝节,春节歌舞晚会,文博会分会等等。曾一次次摘取过国家级艺术桂冠,全国舞蹈比赛"荷花"金奖,全国小品比赛一等奖,让盐田名声大振。政府对医疗、教育、环保的投入投资已是今非昔比。新落成文化中心，给沙头角人带来了精神乐园。看着假日放学的孩子，打工青年，退休老人，如饥似渴地浸泡在书海里，让人无限欣慰。夜幕时分，人们欢呼雀跃地观赏彩色音乐喷泉，简直让你以为是走进了神话中的龙宫。

如今，一个个漂泊的人，在这里休养生息，有了自己的家园。差一点与沙头角擦肩而过的我，也在一位兼是军营与沙头角前辈无私的帮助下，得以成为沙头角人。在这里工作、生活、学习，抚育后代，我心存感激。

2003－11－04

都市里的小憩园

"吧"，从虚词变实词，大概也反映了人类时代的进步吧？你瞧，在霓虹闪烁的都市夜晚，那些光怪陆离的一个个"吧"，谁还会把它当成助词、象声词而不知它的真实意义呢？

酒吧里的豪情和放纵，是薪酬不止用来养家糊口，却更要寻找片刻快慰和松弛神经那一族的专利吧？南商冲浪弄潮儿，更是少不了那块风水宝地吧？一个个来路不明摩登艳丽的女郎，是穿梭其间，必不可少的调味品和助燃剂吧？

网吧中的痴迷和沉醉，更是高科技发达的社会，追逐时尚的现代人特权。

走出孤岛，融入海洋，年轻人更乐在其中吧？

本人老土，是个不折不扣的落伍者。对着这"吧"那"吧"不解风情，若进去，如进大观园的刘姥姥那样，张着嘴头发晕也说不定。真是惭愧！

一日中午，路过红荔路，本打算钻进图书馆打发掉要等待的几小时，却被马路对面的一间新开的"闲书坊"所吸引，你瞧"饮品，简餐，书吧"不正中下怀？走进去，果然对胃口：悠扬的音乐声伴着清凉的冷气，似有若无地飘着，弥漫着整个空间，门外的炎热一下子就挡住了，心也顷刻静了下来。挑几本流行的、经典的、喜爱的、有趣味的书，或咖啡、或饮料、或酒水、或香茗，或冰点、或小吃、或中餐，独自地、与一知己、与仨俩朋友、与家人、与孩子，闲坐其间，品着，吃着，看着，听着，想着，好不惬意！

这里没有喧闹，没有川流不息的食客，更没有人催促你。你坐上一小时，一个上午，一整天，都没关系，完全随意。书，可以尽情地听，心思，可以细细地想。

这里装饰、陈设如同家园。驼色驼绒般墙壁，瓦青色层层叠叠帷幕般布制房顶，一张张可大可小能横能竖的桌子都铺着红底黑格子桌布，一把把既古典又西洋的椅子都罩着黛青色的布坐垫，一盏盏稻草色纸制灯都可高可低地吊着，节能灯藏在中间，一列长两列短，圆柱形灯罩上大下小，亮着简洁、朴素的光，照着褐色的原木桌椅和原木色的圆形书架，书架上面摆放着几个藤制的浅边小筐，有的盛着像是早年从乡间采来的野花，有的盛着正反棕白两色印着主人的心语的书签："走累了，进来坐坐，漂累了，进来歇歇，寂寞了，进来聊聊，我愿意做你贴心的朋友。"还有的盛着一张张叠放得整整齐齐的纸巾，一派安谧。这些都透着年轻女老板的现代人文经营理念和细微之处表达出来的强烈环保意识。

我真是好喜欢这里！这正是我多年的梦想之地，今天终于见到了。喜悦之情溢于言表，兴高采烈地与老板攀谈起她的构思和经营……

2001 年夏

世纪初，装修小记
——经历装修

在深圳宝安北路，有一个为深圳人营造家居的广场——香江装饰广场。

如果您想装修新居，不去那儿走走，也许会有遗憾。

与"××家居"相识，纯粹一个偶然。

几番周折，拿到新居的钥匙，已是欣慰中又满载着忧虑：装修？听人说会脱掉一层皮，想想都叫人恐惧，拿个旧房，本是想免去装修之苦。

三十平方米的单间要搬进三房两厅，家具是少不了的，拿钥匙后的第一件事是看家具。这一看不要紧，不装修的坚定顷刻瓦解，旧房子与新家具怎相配呢？懒，是偷不了的，只得硬着头皮找人装修吧。

找谁呢？愁煞我也。

我一向最怕此类事，这次无处可逃了，赶紧四处打听。朋友、同事，只要与装修有关的人和事都不放过。这不，朋友介绍的刚走，同事联络的又来了，正在给单位装修的施工队也谈过，忙东忙西，一头雾水，仍不知所以然。

夜深人静，苦思冥想，把那天看家具搜罗来的一堆信息理一理，一本精美的小册子赫然闯入眼帘，如获至宝，从封面一直到封底，每一个字都不漏掉，这是第一本，也是我所获得的唯一的一本装修教材，无疑是给我上了一堂装修课。想起那天无意间走到香江家私的邻居：香江装饰广场，一层楼一层楼地逛上去，被许多时尚的耳目一新的家居图片所吸引，正看得入迷，一位一袭职业套装清丽可人的小姐递给我那本小册子，并热情地把我带进了"××家居"。也好，与专业人士聊一聊家居装饰，机会难得。我与两位小姐谈起从一位音乐老师那里得来的"重装饰，轻装修"的观点得到认同，又与她们谈起家装中的协调美与冲突美，请教如何照顾家庭成员年龄差别的审美口味的不同等等，时间不知不觉地过去了，沟通交谈是愉快的，对她们也留下不错的印象。

　　可是直到这时我才后悔实质问题没有问及，看着封底上的"建设局批准，装饰协会推荐"的字样，心想明天该向这两个部门了解情况。于是一通电话，从建设局，装饰协会，到装饰广场，这才摸了一下外围情况。

　　终于认清了庐山真面目。带着试探心理，拨通了"××家居"的电话。"喂，小姐，请问你们来看房，设计预算要收费吗？""如果您不满意，或者您满意并定下来让我们来做，是不用收费的。"得到了这样的答复，我决定劳请他们跑一趟。约两个小时后的傍晚时分，两位男士骑着摩托，不到半小时量好了我的房子，并了解我对新居初步构想。他们对客厅过道天花板的构思设计比前几家吸引人。两天后他们电话通知我去看图纸和预算。

　　这当中，朋友和同事介绍的先后来与我谈过量过房子，也相继送来了平面图和预算。朋友介绍的，价格蛮实在（当时我对装修价格一无所知，拿着第一次见到的预算表，到处去问过来人）。同事介绍的，已在单位装修了几套房子，得到一致好评。当时我心里的天平是倾向他们的。所谓正规公司，仅仅只是由于几个设计人员、管理人员和几个有联系的施工队，质量也好不到哪里去，价格肯定很贵，过来人如是说，眼见为实吧，我打算等看了"××家居"的设计图和预算再作定夺。我对同事介绍，直截了当地告诉了原委。

　　一看预算并不比他们贵，图纸也蛮合我心意，天平一下子就倾斜了。价格再砍砍吧，虽然无从下手，却不能坐以待毙，就一项一项地砍一点是一点吧。这过程费时费力，需要足够的耐心，最缺乏耐心的人，在一疏忽就是几百甚至上千元面前也不得不变得耐心，况且与你谈价的人不仅耐心十足而且风趣有余，使最头疼的事不那么难熬了。是做家装十年的经历经验练就的本领和磨练出来的必备素质，还是打工身份不得不为之的姿态？这个谈价人，打了几次交道方才知道是个经理，没有让人感到非逼你就范不可的味道，这反倒让人在从容的犹豫中下了决心。反正谁都有风险，何不吃一回螃蟹？况且不管你何时咨询，他总能笑呵呵地解释。

给自己缓了又缓，打电话去装修公司问了又问，装模作样去市场对材料考察了一番，又看过所谓的样板房，十天之后总算签了合同。待首期款一交，施工队进驻场地，心里包袱非但没卸，狐疑却更深了。完全陌生的施工人员怎样鉴别南郭？前期的交涉和沟通岂不白费？半辈子的积蓄和一辈子的消费，首当其冲的是关系着生命安全的水电工程，真让人难以放心。报纸刊物，只鳞半爪，现学现卖；对号入座，热线咨询。偏偏怕鬼出鬼，电工理线，线管出错；大惊失色，赶忙报告；立即处理，监理经理亲下工地，大会小会批评整顿。换人撤管，安慰道歉。

坏事好事？何去何从？

再一次与施工队长沟通。新队长模样老实，看起来认真细致。反复一句话：我不好怎么说，做出来就知道。一大堆假设终归是假设，经理的反问让人难有下文。年轻的设计师充满希望地期待自己的作品得到认可，并成为可观赏又实用的成果。

只有一条路走下去！材料在他们的带领下，伴随讨价还价声搬进了高楼——电线、水管、水泥、瓷砖、木版，这此起彼伏地堆积，刺耳的机器声，和汗流浃背的工人，就能给我一个家居。无人委托，只有自己当起临时编外监理，碰到了问题就打电话请教，问了一个问题又一个问题，最后装修成了一串串电话单，一趟趟跑腿，一次次挑选和取钱、交钱。

"××家居"几乎成了依赖，直到我搬进新居。

如今，当我把满腹的装修滋味慢慢地过滤，又从键盘中一个一个地敲出来，对新居的感觉却是心清气爽。不说十年的客居，二十年的漂泊从此结束，不说面对大鹏湾，背靠梧桐山，高楼不胜美的感慨，新居的清雅每天都写在脸上。

你瞧，客厅餐厅，胡桃木的厚重被轻巧的装饰架、电视柜、鞋柜切割出新喜，透明的玻璃在屏风、推拉门上，把君子兰、河塘的风雅带了进来，吊灯、射灯、瓜灯，从时尚跳跃到田园，简洁中透着现代感。过道的天花，几何线条流动着隐藏的霓虹柔和的光彩，学童的女儿开心，我也舒心。

休闲房空旷，琴台写字台融为一体，地柜、鞋柜、长椅功用合一，单扇衣柜，将红桦白桦太极般抽象地联系起来，不仅是玩具的家园，还能和临旁女儿迷你小卧室里，那有着一派白云朵朵飘飞境界的两扇衣柜连成一体。这是那帮手艺老道的小伙子工匠的功劳，还是设计师将材料天然接和的匠心？

仅六平方米的小间，把女儿安放得得意洋洋。玲珑衣柜、小床和立靠墙上的书架写字台错落有致，点缀几样心爱的公仔浑然童趣。

主人房，窗边一弧镜台，一款连成一体的书桌书架，素雅的床、床头柜、衣柜，上面排列的小圆点，一弯磨破嵌入质感的榉木里，跳动的方块，仿佛都是信手点睛。这样的品位一看就知主人的习性：简单，不施粉黛，渴望生活中有几分灵动的精神空间——倚床读书，听音乐，想心事。

厨卫，是都市人注重的空间，是装修中浓抹重彩的一笔。

似蝶如花又似花如蝶的淡绿，化入卫生间白色的瓷砖墙体，腰线是暖融融、乐融融的天鹅一家，怡然自得地游荡在其间，使人不由地身在其间也惬意无比。

蓝天白云的天花，蓝宝石台面配珍珠黄的橱柜体，再穿插几许宝蓝色的把手配件，瓷白的厨具嵌入其中，浅翠碎的桔色地面，真是逃不出温馨。这时尚又净洁的厨房，哪里是用来做饭菜，简直就像用来制作工艺品的。

赏心悦目的家居，终于尘埃落定。十全十美当然难有，经验教训也可列出子丑寅卯。好看好用货真价实质量好，此乃装修最高境界。这将有待于家装从业人员、业主、家装管理部门及市场多方向的共同努力！

2001 - 06 - 15

节约之风吹来

早晨，当朝阳射进窗子，昨夜的梦也被驱散。新的一天，从邮递员传送的大大小小报纸墨香中飘来，也从各个电台、电视台播音员晨间新闻中传出，还从纷至沓来的互联网资讯上鲜活活地蹦起……

在目不暇接的资讯中，一股清新的节约之风迎面吹来，映入了我的眼帘，送进了我的耳膜，让我思绪飘飘——

节约首先是一种修养，是一种文明的生活方式，更是做人的一种社会责任。

"一粥一饭当思来之不易，半丝半缕恒念物力维艰。"中华民族把勤俭节约视为传统美德，尊重劳动，珍惜创造财富的艰辛。

节约不等于节俭，不以牺牲经济发展、牺牲生活品质为前提，节约需倡导科学的节约的风尚。

欧洲国家生活相对富裕，但他们饮食很节省，从不浪费，富而不奢。

欧洲人即使收入很高，也不愿意修建很豪华的房子。

究其原因，很重要的一条，是人们认为奢侈浪费是低级粗俗、没有品位的表现，生活中讲求奢侈浪费会感到别人的鄙视。

前段时间，从网上随即下载了节约之见，对当下"节约"二字的提倡，有更深刻的理解了。

曾几何时,某些先富起来的人,以为"遍地是黄金",在日常生活中,流行着以俭为羞,以奢为派的风尚,君不见:追求气派,崇尚名牌和名流,讲排场,一掷千金比阔气,山珍海味吃喝尽,比车比房比小蜜,暴发户的粗俗掩饰不住。

节约之风吹来,是人性的回归!是有限资源的必然!是环保的呼唤!是"和谐"之驱动!这风吹得让人警醒,警醒着人类的生存环境不是取之不尽,用之不竭的百宝箱,人类的贪欲会让人类走向毁灭。

节约之风吹来,让我们心存感激,珍惜拥有;随时随地随手节约一电一水,一纸一笔,无论公家和私家;让长明灯定时开放,让长流水只备所需,让春夏秋冬回归本来;天然、简朴、纯真为美为善!

超越时间的追求

时间的面孔,离不开数字。

时间静静地流,流走了岁月,流成了历史,流向永远的未来。

有形又无形,细微又巨大的时间,有着绝对的公平、公正、公开。

无论你是谁,没有人不装在时间的套子里。

而立在时间里的生命,却有着或天壤之别,或类似趋同的样子。

见证时间,留下时间——

科学,用科学的手臂;艺术,用艺术的翅膀。共同构建人类成长,比翼双飞的文化景象。

时间,在这片山海之地,搭乘春天的列车,如同魔术师,点染着一派青山、碧海、蓝天。从黑白到彩色,从单曲到交响;从人迹稀少的荒盐之滩,到生态文明的游览旺地;从重山阻隔的偏僻海角之隅,到通途条条的黄金海岸。这大鹏展翅的金色东翼,已不再是寂寂无名的小墟镇。华大基因,海洋文化论坛,初现科技与文化高端前沿曙光。盐田,在时间的万花筒里,开放出朵朵片花——梧桐烟云,梅沙踏浪,中山足迹,界碑警钟……一张张都镌刻着自然与人文的独特光华,迎来送往一个个引领创新的精英梯队。当年闯世界的人,第二代生于斯长于斯,新一辈已把他乡当故乡。时间的额头,清晰布展一代又一代人,生命相传的纹路。

时间,截成段,在每个人的生命历程中,与地域人文,交错渗透,就形成一个叫命运的影子。而在命运的拐角处，如若每次机遇登场，总有同一个数字出现，有一天，蓦然回首，这个数字，或可叫做幸运数。从此，就让这个幸运数，散发着吉祥的光芒，赋予生命，永不停歇的动力。这个数字，两倍，寄予事事顺利的祝愿；三倍，期待长长久久的希冀；五倍，预示鼓足干劲，朝着尽善尽美的方向奋发努力；七倍，雕刻着山海之地历经者，一步一个脚印的年轮。

在《盐田文艺》第三期出炉之际，正值 2013 年新年的开春，恰逢盐田建区十五周年，让我们在开篇卷首语中，向盐田的公民公仆致敬！向盐田的青山碧海蓝天致敬！向过去、现在、未来，为这片海天地，发挥正能量的人们致敬！

愿我们共同努力，为这片山海，留下纪念篇章！愿这本杂志，能架起一座走出隧道，走出山海，通往更广阔天地的廊桥！

祝福用自己的姿态，生活在生活里的每一个人！让我们，与相伴身边的青山碧海一起，在自然的生态中，成为一道道不可或缺的亮丽风景！

2012 – 12

客韵悠长

五年前，与广东省文学院的师生们一起，第一次去梅州，一路上，带队的杨宏海老师，给我们讲客家人故事，教大家唱客家民谣和山歌，路途不觉远，对客家人崇敬之情，慢慢滋长：

一个重读书，尚进取的迁徙之族，幅员辽阔，辐射海外，诞生过灿若星辰的进士、才子、革命志士、将军。在广东迁居多年，身边的客家人，坚韧、贤淑、温婉，也让人渐渐地刮目相看了。

客家围屋，因地制宜，和睦居住，崇尚传统，让客家人团结协作之风，代代相传。独树一帜的建筑风格，在建筑史上，留有自己的一脉，遗传独特的理念，让客家文化，散发着悠古与乡土气息，辨识度高。

这次盐田区文联与梅州市文联的文化交流活动，正值习近平主席在文艺座谈会上的讲话之后。在学习座谈会上，各协会代表精神振奋，踊跃发言。大家一起来客都采风，这是一次多么难得的相互学习的机会，是多少年来，大家心愿的第一次达成。

新兵老将，各自呈现出不同艺术的纬度与视角，交织闪亮。

重教育，重文化的梅州客都，文联有一栋围屋式楼。林风眠故土遗风尚存。当画家书法家，现场泼墨作画抒发情感，代表们大饱眼福了。翻开梅州画家的画册，浓浓的客家文化气息扑面而来，如山歌醉心，如客家妹子婉约动人。

山山水水，一路水竹盈眶，浓郁岭南之风，间或跳出收割了的或待收割的金黄色的稻田，而一闪而过的黛瓦白墙，不是唤起儿时记忆，就是遥想徽派建筑之余风。山水之间，郁郁葱葱之中，深藏着的人杰地灵，不走近又如何能见识呢？

叶剑英故居与博物馆，灵光寺，千佛寺，绍德堂，南华又庐，阴那山，龙那山，茶园绿海红墙，净肺洗涤，客家山歌萦耳化谚，酒不醉人自醉，醉进红高粱中。

（正值电视剧《红高粱》上映之际，每晚无论在哪里，7点半一到，与小染会准时回守在荧屏前，看山东卫视莫言一家人侃高密说红高粱，看周迅、朱亚文、秦海璐……演绎九儿、余占鳌、淑贤……穿插人生与创作的交谈，哪里是剧情铺垫，哪里又是高潮冲突。呵呵，也如行走在人生边上。这体制外的作家，除了码文字，更能做买卖，网店声声，财富与思绪齐飞！）

客家之子叶剑英元帅，伟岸之躯耸立松柏间，昔日戎马一生，力挽狂澜之际，一一而立。那客居之隅，马灯完好，书桌尚在。阳光斜照的窄门，没能挡住当年求索的脚步。这少年从客家围屋走出，风起云涌之中，一直走到中南海。让客家人引以为傲！在最开阔的土地上，叶家故居之旁，建起了叶剑英博物馆，让多少客家后代学习瞻仰！

生死树，顶无叶，菠萝屋，这灵光寺之绝，是地理的独特，还是人文的独特呢？自然界总是教会人类思考探寻。这生死相依的两棵树，相对而望：生的苍翠，直入云霄；死的千年不枯不倒，它不是塞外胡杨，而是岭南之绿的依傍和映衬！

千佛寺，华南佛学院，佛徒学佛，广化善缘。如今究竟是人需要佛，还是佛需要人呢？

广东第一古村落，绍德堂旧址，人去楼空，只有不知年岁的老妇人晒谷晒薯，身边鸡狗仨俩，小儿绕膝。镜头里的文艺感觉正浓，高低大小取景取材，时间在有限中凝结，风水从大大小小门洞里流散。若说"古"迹维养无价，可经费在哪里呢？

南华又庐，也称美庐，让人纳闷了，天下之奇的匡庐，有闻名世界的蒋介石宋美龄夫妇的别墅，名为美庐，怎么这里也有一个美庐呢？同名现象居然出现在这里，也是一奇吧？

原来这是另一种风格的客家围屋，"十房九厅"，内有乾坤。华侨之建，彰显客家文化中的融合之风。面朝田野，金黄一片，陈迹依旧，当年却是多么的显赫！穿行其间，大红灯笼高高挂之感也油然呢，是否与山西晋城，遥相呼应呢？

阴那山，龙那山，姐妹之山？逶迤山脉，布满绿的情怀，仙气灵气聚拢收藏，人文生态开怀敞开，安顿疲惫之履，日出日落都奏响生生不息的乐章！

一路客家人，客家情，客家风，客家韵，随着滚滚车轮，一直向前！

2014-11-03

艳遇"大运"

"避运族"没参与，也未现场观赛，用什么来纪念大运呢？大运赛期，一则QQ留言：坐在观众席上，每个角度和瞬间都是"艳遇"。惊讶之余，灵光由此一闪。

这是深圳首个体育摄影展的摄影师在大运时的感言。大运前夕，中心书城，邂逅了这位业余摄影师周力军的个展"梦想的力量"。他镜头里从独树一帜地融入人文和自然风光，到纵横体坛的风格追求，不长的摄影之路，历揽奖项。观览品味，心头为之一动。

这千载难逢的大运会，他未入选进场拍摄，真让人意外！钟情体育，摄影十年，年过半百的摄影师，把最动情最绚烂的聚焦，渐渐移落在他最熟悉的体育题材上。满怀期待，在家门口，大拍特拍大运，他比别人更热切呀！片刻失落，他当即决定自掏腰包，买票入场。面对一生难遇的机会，怎能就此错过？普通观众，也去梦寐以求地拍摄。

是的，决不放弃！也决不气馁！禁带单反相机，就专门去买手动聚焦傻瓜相机。摄影师出人意料，竟以"艳遇"的心情，坐在观众席上，用方寸镜头，"艳遇"着第26届世界大运会一个个青春健儿。然而在固定局限位置上，他选择直面竞技场激烈运动的个体，调试操作困惑重重，又急又累，无奈无助的复杂心情中，多次掉下眼泪……刹那间摄艺思维茅塞顿开，慧眼全新赋意如获至宝。激情时刻，他运用不同以往的技艺，终于拍下一张张：或动感虚幻（令人遐想），或构图别致（虚实对比），或场面感极强（有戏剧性）的大运"艳照"。

在那紧张迷人的日子里，每天晚上，摄影师拖着疲惫的身躯，回到家里，顾不上休息，顾不上吃饭，兴奋依然地欣赏着当日的成果，不舍又小心翼翼地卸下，再一丝不苟地准备起次日拍摄行囊，生怕遗漏一个细小环节而影响拍摄效果。第二天天不亮，就精神抖擞地出发了。一场场比赛下来，赛场上得分胜负如何，赛事怎样的峰回路转，他没有多少印象，全部精神头，都盯着手中的镜头。一身汗水，百番思量，一次次忘情地拍摄，终于收获了百余张大运"艳遇"照片。

回味这场"艳遇"，他忽然有着"失之东隅，收之桑榆"的感慨：曾追寻突破自己的拍摄技艺，不想在被迫锁定中，超越了。这意外地创作喜悦，居然是来自观众席上"小傻瓜"。真是"踏破铁鞋无觅处，得来全不费功夫"！

并非富翁的摄影师，怀着对体育摄影的挚爱，如此强烈执着忘我投入精神！令人佩服！他体育院校科班出身，倡导"体育是一种文化"，几十年如一日，身体力行对体育的信奉，坚持不懈地体育锻炼。大运到来，他怎能不热望缤纷万千的赛场盛况呢？

其实，"艳遇"前，他拍摄主题，从大运前的建设工地就开始了。在日夜缝隙间，水晶石馆与建筑中的人，光影明暗，出奇地反衬出细微与高大；街头巷尾，公园或体育场，有意无意抓拍出市民生活与大运气息的交相辉映。大运前前后后，他所拍摄的一组组照片，无不刻下市民眼里心中大运的民间烙印。尤其蓬蓬勃勃的全民健身运动，更是他的拍摄热点。他闪动不停的快门，总是用情对准体育文化面貌，捕捉鲜活生动的画面。立照永恒，他为深圳大运留下的图片，有着"不一样的精彩"。

身为深圳一分子，视听浸润传媒中。大运的徽章、吉祥物、会歌、标语、礼服等文化元素，早已春风化雨，空气之氧般，在日常的一呼一吸中，吸入血液。待到荧屏绽放大运开闭幕式，炫目亮眼之时，记忆深处，恰如电子之焰，朵朵绚烂。那多彩笑脸，簇拥如花，街道楼宇，欢颜新衣，一个个U站，温暖星布，分明让人感受着扑面的青春气息。这鲜艳的气息，从一张张市民的脸上，又开遍到城市的每一个角落。

深圳湾畔熊熊燃烧的书山圣火熄灭了，留给深圳人，留在152个国度青春健将心中，有数不尽不可磨灭的记忆！有多少摄影师，让我们无限感谢！但愿这场大运"艳遇"，在城市深处，让体育回归体育！

2011年的深圳大运，从远处走来，向远处走去。

善良的向度

十八岁时，读过蒋子龙中篇小说《赤橙黄绿青蓝紫》。其中有一句话：善良，你的别名是软弱。书中女主人解净的故事，早已淡忘了，而这句话，居然刻在脑子里。那个隔闭的年代，时值刚成年，近乎农耕环境长大的女孩子，这善良二字，竟从此落心，纠结于怀。

1981年的那个暑假，阅读是一扇窗，打开了军校与社会的连接。

在经历许多事之后，"人善被人欺，马善被人骑"这句中华"民谣"，才有所耳闻。许多年以来，更是一直困惑：难道人心本性中的善良，要隐藏起来，愧示于人吗？

改革开放，一波又一波的经济浪潮掀起，在逐步与西方接轨中，人们似乎开始不自觉地信奉生物界的丛林规则：物竞天择，强者为王！

弱者淘汰，恃强凌弱，就是人类发展的必然趋势？

人间的美德善良，中华传统文明，统统过时了？

只有不断地强大自己，不顾弱小，拼命地为名为利争夺，才能立足于竞争社会？国家才能立于世界民族之林？

固然，这或有合理的一面。曾经落后就挨打的民族伤痛，如刺扎在国人的心中。于国于人谁不愿自己强大而不被人欺凌呢？

曾经一度，舆论导向，媒体传播，影视文学，"强者"不时有迹可循：从万元户开始，到世界经济大亨，政治首脑，艺体学术名流……喧闹的世界，只是强者的舞台。

所有的弱势都被屏蔽了，就是偶露峥嵘，也只是像被强者施舍的对象。

贫弱，是一种耻辱？只能被欺压？

这样的世界，带给成长中的一代代人是什么呢？

当我国开始跃于世界经济强国，富起来的国民，但凡有点能力的，蜂拥而至，走出国门，走进异域。不少的人惊愕：所看到的先进富裕的国家，对弱小却也有着完善的抚恤制度。人道情怀的悲悯之心，也是被人颂扬的。而对抢购黄金，抢购奢侈品的行为，大吃大喝的浪费，充满鄙视。

只追逐权力和金钱的个人享乐主义的人生，必然会逐步导致人的精神荒芜！更可能成为腐败的温床，成为害国害民害己的根源！

善良，不能逃亡！

在社会环境恶化，人人自危的情形下，人们从心底深深地呼唤：

人类的美德——善良！

其实，就是生物界的动物和植物，也有着许多温情，甚至超过人类。

丛林规则，或许只是资本主义社会上升时期的精神导向。

为他人着想，爱护弱小者，维护正义和公平，是人类社会发展平衡器！

否则失衡的不仅是人心，更是我们赖以生存的社会和自然环境。

皮之不存，毛将如何生焉？

好的制度，是促进人向上向善的，如同好的婚姻。

2014-05-08

深圳的色彩

周末的傍晚，乘车从东向西，晚霞中的深圳，是一片瑰丽。

空气中淡淡的灰霾，在燃烧的夕阳映衬下，竟成了这般浪漫的色彩。

玫瑰红的背景，剪影着一幢幢各具形态的建筑物，这些记录着深圳各个历史时期的地标，肃穆耸立，如碑林，如群山。

那些或大或小的窗户，是建筑的眼睛和鼻孔，凝视远方，吐纳呼吸。

日落渐暗，光影退场，霓虹初放，新潮时尚的深圳，又成了色彩斑斓的不夜之都。

大路小路，车流人流如河。

静音之刻，幻如梦境。

最初的深圳，是拙朴的木刻？四周大大小小的山脉，深深浅浅的海湾，与一河之隔的香港相依相伴，难舍难分。

小渔村的生息，逐渐演绎成墟镇。边陲的落寞，演变为边境的森严。铁网阻隔起20世纪东西方社会的切割与分野。那时的深圳，只是山水本来的自然色。

红色革命席卷中华大地。新中国建立，北京、上海、广州，依然是北方南方和南方之南的新坐标。而无名的深圳，只是一个内陆对外进出口小通道。在一个伟人南海边画了一个圈之前，在蛇口开山炮震响之前，深圳是张寂静的白色的纸吧？

三十多年来，一代代创业者，就在这张白纸上，画出了最新最美的图画。

绿色，肯定是深圳当之无愧的色彩！地球上最年轻的城市，地理上向北的是大片的山脉。青春，活力，创新，引领，动感……哪一个不散发出春天绿野气息？

世界大学学生运动会，把深圳的绿色，向着全世界泼墨式地大大地渲染了。

绿色，不仅仅是青春之色，更是城市发展的理念。绿色之城，总有盎然的春意。从绿地之城、公园之城，向着低碳环保之城、文明文化之城进军！

金色，是深圳的色彩吗？

"到北京知道官小，到上海知道土冒，到深圳知道钱少"，这曾经坊间的流传语，把深圳镀上了一层金。而深圳大道东起罗湖段的土豪金大楼，也好似金钱深圳、经济深圳的一个醒目的注解。

经济特区的出身，谈钱大方不耻。遍地黄金，是个气概！敢摸着石头过河，敢为人先，永远是深圳的金字招牌。

蓝色，海洋之色！地球之色！中华的地域之南，连着南海，通往太平洋。蓝色是深圳独有的色彩！北上广深——从籍籍无名，到一跃老四。唯咱之特之尊。

包容接纳五湖四海、天南地北人，宽容失败，鼓励创新。汇集江湖河流。从激进到安静，从引领到沉淀，有个发展的必经过程。

灰色，介于黑白的中间色，曾几何时是中国人的一统服饰。在姓资姓社的争论与疑惑中，白猫黑猫论开启着经济改革之窗，看见与未见的眼光，不禁犹疑出许多灰色地带，多元纷乱的价值观也渐进生长，人间缤纷的色彩却如春之大地的万物。时间的年轮，渐进消散着灰色地带，却不料淡淡起看不见的空气，从北向南，不经意里腾空弥撒，遮蔽起日渐扩张的城市山河。雾霾之魔中的反思，在日出日落时分，居然也透着迷人的玫瑰之色？而人心不禁更是向往起白云悠悠的蓝天，以及青山绿水的田园自在。

黄色，成熟的稻谷，中国人至尊的权威，向日葵的忠贞，曾是黄色注释与体现。走向成熟，是一个人，一个城市，一个政党，一个国家所追求和必经之途。深圳也正迈向自己的成熟与至尊。

2005-03

梧桐山的女儿

小鹿，明天端午节，今天是女儿节，妈妈给你打个电话。不说吃粽子了，咱们说说梧桐山吧！今天碰到你同学的爸爸。就是林场的小寻啊！小学同学。还记得吧？沙头角林场，全名叫做"梧桐山国家森林公园"。对，以前从林场那里上山，不是有个大石碑吗？

你看到就记起来了吧。是的，我们爬山要路过那里。

怎么说起这个了？

今天妈妈很感慨。

哦？……怎么回事呢？……我现在在超市买粽子，你说吧——

前几天接到通知说，今天要去林场开会。因为就在附近，挺熟的，也没在意。那里现在有个酒店，挺气派的。大概就在那里吧。

谁知早上走到那里，却找不到林场办公室和派出所。时间到了，有点着急，问了几个路人。说一直往里走。也有人不太清楚。国家森林公园石碑那里，不是有条登山路嘛？对呀，早已是车行道了，酒店就在红绿灯路口。人行道，要往里走，在车道的路边一侧。与车同行？是啊，所以现在不大爱去那里了。

林场前年又盖了三栋新住宅楼。以前那里有个大网球场吧？是啊！许多年了。你小时候，我们还去那里打过球呢。后来，里面开了个盆景园，有个林中露天餐厅。咱们挺喜欢去那里吃饭的，一个有特色难得的好地方。新住宅楼就在那一片，一墙之隔的旁边有一排倚山花园别墅，当初是空了很多年，才几万元，也没人买。后来抢手得很，几千万了吧。倚山花园已经是三期了，是香港新世纪开发的泰式园林式住宅楼。你小时去那里游泳时，还是一期。我有许多同学家住在那里的。是啊！

我上初中以后就没空去爬山了。登山不只有人行道吗？丫头，后来开了二通道——从莲塘直通大梅沙的高速公路。梧桐山里建了高架桥，高速路可拐进沙头角。开车去市区，快多了。山里还建了一个很先进的垃圾处理站。当初开山修路的时候，居民不少人还挺有意见的，觉得破坏了大自然，破坏了沙头角的宁静。90年代沙头角的第一座住宅（高）楼——诗宁大厦，是取"山是居处自有诗，海为庭院独安宁"这句诗，那还是当时从外省请来一位诗人所作的呢

（名字记不清了）。

　　稍晚后，国家森林公园石碑处左侧，建起了住宅楼群叫"桐林花园"。当初也算是高尚住宅。林场对面的，那叫碧桐湾。下来，是海山道楼群，与政府一路之隔。再下来，过马路，与保税区相望，就是壹海城了。今年这又是过去式了。如今最繁华是叫壹海ONEMALL啦！20多年的居民，这一片山海，不是看着一天天发展起来的吗？不是熟的不得了嘛。可是，居然一时找不到林场的办公楼？真是说不过去，脸红啊！其实就在登山道，进去不远处。那里新建几年了，是有个梧桐山管理处办公楼。往里走着，就明白了。非常不好意思。

　　你同学的妈妈，可能也退休了吧。林场现在不再是企业制了，不再做房地产开发了。今年已转为事业单位——回归梧桐山的生态保护管理，自然教育，公益休闲等等。

　　这才是重点！与时俱进！"青山绿水才是金山银山啊"！

　　今天参会才知道，林场即梧桐山国家森林公园，是广东省最早的国家森林公园。1989年与张家界一起被批准为首批国家森林公园（查知国家森林公园，全国有827个，广东是27个）。

　　与张家界？……那有的比吗？

　　风景、名气是没得比，可是对深圳这个大湾区来说，生态意义，是非凡的呢！

　　你不是说，这里是你的故乡吗？第一次听你这么说，妈妈有点惊愕。但细想一下，可不是吗？这梧桐山之南麓，这沙头角鹏湾海边，可不就是生你养你的地方啊！你从小就生活在这里——牙牙学语，蹒跚学步，上幼儿园，上小学，中学，直到高中，大学离开这里。就像妈妈从小生活在庐山南麓一样的，闭着眼睛都知道庐山长什么样子。小时候妈妈只知道南边是庐山，从童年起，是用庐山来做家乡东南西北方位定位的。而梧桐山，就是你童年的方位。是晴天太阳下山的地方，是雨天风呼啸，雨嘀嗒，瀑奔流的地方，是你放学回家的方向。对吧？是不是像庐山潜入妈妈的脑海深处，梧桐山也会潜入你们这些深二代，沙头角二代，现在已有许多三代了，这一代又一代的孩子们脑海深处了呢？闭着眼睛，你们也知道梧桐山的日升月落，风雨狂飙的样子吧？

　　嗯，小时候，海边是东边，山边是西边。你们医院，不是许多人还叫山边医院吗？就在梧桐山边吗？（偷笑）所以放学时，有时我就说要回山边去啦。

　　记得有一次幼儿园放学，妈妈骑自行车去接你，说妈妈今天不舒服，不知道怎么回家了，要你带路。你对妈妈说，我们家就在山边啊，妈妈你往山边骑吧，我认识路的。那年你多大？那年你三岁吧。

是啊，因为妈妈心中有庐山垫底，这梧桐山好像只是一个登山的地方。没有太在意梧桐山的特质。初来的初冬日，登过一次山顶，但乌云密布，寒风嗖嗖，没看到山下的海风景。

今天知道了这个梧桐山国家森林公园的历史变迁，查一查百科上面的介绍，才幡然醒悟似的。这梧桐山，不也是个自然大课堂吗？有多少动物和植物生活在这里！不仅仅只有仙湖植物园啊！梧桐山横跨龙岗、罗湖、盐田三个区，是一个大整体。她的山峰，是深圳大湾区的最高峰呢。

梧桐山，对你有故乡之亲，如同庐山对于妈妈。其实如今的梧桐山，是比庐山陪伴像妈妈一样的一代移民，时间更长。朝夕相处近三十载，每天开门见山，看云起云涌，日照月融，风雨变幻，也已经更亲啦！

春夏秋冬，白天黑夜，晴雨寒暑，梧桐山都在那里，变幻着各种姿态，陪伴着我们，挺立在那里，真比朋友还朋友，比亲人还亲人！

现在春天的梧桐山，已非常不一样了。今年从春节后一大片的金钟花竞相开放，再到接二连三成片开放的毛棉、杜鹃和映山红，轮番上演着山中花景美景，靓翻你的眼。春节一过，本地人外地人，成群结队上山看花，发朋友圈晒美图，不亦乐乎。这可是以前没有的。山上现在修了许多登山道、观景台，有许多位置可以观云看海，真如仙境。

山下不断发展的盐田港，和沙头角的一栋栋新建的现代楼宇，仙境映衬着现代都市化，登高望远，大有古今一体感，更有新生代的气象了。去年（2018）建区20年，从海上看盐田，真觉得有几分维多利亚港的味道呢。（笑）这梧桐山的登山道，妈妈肯定比故乡庐山，走的多得多了。山上的一草一木，一移一景，也熟悉亲切得多啦。你同学，现在就在梧桐山脚下工作。你许多同学不都是舍不得离开家门口，这般美景吗?！笑！

妈妈，那下次我回沙头角，我们一定要去爬爬梧桐山吧！

好的，好的。当然，当然。

愿你闭着眼睛也能知道梧桐山的模样哦！拜拜！

2019-06

紫禁书院听汝窑瓷

下午吕老师三小时课，听众有从前海赶来的，一半以上是沙头角之外的吧？老师讲得很认真，大家没听够。[鼓掌]

课后，老师把随身带的汝瓷碎片给大家看，带放大镜（20倍）看，有人看得见瓷里面的气泡，老师说30~40倍才更清楚。

又给大家听"开片"之声（好似清脆的风铃声）。这是出窑后，从高温到常温，瓷的内部，发出裂痕（冰裂纹，鱼鳞纹）之声。

大家问了各种问题，老师一一回答，直到最后一个问者，六点半才结束。

这课下来，是不是将会诞生几个鉴赏家呢？[偷笑]

今日科技如此发达，却再也造不出宋汝瓷——造型与色彩最美，工艺最难的（温度要控制在1200℃，高了低了，色彩都不是"谈天青色"），这自然天成，韵味无比的美物，专为皇宫御制，常由官员进贡，后来被宫廷传承下来（如何流失海外？不明）。

据说世界现有全部加起来，也不过百来件。

自1986年在河南平顶山宝丰县清凉寺发现以来，人类打开了宋代难以逾越的美学高峰。

当年的设计师和工匠，都淹没在历史的云烟里，找不到一丝踪迹。

倒是写过万首诗的康熙，被找出了22首赞美汝窑瓷的诗（包括错认的），对的，只有7首。以及许多瓷器底部的刻字。

一直以来，许多文人留恋向往文化高度发达的宋代，殊不知那又是一个常被外敌虎视眈眈侵扰不断的朝代。

于是这让人不得不发出文人难治国的感慨与叹息！

此乃人类发展的悖论？抑或中华文化传统传承过程中缺失？没有留下设计师与工匠的蛛丝马迹，是不是很遗憾呢？[疑问]

2019-01-12

重返海山公园

有着"千园之城"称号的深圳，每一个角落，都有或显或隐的公园，名不虚传。而隐藏在鹏湾深处的"海山公园"，一定是个，有着异域风情的深闺美人。

建于盐田区刚成立的2周年——21世纪之初的2000年（也可称为世纪之交年）。

新落成时，与刚刚上学的女儿和老父亲一起，踏上这新奇、新鲜、新颖、童幻般的新公园，曾留有奇异西班牙风情的美好印象。

那时还不知道高迪。

近20年过去了。

这个黄昏时分，与几位打算探寻远方风景的伴友，走出旅行社，顿时，重返海山公园之念，涌上心头。

一路走着，今日可以毫不费力，用手机来拍，数不完闪眼的照片了。

登顶之后，没有找到最初建筑纪念文（记得是有的呀）。

正要转身下山，在一个不起眼的拐弯处，终于发现了。

原来是高迪。

当初并不知道这位大名鼎鼎的建筑师。

只记得是位西班牙人。

回来途中，微信里速查高迪——

全名安东尼·高迪·科尔内特（加泰隆语：Antoni Gaudí i Cornet，1852年6月25日–1926年6月10日），西班牙建筑师，塑性建筑流派的代表人物，属于现代主义建筑风格。

高迪出生于西班牙加泰罗尼亚，毕业于加泰罗尼亚省立建筑学校。高迪设计过很多作品，主要有古埃尔公园、米拉公寓、巴特罗公寓、圣家族教堂等。

高迪一生的作品中，有17项被西班牙列为国家级文物，7项被联合国教科文组织列为世界文化遗产（百科）。

再查查高迪的建筑图片，有几张如海山公园顶上艺术塔的图片，几乎没有区别。

这位世界级别具一格设计师大作之仿作，隐藏在鹏湾海山深处，除了专业人员，又有几人知呢？

走过青春时光的海山公园，已是树木参天了。

曾有个伏地的巨大的中国象棋盘，不见了。

如今所见的是，许多公园里都有的，小型固定的象棋盘。

从沙盐路拾级而上的正门，曾经有个时、分、秒指针都能走动的大时钟。

什么时候换成了大日晷图了？

这倒是更有中华特色了！而分秒必争的时间感、现代感，是不是弱化了些呢？

(仁者见仁智者见智吧)

或者，这也是与时俱进了！

回家途中，途径以前火车票代办点，门口却放着些农产品出售。

那些年，逢年过节排长队购票的好生意一去不复返了。

那个店老板与售票员高峰时缔结的婚姻，现有一双儿女。他们一家人，现在的生计有些不易吧？

下一个风光不再的，又将是哪个行业呢？

天黑了。

路过壹海城一期，许多店换主儿了。没剩几家的老店，正在向行人发五周年店庆传单呢。

而壹海 One Mall，夜市正酣。

2019 – 10 – 10 夜

三、日记·杂感

心灵日记
——写在汶川灾区伤员来深圳疗伤的日子

（一周节选）

2008年5月25日星期日（非工作日）

今早，一睁开眼，就惦记起，昨天午后入院的，来自四川灾区的三名伤员。他们一夜还好吗？忘记了拨快的时钟，提前半小时去上班了。很想去病房看看他们。可是，能贸然而去吗？

（昨天傍晚，得知伤员已到院，立刻从广州匆匆赶回。所参加的营养界从业以来，最重要的，最大型的，系统内项目培训，中途退场。回深后，家门未进，先去了病房。）

嗬，急诊科、手术室、内科的三位护士长在值班。都是医院的"精兵强干"。两位在忙碌。我向其中正在记病情一位打听着。她轻声地告诉我：三位伤员都安然入睡了。看看时钟，正指在晚间十点三十分。我一边翻着病历，一边询问起三位伤员受伤的情况以及他们家里受损的情形。

还好，只有一个是孩子，是他母亲遇难了。可偏偏是孩子，偏偏是母亲，我的心，一下子就抽泣起来。同护士长轻手轻脚地去查房，护士长很轻地推开一间病房的门，没有进去，向我示意，里面的伤员和陪人，安好，就退出病房。跟在后面的我，一眼也没能看见里面的人，但心里很安慰。他们睡了，多好！该好好休息呀，我们受灾受难的同胞！这里很安全，再没有地动山摇的恐惧了。

深圳有爱！盐田有爱！你们就在这大爱里，安然地睡吧！

安全感，是灾民此刻最需要的心理支持。这是我们的党，我们的国家，我们的人民，在自然肆虐，天地无情的灾难面前，坚强、坚持、坚定地支撑起的强大后盾，是我们人类的关爱，凝聚而成的暖洋洋的"后方之家"。

电视画面中，那一遍遍震惊着我们心灵，哽咽着我们喉头，让人忍不住滚落出，眼眶里打转的泪水。当四川灾区同胞，千里迢迢，历经困苦地来到这里，走近我们的身边，来到我们的病房，许多人都很想去看看，都愿尽自己微薄之力，提供力所能及的帮助。

"献爱心"就是这种行为，最美丽的命名。的确，在媒体快速直观的感召下，大灾中，人性最美最善的琴弦，被拨动了，所谓"患难见真情"就是这样的时刻吧？

作为咨询师的我，有着同样的心情，更有着强烈的使命感。在这罕见的重大灾难面前，所学的一点点危机干预知识，简直就是"杯水车薪"。深圳市心理卫生中心组织进行的救援培训，我一得知就立即去"充电"。如何以咨询师的身份去介入？脑中在不停地盘旋。

伤员一：15岁的初三男生。肩臂受伤，地震中失去了母亲，父亲在陪伴，最让人挂念。处于叛逆期的年龄，地震后他，会有怎样的状况呢？

> 11、12岁至15、16岁，是人生心理的特殊时期——青春期。身心发展不平衡，成人感和半成熟现状之间的错综矛盾，心理断乳与精神独立依赖之间的矛盾，心理闭锁与开放之间矛盾，成就感与挫折感的交替，以及以此所带来的心理行为的特殊变化。

这个年龄，常态下的孩子都有着种种状况，而遭受如此重大灾难的孩子，又是如何地失衡、被伤害着心身呢？我们该如何地去援助呢？

伤员二：61岁的老汉，右腿骨折，儿子陪着，家乡房子未损。可是老伴呢？与儿子的关系如何呢？地震的伤害将给他的晚年，带来什么呢？

伤员三：骨盆骨折，35岁的女性，要在病床上躺多久呢？这场灾难让这个年富力强的女人，今后可能成了一位残疾人吗？怎样帮助她，并帮助救了她的命，现又日夜陪伴她的丈夫？这两口子，将如何逐步地去面对他们今后的生活呢？

上午一上班，打电话去病房，护士说三位伤员睡得很好，这是他们来盐田的第一夜，是灾后他们睡得最好的一夜。骨科专家，业务院长，周日一早就去病房查房了。上午9点，全院专家要进行第三次病例讨论，从昨天（周六）下午5点接受伤员起，我院专家们全情投入。骨外、脑外、泌外、胸外、急诊、麻醉，两位院长、医务科，集聚一堂，为三位灾区伤员诊断，制定治疗方案。本着"不夸大病情，不遗漏病情"，在检查伤情的同时，把伤前是否有其他疾患，一并全面体检。这体现出对灾区同胞一份浓浓的关爱深情！临床一线和放射、化验、B超、心电等临辅科，一同高效工作着，团结一致，齐心协力，一夜间就出结果，为尽早明确诊断提供依据。天使们纷纷报名，希望用自己的爱心，守护伤员同胞，疗伤康复。

从经治医生和专家会诊中，我对三位的伤情有了新的了解：灾难中，男孩除了失去母亲，还失去了许多同学，全班只剩四名。他的同学也有来深圳治疗的，医务科为他与同学进行了联系（建立心理联系和支持，消除孤独感、陌生感）。

右腿骨折61岁的老人，现场急救中对接不良，需手术切开接骨。灾难后，他的胃肠几乎"木呆"了，"停止"蠕动，灾后十二天，未排过大便，进院后，护士给予开塞露，排出近一盆。老汉如释重负，轻松安稳地睡了一觉。

35岁的阿桂，全身大小骨折十一处。昨天来深，晕车晕机，直到昨晚，这才能够安睡，实在是她心身恢复的需要啊！

走出会诊室，我再也按捺不住了。随着医生护士一起，走进他们的病房。好在我也是他们中的一员，身着白大衣，没有带着"心理咨询师"的面具。这样的介入应该是妥当的。我为自己首次开展"灾后心理危机干预"解开了第一道"如何介入"的难题。

走进的第一间病房，是15岁的少年。他剃着很短的寸头，发丛中依稀可见，散在的指头大小的结痂，还有像女孩秀气的脸庞上，已脱去的痂，将愈的，新鲜的，浅浅的，不太显眼的疤痕。右臂吊着托带，左手垂放着，双腿正盘坐在，红木沙发椅上，身边有几本《故事会》。面前站着三个来探望的八九岁的小姑娘，还有和她们一起来的，一位大约四十来岁妇人。沙发靠的墙旁，倚立着一位一看便知是少年的父亲的人，相貌酷似，父子的外形，只是大小号的区别。

我第一眼看到孩子的眼神，觉得有几分失神与呆滞，眸子上似乎还有一层薄薄的泪，面部没有多少表情。

我跟着两位护士长进去，孩子的脸立刻露出了笑容。从昨天到今天，他一定感受到了，这里医生叔叔和护士阿姨的温暖了。尽管我是第一次走进来，他也没有什么特别的注意。倒是面前的几个小女孩让他有些不安，不知所措。

我伸出手，问他：小朋友，我们可以握握手吗？他稍有几分腼腆，有点吃力地，却是露出笑意地，向我伸出了，那只下垂的左手。我握了握，小而无力，心里涌起怜惜。"小朋友，能告诉我，叫什么名字吗？"他抬起眼望我，启动着唇，发出轻轻的四川口音：何虎。我没听清，顺眼看着床头牌，才知。

有人拿着《故事会》告诉我说，有篇是其中一位小姑娘写的，我应声夸着，侧头赞许了那三个小姑娘，并和那位妇人点头示意。护士长乘机对孩子说，这个阿姨很会写诗。再看看少年的表情，又恢复了先前的样子（喧宾夺主了。这些话，对孩子不利？）。这时，业务院长进来了，对他招呼着：阿姨跟你说说话，啊！就转身忙去了。三个探望的小姑娘，随即也退出了病房。

我微笑着，向前靠近了他，柔声问道：昨晚睡得好吗？他点点头，很乖的样子。我摸了摸他的头，情感一下子就拉近了。我又问：早餐吃了什么？他仰头对我说：豆浆，油条。清晰，没有四川音。

"你开始说的是四川话吧？"他有些不置可否。我拉起他的手，"你教我说四川话吧？做我的老师。"他立刻脸上灿烂起来，起劲点头。

"你喜欢吃什么样的早餐？"

"抄手。"他迅速地答着。"嗯？"我没听懂，"什么？"他得意起来，声音提高了许多，几乎是快乐地叫着："抄手！抄手！"我还是一头雾水。只好请他写出来。他马上用他那只不灵光的手，扒在沙发上，认真地写出"抄手"两个不大，蛮工整的字。我还是不懂，什么是"抄手"？但已经会用他一样的声音发出这两个音。他生动的脸，大笑起来。我问他是什么东西？跟我说说用什么做的，怎么做的。他绘声绘色地描述着，浓浓地，有些乡土稚嫩的川音。我仍是似懂非懂，隐约听出什么……皮包肉……精肉。想到了饺子，问他是不是，他说不是，"饺子是瘪的，抄手是凸出来的。"让他画出来，他欣然拿起纸笔，一笔一画地，画出了一个与他写的字差不多大小的"馄饨"模样的东西。我这才恍然大悟，但他不知道什么是"馄饨"。

对他家乡早餐的"解读""交流""学习"给我们带来了快乐，也拉近了我和他的距离（心理——咨询、援助、关爱、干预……等等，第一步，首先是共情也有人叫做建立关系，只有建立了良好的、融洽的关系，走进被助者，一般称为来访者的视角和框架，才能进一步的作心理切入）。为了孩子的"抄手"，我答应帮他找一位四川阿姨给他做四川的"抄手"，何虎很开心。尽管医院提供的伙食他们很满意，而当天晚上，何虎父子和其他两位伤员与陪人，吃到我们工友——四川的小邓亲手做的"抄手"，他们都很高兴，感到很亲切。我对他的首度"介入"，旗开得胜。与伤员和家属，就这样建立起了亲切感和信任感。

2008年5月26日星期一（工作日）

一早向领导请缨。上午在自己的岗位，无空去病房，据说病房人流是川流不息的，区领导、教育局及各单位爱心人士探望，送花篮、果篮和慰问金。

下午吴科、刘主任、护理组刘、谢和粟三位，还有做测量的刘芳医生，我们一起去骨科会议室，向市危机干预小组，反映了三位伤员的病情和目前心理状况。他们称赞我院为伤员提供的医疗设施和环境，以及医护人员的工作热忱。康宁医院位医生提出让陪人一起来参加。因为昨天较成功地与他们建立起良好的关系，三个陪人坐的位置与我距离靠近，谈话时，基本上是面向我说。经过位老师温和、恰当地专业沟通后，了解到何虎父亲的情绪反映，他提醒我们要关注。

2008年5月27周二（工作日）

（昨天很疲惫，晚上梦见地震，与女儿失散，闭着眼，感受着山崩海啸……）

中午在饭堂餐桌上在人说：太过了，像对待高干。高干可能也没有这个待遇（指川伤员）。给好的医疗条件是应该的，生活标准每人每天50元，需要吗？都用到了吗？中央不是10元吗？

那是在当地。为什么江西等贫困地区未送伤员？而送的是发达地区，广东、江苏。各地自有标准，富裕后，该有所回馈了。这反映的是心态。

怎么是心态？不是我们没同情，现在那么多人送这送那，吃得了吗？半个月，一个月，过去后，还会如此吗？

大伙儿有同感。"要是有专人来接待，让送吃的人来排序而来，他们不就一直都有（水果）吃的了吗？"有人不以为然：那别人不是这么想的。有人无不嘲讽道：要争、先、恐、后哇！

可能是灾难后这段时间，大家积聚了太多的同情，恨不得都表达出来吧？自发地，就最好！比如，哀悼日那天，真没想到，高速公路上，所有的人，都自动停车默哀！所以，这是顺应了民心。无人反对。

2008年5月28周三（工作日）

有人问：什么是心理治疗？（综述专家观点）胡主席、温总理不顾个人安危，亲临一线，在非常的时刻，国家，得力的应急措施，领导人，让全球人称赞的表现，对灾民来说，那就是最大的心理治疗。而对到来的伤员，像我们医院（区政府）为他们所准备的全新衣、食、住、行（往返机票），还有信（手机），这些深表盐田人关怀与慈善之心的物质上的帮助，也是最好的心理治疗啊！

下午去"五叶神"——第一次与许多人同行，骨科，防保科，社工。可电话里没说清楚，所讲的只是"512我要爱"的心理援助志愿者培训，很隆重，为企业树立了良好的社会形象。与医院目前对灾区伤员，心理危机防范与干预，作用不大。但提供的一些相关信息——团体干预的落脚点，援助者的身心要求，中科院的《心理援救100问》还是挺有用处。同去的，他们是什么反映？

下班后的晚上7：00—8：30，去了病房。三位伤员，每个人都能陪伴半小时。刚出四楼（伤员入住的骨科病房）的电梯，迎面就见何虎与父亲，父子俩正默默地坐在走廊长椅上。与他们聊些什么呢？正好他们身后背靠着的，是骨科的宣传栏。就地取材，让小虎从照片中，找出他熟悉的医生护士吧。果然，稚气未脱的小虎（伤后可能也有些退缩行为，更显孩子气）饶有兴趣地，看着墙上的一张张相片，用经历过地震创伤的大脑，费劲地搜索着这几天来，在自己病床前，来来去去、忙忙碌碌的叔叔阿姨们。正与他做着"认人游戏"时，刚好两位院长也来到病房，忙碌了一天，他们还牵挂着灾区伤员。何虎正在仔细辨认相片，恰巧照片上的人，就站在他面前，一时没反应过来，有点发窘，父亲立刻来解围。很自然，我便与他父亲聊了起来。这位做树木（银杏？）生意的汉子，文化程度不高，但灾前生意不错。地震毁了他的店面，让他失去了家园和妻子，他的心理创伤，不轻！幸好儿子死里逃生，弟兄姐妹安好，并且一直保持着联系，这是他最好最大地能支撑起自己的资源。他的创伤，他自己不提，先最好别去碰吧。

与阿桂谈了许多，谈到她的行为模式（依赖）形成原因（警惕自卑情绪，尤其是今后若有残疾，是否会影响夫妻关系，引发抑郁）。目前，她有很好的社会支持资源，娘家婆家的姐姐们，很呵护在家排行最小的她，与她关系都很好，天天都有电话打过来询问。丈夫对她很好，舍命相救，照顾周到。女儿在备战中考。因她家乡不在震中，家人和房屋财产无损。夫妻俩是来映秀镇打工。每次去探望，她除了感激地流泪，总是笑呵呵的。

（她后来能坐起时，在病房做起针线活来，缝制了许多手工艺品，说要送给医护人员。看来，起初我对她的担忧，真有几分多余。瞧，她自有着，天然地为自己精神解困的本领。）

与61岁老汉谈到陪护的儿子和家中的老伴。老汉很想念老伴，担心老伴的安危。父子俩都曾是军人，我和刘护士长都曾有过军旅生涯，自然与他们容易聊起来。老汉坚决不收区政府的慰问金，说应给那些更需要的灾区同胞，让我们肃然起敬。每当看到电视灾区的画面，老人总是噙着泪水。我们让他少看，他虽点头应承，但总是放心不下。工作人员一走开，他就会去调转播家乡的频道。故土亲人，怎能不惦念？我与刘医生做心理评估量表时，是采用聊天方式，隐性了解的。刘医生曾去过他的家乡，老人与她聊着一些熟悉的事，依依不舍的样子。一个多小时过去了，下班的刘医生，顾不上回家，一直陪着他。

2008年5月29日周四（工作日）

上午很忙，诊室都快不够用了，挂22号，请了7个专家。

下午康宁的位医生一行，面见何虎父子时，孩子有些拒绝了，爱理不理。他与父亲，也不大愉快。是因第一次见，太陌生了？还是几天来太多人探视，都麻木和疲劳了？或是因小虎上午发生了破伤风过敏，现处于耗能状态？那瞬间，是不是再一次体验到了恐惧和无助感？位老师叫出父亲，问孩子不愿锻炼的原因，有无情绪因素？父亲说有，自己也开始晚上失眠了。位医生告诉他：也要关心自己，减轻压力，才能更好地照顾孩子。这位父亲的创伤情绪，是否需要处理？如何去进行呢？刘主任给他开了些抗焦虑和帮助睡眠的药。

回家上网查资料：团体危机干预，要立足自身和周围资源，建立相互长久的支持系统。心理创伤，也有内、外伤之分，而内外伤的处理方式不同。内伤是：保护、延缓、预防；外伤需要：稳定、急救。目前我院来的伤员和陪护，心理的内外伤兼有；稳定和急救期，已过；需要的是：保护、延缓、预防。

很累，有些背疼，左边。还是悠着点，生病了，什么也做不成。其实，自己刚出院，状态欠佳，刚恢复的身体，又处于应急状态了。不然，报名参加"512我要爱"的心理援助，肯定第一批就去灾区了。什么时候能好呢？不给自己太大的精神压力吧，一切顺其自然。

2008年5月30周五　雷阵雨（工作日）

…………

"何虎，你成了盐田区的明星了。"说起盐田电视台的节目，父子俩笑了，有几分得意。应有什么态度才合适呢？晚饭来了，专门由四川师傅做的，伙食真不错，比我们职工平时在饭堂吃的强多了。父子俩吃晚餐，我打算退出，何虎不放过，端着饭盒，一边吃，一边要我给读科幻故事，我考虑了一下，就坐下来，给他读了几段。老规矩，听过之后，让他自己把大意复述出来（刚好他也吃完了）。若复述不完整，视为不合格，就不再给他念了，只能让他自己看，最好读出来，学说普通话嘛。何虎答应了，说有许多字不会认。"那就查字典吧。你是初三学生，不是三年级学生。幼儿园的小孩，才让大人读故事哩。"（因为有了几天的接触，建立了不错的关系，说话就可以"不客气"了）何虎听后，反倒说，徐阿姨会教育。

不能让何虎在关爱中"退化"下去，而应该从伤痛中，获得力量，从而更好地重获人生的基本能力。这样的关爱才有意义。

…………

傍晚，去书店，买了一本《新华字典》，送何虎。

在扉页写道：愿这无声的"老师"，陪伴你求学的路！

2008年5月30周六（休息）

上午康宁工作小组又来了，心理介入，工作关系应先理顺。各种心理手册开始下发。量表的评估，我院伤员（一人除外）基本无干预指征。一周来，上上下下磨合协调，基本定下了各类人员的工作方案：医院以伤员医疗为主，同时应防止伤员或家属（陪人）心理问题发生。病房，以当班护士为主要观察者，并做好规范统一的记录。社工的帮扶内容，该是灾区重建后期的介入，与目前伤员医疗恢复有所相触，应是暂缓。按上级的有关精神，医护人员与灾区伤员，应逐步恢复正常的医患关系。陪人，该履行陪人职责。如手术时，推车的，该是家人应是家人。这样才更利于他们伤后身心的恢复和彼此情感的整合。理解了这些，大家在震灾中爆发和积蓄大情感，就逐步让位于医者的理性了。而我去病房的时间，也渐渐少了。

下午去中心书城，恰巧碰上深圳《晶报》编辑的《汶川5·12诗抄》义卖，我未加考虑，买了开张的第一本。

2008年5月31周日（休息）

明天是"六一"，想到灾区的孩子，让人揪心。堵满心胸的情感难抒，写下一首《六一天地间》。下午蒸好"糯米鸡"，之前答应过何虎，让他尝尝广东的"曰（酒）米"（川音），送去灾区伤员的病房。病房已是满满的了，周五又来了五名伤员，周六再来了一名。共九名伤员。四个老人，两男两女；两个少年，少男少女各一；两对夫妻；两对父子；最后一个来的46岁女性，家人（老公和孩子）下落不明，情绪最应关注。去她病房时，她正伤心地低头抽泣，旁边两个义工在劝她："别哭……别哭……"她们告诉我，帮她与家乡联系，刚得知她的丈夫遇难了。其实，此时该是让她好好地哭一场，只需在一旁默默地陪着，递递纸巾或者茶水……
　　…………
　　后记：
　　在2008年5·12汶川大地震灾后，深圳，除了派出各路援助勇士，也成了接受灾区伤员的后方。
　　我院同市里其他几所安置伤员的医院一样，之前之后，从上到下，做了许多工作，尤其是最忙的骨科。
　　在这非常的日子里，作为医院的普通一员，未亲临第一线工作。我用文字记录的，只是一些利用工作空隙和休息时间的体察，所得的是细微之处的片段而已。所见所感所思所为，都带着个人的印记。
　　也如一滴水珠，在阳光的照耀下，折射出一抹七色彩虹吧。
　　以此，献给与我们结缘的灾区同胞。献给与我们并肩工作辛劳的同事！
　　若亲临伤员的专家和同行，对此有不同的观察和观点，请赐教！
　　我愿与您分享探讨！非常欢迎并感谢！

那些年，那些书……

　　闯入文学之地，想起来有些诧异。从小并非爱看小说，也无书可看。学龄前失忆，学龄后跟班玩儿，直到初二要考高中分到所谓尖子班，才正儿八经在教室里上课。
　　（倒是老爸好容易在家有空讲讲故事，什么高玉宝、向秀丽之类，如此而已。还有大两岁的小舅舅，也爱讲些鬼故事，什么石头是鬼的鸡蛋，草是鬼的面条等等。）
　　家里唯一的小书柜，满满都是红宝书毛选，平装的精装的一至五册都齐全（现在难找了，去年在深圳博物馆广场上，看人把当年毛选和古董一起放在地上卖，很有感慨）。书柜最下边两小格书，有些杂书，其中有本诗集叫《十月的赞歌》，封面是北京天安门，在《我爱北京天安门》《北京的金山上》童年歌声中，那是多大的吸引。没人的时候我取出来看过，"啊，十月……"模糊的诗句有些印象。这不害羞地说，也算是最早的"文学熏陶"吧。
　　（七岁时脱口说过几句"'五七'指示放光芒，毛主席的话儿记心上……"

所谓七律诗，被当时的'五七'干部三十几岁的老爸，欣喜地请人把他一直疼爱的大女儿写的"诗"，放在了红旗公社的黑板报上。）这幼稚羞愧的"文学创作"，可是塞箱底了。

而另一本颜色很暗的外国人的书，翻翻没什么印象。直到青春已过，读过教科书《外国文学》后，开始舞点文弄点墨，直到遇上"这是个最好的时代，这是个最坏的时代"能共鸣于心的时候，才想起来，原来早年那本不想看的书是狄更斯（英国作家）的《艰难时世》。

（上网查过深圳图书馆这本书的各种版本，发现了小时候家里书柜里那本颜色很暗的外国人的书。眼很熟，可至今还未读过。）

烙在记忆里的书柜，其实里面有个小密柜，是妈妈藏美食的地方。放在一个小五斗柜之上，对于学龄前的孩子，是够不着的。但吃的欲望总能激起人的智力与勇敢吧，搬凳子椅子垫脚总是可以的。姐弟仨，门旁站岗的，地上扶凳子张望的，钻柜子偷蛋糕和冰糖（那是妈妈留到过节送给外婆外公和其他亲戚的礼品）。每次都只是拿一两块尝尝，少一点点，以为妈妈不会发现。往往老二挑起老三吵，老大上场"显英豪"，品尝之后，三人都不吭声，一旦妈妈发现，又总以老二告状，老小讨好，老大挨揍而收场。

直到中学语文老师课堂上和校园广播里激昂读着《哥德巴赫猜想》，直到高中午后读报课，被老师指定为全班朗读张扬的小说《第二次握手》。文学仍未钟爱。同学抽屉里藏着《苦菜花》之类，因成绩拖后腿挨批，更觉得看小说是不务正业。那时"学好数理化，走遍天下都不怕"的口号，铮铮响亮。读文科都是成绩差而无奈的选择，所见的看小说的都落选。而自己初中数理化竞赛获两个第一，一个第四（化学）。高中有阵子想改文科，妈妈一口拒绝。特别是自家妹妹，高中才情四溢，写诗写小说不亦乐乎，可高考三次失利，最后不得已进工厂。虽在厂里文学又疯狂了一阵子，诗歌上市报和国集，在当地还小有名气，却坑苦了自己的人生。几年后工厂倒闭，下岗失业，四处谋职，直到母亲故去后，顶职当上小学语文老师，才安定下来。而弟弟学计算机后大学教计算机至今。三姊妹唯有妹妹因文学没考上。所以文学，在我家像是个不吉之物。从小听母亲对当秘书出身弄笔杆的父亲说，书生无一用，家里什么事都不会。可母亲不愿做营业员，能吃上小学老师的饭，应该得益于父亲吧？那时批林批孔写批判孔老二的大字报，总是父亲帮忙的。所以，当我高中毕业考上部队军医学校学医，父亲扬眉吐气，四邻恭喜，自己也觉很骄傲。嘿，哪是青春年少的无知呀！可知道，那时民间流传的三大吃香职业是：听诊器，方向盘，营业员。

当科学家最是同学们的理想。

中学因品学兼优被推荐入学入伍,军医学校毕业又因品学兼优被校方唯一推荐分配到师部卫生所。人生起步之初大放光芒,不仅未劳神父母,却是为他们增彩添光。然而,太顺的路,禁不起摔打。文学的曙光也只是工作学习空闲中,时光的打磨。

那时我们队部(医校学员队领导办公室)旁,有个阅览室,其中的中篇小说选刊,作品争鸣等吸引着我。每天的医学知识的学习,早晨军训及傍晚点名会每天都是少不了的,唯一一天的休息,多是用来写信的,给家人,给同学,相互交流各自的新生活,有的时候信总是超重,十几张纸,写下来半天就过去了。岂料这或就是最早的创作吧?

(龙飞凤舞的字,可苦了看信的人,一半看一半猜,横着看,竖着看。有一回把入校时90斤的体重增到120斤带笔写成了150斤,吓坏了家人,完全没有胖子基因的人,怎么也想象不到那将肥成啥样子。等到探亲回家一瞧,哪有哇?原来一场虚惊的笑话。)

《晚霞消失的时候》《蹉跎岁月》是记忆中医校的文学痕迹。晚上九点吹熄灯号。打手电躲在被子看不成,我是上铺,窗子透光,队领导在楼下就能一目了然。所以看得不舍时,躲在厕所倒时常有,楼道拐角处盥洗处里的厕所,是唯一亮灯的地方,虽不时被区队长发现询问,但她从未批评我,要知道,我的医校成绩一直名列前茅。号称大考大玩,小考小玩,不考不玩,就是每天认真预习,听课,复习而已足够了。大考前我总是去打(羽毛)球。除了看小说,更多的时间,就是军事课自己加码,投弹,射击,木马,单双杆,长跑,跳高跳远等等,这些是我私下比较担心难过关的,不能让它拖后腿,是内心强烈的声音。德智体达标才是三好学生,学生时代我一直都是。偷偷地晚上练,总算都过关。只有最后不计成绩的冲锋枪射击,跑梭子了。

看小说最后想到一个办法,就是代人站岗。130个学员,两人一班,从晚上九点开始到早上6点,2小时一岗轮。每当小说看得起劲时,就帮人代岗,每次两厢乐意。从未惹过麻烦。队领导或许就是睁只眼闭只眼吧。所谓站岗,不过是两个女兵学员两个凳子,坐在楼道二楼入口处,旁边就是唯一的一位男区队长的宿舍。四层楼只有这唯一的向上通道。一楼未住人。

有本张弦的《挣不断的红丝线》,是隔壁队的战友送给我看的。至今记得一些情节和人物。或许那是带着思考和感受在看吧?对于文学,那时像是一个朋友,当内心充满好奇疑惑时,就自然走向了文学。

第一年春节没有回家，游园活动，文艺表演，跳集体舞，一两周就有露天电影看。排队，拉歌，充满部队青春的气息。《巴顿将军》《世界大自然之谜》（电影名字不记得了，自己此刻取的，内容好像是讲外星人的，比如智利巨石阵等）、《珍珠港》二战纪实片。《伤逝》《牧马人》……

春节的教学楼的楼顶上，年方18岁的小女兵——军校学员，忘了从哪儿借来的《红楼梦》，偷偷地独自一个人囫囵吞枣地翻着，似懂非懂。

高考前夕的家门口的工厂，常轮流放着八十年代初许多热门电影——如《五朵金花》，越剧《红楼梦》，黄梅戏《天仙配》《女驸马》（母亲算是个戏迷，父亲也算是个"文青"吧，从小全家去看电影，是最快乐的时光。）有一次，弟弟太小（不到一岁？），没带去，等我们四人（父母和两个女儿）看完电影回来，在离家还有几十米远的地方，就听到弟弟划破夜空的哭声，全家人心疼不已，再不敢把他一个孩子留在家里。那是1971或1972年的事吧。那时书没有，露天电影倒是看了不少。影院5毛，1块的电影，也不时进去看看——《卖花姑娘》《沙器》……

军校暑假在家，那是1981年的夏天，躺在家里的竹床上，看过歌德的《少年哥特的烦恼》，戴厚英的《人啊人》，蒋子龙的《赤橙黄绿青蓝紫》。实习期间，在鹰潭184军医院图书馆借来一摞书，现在只记得一本叫《戊戌喋血记》。听带教老师们闲聊时聊起《吕蓓卡》的电影与小说，非常入神。拜访过一位当时医院前辈，叫毛小榕，她在当年1982年的《中国青年》文学版上登过几篇小说。她是一位刚做母亲的军旅作家，夫妇俩是一对军旅作家伉俪，家住在部队师部干休所别墅小楼，与实习医院只有一岭之隔。不知道当时还有没有其他拜访者？毛老师对我的到访显得非常高兴。或许一个月子坐下来，闷坏了吧，与一位刚过18岁的军校同行实习生，谈得甚欢。一上午的时间很快就过去了，临别时，她送了我一套内部发行的世界作家创作谈（说是一次文代会上发的?）。可当时的我，完全不知道这套书的价值。没翻几页，都是些陌生的名字，也没看不下去。后来转业来深圳，几年后安顿下来，再去找那套书，只剩下无封面的半本，遗憾不已。如今看来，那真是一本难得的好书啊。从此对作家，对作家的创作谈，特别是女作家，都有着浓厚的兴趣，不知是不是一种补偿？

军校毕业后，分配在福建南平十二分部，那是军医学校唯一推荐分配的学员。山沟沟里的部队师部，三大部司令部、战勤部、后勤部，女人凤毛麟角，除了卫生所，话务班，广播室，幼儿园（属地方人员），不到十个人。一举一动引人注目。除了政治学习读报，收信，与外界大概是没有交集的。记得第一个月的58元工资（比父母亲工作了一辈子的45元还高一截，更高过大学毕业52元的同学）。除了日用品，我买了一个半导体，晚上收听电台。当邓丽君的歌声，从橘黄灯光门窗里，飘出的时候，支着留心耳朵的青年的军官们，有的私下提醒，有的似笑非笑打趣，有的在政治学习会上不点名地指出。

一天，文书跟我说，你一天八封信，肯定入不了党。我不解其中的道理，至今也不懂。

倒真是不幸被他言中。除了那时被催写了一封入党申请书，再没写过。总觉得离老一辈革命家的标准差太远。可后来看身边不咋样的人也入党，自问：与她们为伍吗？

在那个师部时光，开始接触路遥的《人生》。但并没有什么共鸣，遥远的西北与闽北的军营相距太遥远了。让我接触这本书的人，是一个即将退伍的老兵，他是个文学爱好者吧？叫什么名字都不记得，模样也模模糊糊了。但却可算是个文学领路人吧？他带我去电大听文学课。那晚是个儒雅的师专中文老师讲朱自清的《荷塘月色》，被迷住了（仅此一课）。从此决定上中文函授。那些薄薄的教材，在当时我的眼中，蛮有吸引力的。后来升级参加自考，从福建开始，借来高中中文系同学的课本，一本本地读，一科科地考，横跨三省，福建、江西、广东，考到跨世纪，去中山大学毕业答辩，拿了个中文本科文凭。

这期间，中国从80年代到90年代，文学从鼎盛的热火朝天到渐渐让位经济大潮。我一直是隔岸观火者。火大时，好像脸也被映红了。许多还是后来补课才知道才想象的。

迷琼瑶，迷三毛，也不够味儿，毕竟有一身军装。毕竟是个从医者，每天在生老病死中穿行，文青气只是一个透气孔。《人民文学》也会在值夜班空闲时翻翻。伤痕文学，留有些感染。电影常有，啃教材也是业余时光。青春的情思，不时被文学的文艺给沾惹了。外国文学，古代文学，难啃又吸引。到91年来深圳，第一站蛇口，就走进了那里的夜大。深大吴俊忠老师的外国文学课，很吸引人的。可只是听一次就走了。直到2009年，半个月的广东鲁迅文学院和深大作家研究生班两年的周末学习，可是过足了瘾。

来深圳，跟着潮流走。被90年代《深圳青年》，深圳特区报的文艺版牵引着走。再后来读书月，大讲堂，各路文化大咖风起云涌地到来，可把旁门左道的发烧友给带成文青了——战友的调侃。

这"阅读史"，越写越水了，淡得没味了，收笔吧。半路捡起来的一截残稿，一口气续上了这小半条命,从"文书"开始。也不知道之前是哪一年写丢下的。

此刻是 2020 年的 3 月 26 日傍晚。

眼泪的成分

在网络表情中,有张双泪奔流的表情,从来没用过。而在那个晚餐的等候中,她编了这样一条微信:什么要紧的事要马不停蹄避而不见呢?紧随其后,是一连三个,泪奔的表情。

这是第一次用这个泪奔的网络表情。那个时刻,好像只有这个符号,才最能表达心情。泪,的的确确是在心里奔流着。尽管外表是看不出,独坐,等餐,周身发冷,赶快把端来的还有些热气的肠粉吃下,暖暖。黄金南瓜粥终于来了,也暖和了许多。没有思前想后就发出去吧。堵在心里的难受,顿时舒放了一些。

为什么难受?说不清道不明的难受,就是难受,心里难受。不是千万次的独自晚餐的伤感,也不是藤蔓丛生的预期惑惑,就是一点点小期许破灭了。虽然笑着为别人,也为自己解嘲,已是事隔四小时了,这迟发反应,她只能发出这三个泪奔的表情来表达一下。或许这是成熟的标志?是修养的代价?学习温顺的练习?还是善弱的本来?

发出去了,松开了一点紧皱的心。任他去。不任他去,又能怎样呢?或许谁都不容易,大大的生存状况与小小的情谊,孰重孰轻?不言而喻。

事情的排序,是一个人在另一个人心里的分量?还是事情的大小在一个人多事情中的排序?纠结的心还要去纠结下去吗?其实只是小事,放下不就得了。很快就过去了。

那么用什么去认识一个人呢?

算了,这种情绪,还是不表达给他为好。一觉醒来,夜深了。删除。那么……把前几天……不眠的心迹……吐露一点点吧。他……若懂就懂……不懂就不懂。不上心也罢。这条路,就是心劫之途。若隐若现,真真假假,云里雾里,前期总是这样折磨人。除非你是个无心之徒?那就罢了!

夜的呈现,还是等待在天明。不打扰别人的梦境吧。

这件现实之事,需要的是理性待之,掺杂非理性的,难免复杂。

行吧,牌出了,就等着对方出牌吧。不是好牌,就放下。

一颗静心来上班。失落后,无事之中,兴致低低。呵,回复了——喝多了。

其他，含糊其辞。安全第一，生命第一。这是无尚的。即刻回复——你的安全为重！随即，谢谢。晚回。不知怎的，泪涌出来了。理智之堤，锁住奔涌，却在某一刻，决堤。人心之海，变幻莫测。即便自己是主人，也不能时时掌控。人心的某处，掩饰的伤口深藏，却在不经意间，痛彻。

为什么掉眼泪？只是根基抑郁的低落？不明的期许毁失？无助悲哀？软弱之泣？人心叵测的恐惧，无处也不愿示弱求助的无奈？孤寂润滑？心未死的呻吟？追求幸福的踟蹰？判断力回望和审视？无可诉说的矜持？

物欲，人情，人心，品德，主宰，服从，征服，喜欢，世俗，公平，追逐，逃避，伤痛，振作，坚持，希望与失望，瑕疵，完美，男人与女人，自护与自重，保护与大度，亲情，人伦，责任，坚守，平衡，自由，和谐，论证……多少纠结眼泪中？！

品格的力量

演讲稿

品格，说的是人的品行和品性。

生活中，所经历的人和事，回味起来，如同品茶，越品越香醇的，方为上品。

今天，我要说的这个人，他没有气吞山河的壮举，也没有惊天动地的伟业，甚至医疗战线，那些起死回生，惊心动魄的场面，他也难有。

他有的是——平平凡凡、踏踏实实、兢兢业业的工作作风；

他有的是——不断进取、严以律己、宽以待人的人生态度。

这品格二字，我就是从身边的这个人身上，感受和品味到的。

作为同事，我首先感受的，是他医生的品格。

那是2003年，他刚从湖南调来，是我院中医科的一名普通医生。那时，我经常感冒生病，找他开中药调理。每一次，他都认认真真地把脉，一丝不苟。我女儿最怕吃中药，几次抱着试试看的心理，好说歹说，动员她去看中医。居然，一副药就见了效。从此，在她的心目中，又多了一位可信赖的医生。

像我和我女儿一样，这位中医，几年下来，拥有了一批批"铁杆儿病人"。香港有俩母女，几年了，每个月一准都要来调理身体。一些慢性病人，癌症术后病人，在他的医治下，有的病情保持平稳，能坚持上班；有的从病休中，重新走上了工作岗位。从他们日渐精神的气色中，我看到了，他们对医生的信服和感激。

一传十，十传百。每天找他的电话，响个不停；他的专家号，提前几天就预约满了。从刚出世的婴儿，到白发垂垂的临终者；从身边的同事，到千里迢迢的中原。他的病人，越来越多了。

一次，有位从河南来的姑娘，提着行李，买好了夜间返程票，手里拿着写着医生名字的纸条，专程来看病。下午到的时候，医生去市里开会了。我忍不住问，你是怎么知道呢？她说哥哥以前在沙头角打工，得了病，就是这位医生，给看好的。现在回去了，看到妹妹因胃肠病，到处求医也不见效，就说了这位中医。我打电话联系医生，说明了情况。医生询问了病人返回的时间，二话没说，答应开完会，就赶回来。那是个初冬的傍晚，当姑娘看完病，拿好药，再回来反复询问用药情况时，医生耐心而详细地解答，交代得清清楚楚，可是病人还是不放心，直到医生给了手机号，告诉她回去后，有什么情况，可直接来电话询问。这才满意而放心地道了谢，走进夜幕里……

一位外省科技局的领导，来深圳参加高交会。因为顽固性的皮炎，曾去过上海北京求医。经人介绍，来到这里，没想到，我们的中医，竟能治好她多年的顽疾。第二年高交会期间，特地来致谢。

从普通门诊，数以千计，到专家门诊，占三分之一的月工作量，从普通医生，到科主任，再到副院长，他对病人的态度，从来不变：无论高低贵贱，男女老少，莫不都是：和蔼可亲，细心周到，体贴安慰。医生对病人，做到官大官小，有钱没钱，熟人生人，一视同仁。

这是怎样的品格？

记得有一次，他感冒了，嗓子说不出话，一个上午，只能靠耳语和手势，看完病人。好在他的医术，第二天，就能让自己的嗓子恢复正常。多少次，广州、东莞，远路来看病的，路上塞车，怕医生下班，一个接一个的电话打过来。医生总是说，告诉他们不要着急，路上小心，下班了也会等的。周六下午，常常不到两点，病人就来了。医生一进诊室，就一个接一个地，望问闻切，忘我地工作。不敢喝水（只是润润喉、湿湿口），也不去厕所，一坐就是四五个小时，直到看完最后一个病人。这才起身，饥肠辘辘地回家去。

如今，做医生这个行当，是个什么滋味？有人说，是一只脚在医院，一只脚在法院。君不见，医学院校，招生计划年年下滑，不再都是以最高分为录取线了。高危急救一线的医生，越来越难做了。医闹，让医院无法正常上班的事，时有发生。前些时，有媒体搬来名人的言论坐镇，争论是否该废除中医。伪科学一说，炒得沸沸扬扬。

就是在这样的背景下，我院的中医科，却创立了中医品牌，辐射珠三角。在我区，树起了"全国中医示范区"。

朋友，听到这里，您看到了——品格的力量吗？

是的，他是一名中医，一个秉承中华传统文化和人文精神的中医，他用自己言行，书写着医生的品格。我相信：像他一样，我们国家，着有千千万万个优秀的医生，他们恪守着医生的操守，肩负着人民健康的重任。

医生的品格，来自人的品格。他常说，做医生，做院长，首先是做人。工作这么累，几十年如一日，他都坚持孜孜不倦地钻研医术。晋升高级职称时，他已是益阳当地有名的中医了，病人络绎不绝。可身为医院副院长，他并不满足现状，报名参加了全国医药局的名医班的学习和研读。如今在我院，带领中医科作科研，主管医教科工作，去深圳其他区讲课，作学术交流。百忙之中，不忘医生本色，追求医德医术并重。而他在生活上，却很简朴。来深圳几年，还是住在出租屋里。家里大部头的医书，没有像样的书架，放在纸箱里，搬进搬出，曾为此扭伤过腰。

（他这种状况，在区领导的关怀下，很快就得到改善。）

他谦逊，尊重、关心他人。同行之间、上下之间，医患之间，与他接触过的人，无不都能感受得到，他为人的和善。下班再晚再累，他习惯收拾好诊室，不去麻烦他人。什么事，只要是自己能够做到的，尽量去帮助别人。点点滴滴的小事，总是温暖人心，感染和教育着身边的人。

（许多事例，限于篇幅，不能在这里一一列出）

医生的品格，升华为党员的品格。这位有着三十二年医龄，同时又有二十二年党龄的中医，无论走到哪里，都用自己的医术，全心全意为病患服务，体现着党的宗旨，为党旗增添了光彩。他告诉我，当年他的入党介绍人，就是一位工作极为认真负责，勤勤恳恳的老党员，对他一生的影响深远。他兄弟姐妹五人，三个是党员。全家三口，都是党员。当他读大二的儿子，告诉父母，要申请入党时，问其理由，儿子只是简单地说了句：因为你们都是党员！

朋友，听到这里，您感受到了品格的力量吗？

品格，如钙如盐，构建着生命的脊梁！

品格，彰显高尚和美德，才会闪闪发光，值得颂扬！

品格的力量，无形而柔性，是榜样，默默地影响着人们！

朋友，愿您的人生，拥有这魅力无穷的品格力量！

至此，我该说出，这位大家都知道的，中医名字：熊——国——强。最后，我用一首歌来结束吧！这是我 2005 年底，为他而写的——

《名医风范》

胸中装着/天南地北/大自然的精华/你用笔，运筹组方；

凝神专注/中华医药/传承祖先经络/你用心，观颜把脉；

药到病除/调理养生/无论达官百姓/你以诚，问诊下药。

啊，名医，名医/百炼成钢，众生呼唤！/百炼成钢，众生呼唤！

好医生的标准

好医生，有什么样的标准呢？

当过病人或病人家属的，莫不自有一本账。

这本账，不只是记载医生的职称、荣誉、学历和头衔。当然这些有时还真是一道光环，给头次看病的陌生者，照着上门的路，而当病者亲身经历，一见医生的"真身"后，光只有这些，可能像肥皂泡一样，立刻就土崩瓦解了。

医生的诚挚的态度：眼神、语气、声调、动作，以及从中透出的医者对病者关怀、爱护、设身处地地怜惜，一个以善良、人本为核心的医者情怀，以及严谨、认真、干练、广博、准确、独到的专业精神风范。便是突显在，病者及其家属的账上的。

说到底，病者的就诊感受和医治效果，才是一个好医生的评价标准。医生在病人中的口碑，和医生门前人气，才是好医生最有说服力的评价标准。没有口碑和人气，再多的光环，恐怕只是"花枪"而已，骗骗自己。

"年轻？不怕！只要医生认认真真，我也踏实。可是，从头至尾，头也不抬，哪里疼也不看（更别说摸摸），病历也不写，几句话，就打发了，什么医生？"

病人的感受和要求过分吗？

有一句老话，曾激励一代年轻人："不想当元帅的士兵，不是好士兵。"这里，且不去探讨这句话的价值观。但此处套用的意义，对医生这行当，还是挺有鉴戒之用的。

是啊，不想当好医生的医生，真难是好医生！尤其在时下，医生难吃香的年代，医生，不能不看重自己的口碑和人气呀！

以病人为师
——营养师查访手记

纵观医学的发展，疾病和病人，一直是引领着医学向前发展的先导。医生和病人，是医学不可分离的两个面。没有病人，医生做什么？没有医生，病人怎么办？试想，如果没有层出不穷的疾病和病人，不断发展的医学，在我们今天，会是什么样的局面呢？

这里，写下这个题目，不是对医学发展理论探究，而是缘于一次营养师查访的感慨。

营养师查访？挺陌生的。是的。在发达国家，医院营养医师，每天是要和临床医生一起，去查房看病人的。所带的工具，不是听诊器，而是皮尺和皮褶厚度计——量腰围、上臂肌围等，以判断病人的营养状况，作为病人营养补充的依据。尤其是危重病人机体代谢平稳后的营养支持，更是需要营养医师参与会诊。在我国一些经济发达地区的大医院，也有类似的做法。但小医院是难见营养师的踪影。即使有，人们也只是把营养师与病人开饭联系在一起，而不会用"查访"与之关联。

我院的营养师，像是个"地下工作者"。医院的医生、护士和病人，没有几个知道的。

由于工作时间受限（每周半天），和其他条件受限，所能做的，只是关注内科与饮食密切相关的慢性非传染性疾病的病人，重点是糖尿病病人，以及常见的消化性溃疡病人的饮食指导。而能进行的查访，只是针对各科医嘱开的治疗饮食，去看病历，看病人，了解病情、临床检查和治疗，了解病人饮食习惯、目前的食欲和就餐情况，然后再对病人指导，如何选择合理的饮食。如果内科有几个糖尿病病人，一个下午都张罗不完。

这天，内科查访时，病人已做完治疗回家了，营养师没见着病人。第二天，病房护士打电话来说，有位病人需要具体的饮食指导。经了解，这位病人对医生的饮食交代和护士的宣教，提出了质疑。原来，病人是一位患糖尿病十几年的"久病成医者"，不仅如此，他曾是一名外科医生，因为患糖尿病，特地去深圳，参加了一期营养师的培训，还通过考试，取得了营养师（公共营养师）资格证。家里买了一套营养配餐软件。

营养师首先肯定了病人自我教育，并虚心请教了他所学习到的营养知识，通过沟通，在他现有的知识基础上，介绍了所开的饮食处方——各种食物所给的量、比例、分配及依据，糖尿病的饮食原则和可供选择的食谱。

天色已暗，虽然到了下班时间，双方仍在交谈，并都有所收获。

由此，可见一斑：随着社会的发展，人民生活水平的提高，对营养的需求日益增加。

面对市场的各类食品，如何鉴别，以保证安全？为了延年益寿，保健食品风起云涌，如何选择？人生各个阶段，如何吃，既能保证健康，又防止疾病？为此中国营养学会，从去年开始，委托各地营养分会，对社会上有需求的各类人群，展开了营养基础知识的普及培训。

而对比社会上对营养需求的热度，医院临床营养——针对疾病的营养，尤其是基层医院，其工作的开展却滞后得多。

以病人为师，向病人学习，病人的病，病人对疾病的态度和反应，什么人患什么病，什么样的治疗护理手段和方法，对这个个体的病人是合适的，有效的，这些都值得从医者去思考和探索。这是这位病人给我的启示。

医学，是不断发展的科学。继续教育，是每一位医务工作者，永远必需的功课。

2006－12－13

四、艺术欣赏

舞神，从歌舞的海洋里升起
——杨丽萍《云南映象》观感

　　一次次谢幕了，一次次掌声，观众久久不愿离去。直到那美丽绝伦的舞神，走下舞台，走进观众中间，观众们手捧着舞神的纪念册，等待着舞神的签名。虽然路途遥远，虽然已是深夜时分，观众仍然不肯离去，舞神仍然面带微笑，为观众签名，直到最后一个人。

　　2004年深圳中外名目演出周，首场是杨丽萍的《云南映象》，观众热情高涨，场场爆满。新建的高交会西侧演出中心，剪彩的喜庆还未退去，这场演出又增添了新的光彩。这是已到过全国各大省市，即将又去一百多个国家全球巡演，空前的精粹的演出。

　　杨丽萍的名字，80年代就随着代表云南孔雀舞的形象，深入人心。之后，她又陆续推出了树、蛇、火、月等一系列独一无二，具有浓郁云南民族风格的舞蹈形象，给人带来美的享受。

　　《云南映象》，杨丽萍为之策划、为之奔波、为之投入、为之付出的行动和精神，早被媒体传播。为之感动，肃然起敬不只是音乐人三宝、广告商，还有遍及大江南北和五洲四海那无比热烈的掌声。

　　一个舞者，有着拯救濒临灭绝的民族歌舞，发扬光大民族文化的神圣情怀，并为之倾其所有，不辞劳苦，把个人的安危置之度外，终于创作出这样一台"充满人性和民族特色与人文精神的原生态歌舞"。与当今有些艺人为牟取名利不择手段、不顾廉耻的行径是多大的反差啊。难怪人们把她尊为"舞神"，报以经久不息的掌声。

在《云南映象》创作札记和凤凰卫视《鲁豫有约》节目中，我惊叹和景仰杨丽萍心声：舞蹈，对她来说，是一种信仰。"跳舞是为了和神对话"。童年奶奶的话，扎根在她心中，成了她生命的祈盼。杨丽萍在舞中，祈盼着握住神的手，让"灵魂从我的身体里飘荡开来，使灵魂得到最清净的安抚"。她这样的境界，谁说不是"舞神"呢?!

"舞神"，是杨丽萍的舞之境界，生命之境界。更是观众对舞台上那美不胜收的"月光"中月之神，"家园"中的"树精"，"祭火"中涅槃的火神，以及最经典的"雀之灵"那仙境般景象的惊叹！

杨丽萍，作为一个舞者，作为一个女人，她是幸福的，令人艳羡的。一生能倾注心爱的事业，并能做出世人瞩目的成就。虽然历经艰辛，但最终大获成功。

彩云之南，那片美丽的土地，孕育着生生不息的各族人民和他们斑斓的歌舞，在那片歌舞的海洋里升起这炫目的"舞神"，是云南之幸，也是中华民族之幸，那只"雀之灵"将从东方走向世界！

2005 - 11 - 05

冬夜里的火凤凰
——十二女子乐坊来盐田公益演出观感

2013年岁末月中，是深圳最冷的一个夜晚。一颗沉寂已久的心，被一只火凤凰点燃。

十二位美丽年轻，才情横溢的现代女子，婉约地怀抱着二胡、琵琶，轻盈地玉持着长笛、短笛，优雅静立在古筝、扬琴之旁。十二个女子，一袭短裙长靴，鲜嫩的玫瑰红各具特色，时尚而又古典。迎面扑来，温婉清新。

一支民乐的精灵，一支中华之器乐的火凤凰。

简单而又熟悉的舞台，没有绚丽的舞美灯光，更没有高端精密的音响设备，舞台两侧立着两个屏幕。一场政府买单群众受益的公益演出就要拉开帷幕。

（这舞美灯光音响的差别，是身边观众口中商演与公演的区别？）

这个舞台，是每年单位春节晚会的礼堂，是时常开会听课听讲座的主席台。而这个夜晚，在此将享受着主持人口中饕餮民乐盛宴。

舞台正中央，是一古筝，远远望去，竟没看出身形。静静长卧，宛如一个古典美人，沉睡在时空之廊，静候心上人的亲临抚慰。紧挨在两旁的，是两架扬琴，俏皮对峙，两不服气，竞相媲美。她们前面，错落着三把琵琶，轻轻倚在三张椅子旁，像是守候着识宝人的降临。

第一支曲子《御龙在天》，舞台左右两侧的屏幕：天上游龙，腾空游曳，势不可挡，穿云破雾，吉祥天下。十二个女子：正前排二胡，四季如春，弦乐的张力，浑厚磅礴。两边的笛声，或高亢引领，或清脆穿越。身后的弹拨琵琶，错落有致，声声润滴。古筝的行云流水，扬琴的悠扬云霄，让人领略着民乐也交响！

接下来的苏州名曲《茉莉花》，十二女子带领听众，沉静其中，跟随一张张姣好的面容，婀娜多姿的杨柳摆风，把所有的器乐和音符，置之度外，如痴如醉，春风拂面。

《花样年华》，不是张曼玉的旗袍，也不是祖国花朵的尽情绽放。在曼妙的音乐里，十二个女子，或琵琶飞天，或长笛大漠，星球舞台旋转，祖国山河变幻，飞雪涉水，款款盈盈云霄间。尔后，惬意地去草原，过着《云上的日子》，马背驰骋，辽阔无边。紧接着那熟悉的新疆《阿拉木汗》旋律，让人神思尽情地奔驰，再和着《依拉拉》，与骆驼一起跋涉。

演出至此，忽然发现一个秘密：中间的三把琵琶，不知什么时候变成了两把，另一把，那排在右侧头边第一把的，是音盘圆圆大大的，分明没有琵琶那般圆润渐细葫芦般的弧线。原来这是一把月琴！

月琴啊月琴，这个秘密，在心里揭晓之时，却是静气聆听神游于外之际：那是一个少女与月琴擦肩而过，而后失之交臂，再是一生，与乐器结缘，却未能亲手触摸演奏，永远做个听众。

一段往昔青葱岁月，在音乐声中，丝丝缕缕，烟云潮涌。

1976年的秋天，刚踏进中学校园的女孩，一下子被选上了学校的几个课外活动——宣传队、通讯员、乐器组。回到家里，兴高采烈地告诉妈妈。妈妈说，参加这么多活动，哪还有精力读书呢？减少一些吧。当时的郊外中学，能有的乐器，不过是锣鼓、二胡、笛子、手风琴等，月琴已是很难得的。第一次见到，完全不了解，挺稀奇的。由于离家远，若每天在校学琴，天黑才能回家，还时常与宣传队排练时间冲突，于是就放弃了乐器组的学习。那把本来要分配到手的月琴，在学校只摸了一回，什么样的声音，都还没印象呢，就忍痛割舍了。或许月琴这一面之缘的样子，就从此埋进了记忆的深处？尔后一有机会接触乐器，总会不经意地想起一段来，抑或对人说起。谁想，这一刻坐在台下聆听，竟又被倏然激活了记忆。

而小提琴的影子，也曾伴随着中学放学的路上，一个背琴女孩令人羡慕的身影，一直留在了记忆中的少年时光。更是几十年后，当年的女孩在深圳做了妈妈，带着女儿听音乐会，女儿那颗幼小的心灵，被小提琴那拨动心弦优美之声深深吸引住了，到了学琴的年龄，她竟毫不犹豫地选择了要学——小提琴，这可是被誉为西洋乐的皇后啊！或许也恰好契合了妈妈当年深隐倾慕的心愿吧？

从此，母女相伴，几年一段漫长的学琴路上，那个月琴的故事，不时提起。上课，练琴，考级，艺考，风风雨雨又是十几年，直到女儿考进了中国传媒大学音乐学院，学习音乐制作。

《让我们荡起双桨》，这唱响一代代人童年的乐曲，在此刻的舞台上，二胡、琵琶、古筝、笛子、扬琴的杂糅而出的民乐音色，红精灵般眼前跃动，流连耳边，思绪又在翻滚……

刚上中学的女儿，一天回家吵着要学古筝，被妈妈制止了。要读书呢，有多少精力呢？学一门小提琴，就学好吧。于是就这样扼杀了女儿学民乐的兴致，从此女儿在音乐的海洋里，与民乐无缘？这是女儿气质里少了一份温婉典雅的气质之由？有一天，女儿从微信里发了一组来自传媒大学的民乐晚会图片，一旁的文字是：惊叹！原来民乐这么好听！

遥远年代，暑假里学女红的姐妹，与深圳孩子多彩的童年，叠映频闪，岁月穿梭在欢快的器乐声中。

《青花瓷》，清脆圆润，遮蔽了周杰伦的含混不清，一个个鲜亮音符，敲打着蓝白的醒目之光，悠悠国度，驰名而鹊，谁能忘怀？

《山水》是民乐最擅长的领域，二胡的高山，流水的古筝，顿时把人带进了无尘的大自然。从古到今，何曾停止过，召唤一颗颗热爱的心灵？琵琶笛声，弹拨轻敲，拂弦和鸣，太公子牙，相见恨晚。

民乐的好听，是不是只能表现我们古老的民族的乐曲呢？能表现钢琴的磅礴，提琴的婉转悠扬，低沉厚实，还有高亢长啸管乐吗？音色差别大着吧？

中场休息，邻座们聊着门外人的揣测。

谁知下半场，这一说法完全颠覆了。

冬夜里的火凤凰——十二女子，换上了古典的西洋装：白衬衣扎进马裤再蹬上一双马靴，外套一件卡腰西洋红的双排金属扣风衣，一展西洋女子古典风范。

（这下与八九度气温匹配了。她们刚才冻坏了吧？观众议论着。）

一开场，二胡就拉出了小提琴味，中国民乐，用自己的音色，开始讲述西洋人的故事。《查尔达斯》卷鬓角，燕尾服，西洋宫廷里的绅士，出场了。《巴哈》，巴赫？作曲家，西洋音乐家一一现身，缔结着异国民间古老跨国的联姻的《姻缘》，谱写一曲曲《新古典主义》乐章。就连大气磅礴的西洋交响乐，都能从中国这几样普通的民乐混响中，响彻在大厅上空，简直就让你目瞪口呆，难以置信。

这民乐坊的十二女子，都是出自中国北京高等音乐学院的高材生，其中有四个音乐硕士生。乐坊组建于2001年，中途有六人更换了，她们到处演出，轰动了日本、亚洲和西欧。见证了中国音乐的奇迹与辉煌。

此时此刻，这只精灵，穿越时空，带你走进异域他乡，沿着这座音乐架起的廊桥，一直通往十七八世纪的西洋。回肠荡气间，一艘沉没在大西洋的豪华客轮，浮现眼前，生死之间，爱情绝唱《我心永恒》。直到救援《胜利》，踢踏之履，又跳起了《大河之舞》，奏响了《拉德斯基进行曲》，让《自由》欢畅！

《白色巨塔》里的追问

医学，是伴随着人类进步，一同发展的。在"白色"的世界里，医学的初衷和本质是什么？这也许是每个人都要面临的问题，谁能逃离生老病死呢？这更是每位白衣工作者，不可回避的要思考和要面对的问题。无论你是医生、护士，还是医学教育者或管理者，谁逃避和忽略这个问题，也许就是亵渎职责，不尊重生命，违背医学的本来。

这是笔者观看日本电视剧——《白色巨塔》，感受到的，片中直面现实，勇于揭露和探索的主题。该剧片尾曲，更是触及医者的灵魂。有电视台在做南丁格尔获奖者的采访片，背景音乐，用的就是这片尾曲。

故事线索和人物关系

浪速大学，是日本东京知名的国立大学，是国家顶级治疗癌症的医院。财前和里见，是这个医院内科和外科骨干，是曾一起毕业的同学。他们各自的医学理念和向"塔顶"前行的方式不同。围绕着他俩的周围，是老师、上级、下属、同事、家庭、病人等等，他俩与周围的种种关系互动而至的所言所行，是剧情的展开的主线索。

财前是外科顶级的一把刀，手术做得几乎完美无缺，从上到下，谁不称赞？

就是走出国门，在欧洲，面对傲慢的国际医学会顶级人物，看过他手术的人，也不得不伸出大拇指，由衷地表示赞赏。在可以触天的城市摩天楼的顶层，常常可以看到财前，对着青天，将烂熟于心的手术步骤，像艺术家那样，全情投入，一遍一遍地演练着。

许多病人都是慕名而来，特别是一些大企业的董事，手术成功后，总要为大学医学部捐赠，以示感谢。浪速大学真可谓因为财前，名利双收。因此，大学校长和医学会长都在极力推荐财前，当任下一届的外科第一教授。

丈老头不惜重金，常常在关键的时候，设宴宴请能在女婿晋级上说得上话的要人，或以重金礼品相送。太太也一步步地接近并取悦教授的太太们，用夫人外交为丈夫出力。

知心知性的情人，是一家高级酒吧的老板，欣赏爱慕财前，却有清醒的头脑，能够冷眼看待医坛的风起云涌。财前无论得意还是失意，都会去她的酒吧坐坐，说说心里话。从他俩的私密话语里，才知道，原来她本人也是当年医学院的高材生。因为不愿陷入医界，那些见得人和见不得人的角逐中，最终放弃了从医之路。财前对这位风姿绰约，能干有见地美貌红颜，更是欣赏有加，恨不得时常左右。

太太对他俩的交往是心知肚明的。这个女人，对丈夫的升迁不是没有益处的，社交的场合还可打情骂俏，探听虚实。何必去挑明，更不会去大吵大闹，关键的时候还会登门拜访，关照收敛一些即可。太太更在乎的是教授夫人的头衔，有了这个头衔，可以参加"红花会"，与夫人们一起去打高尔夫，或邀请来家里开Party。

唯有财前的妈妈，一位当年用自己的肩膀，支撑了儿子的求学从医的女人，这么多年来，一直是自己独居在远方的小镇。儿子，为了一步步升迁，总是对妈妈说，等我到了某某职位时，就接您过来。可这一等，就是十几二十年了，自己从没去见儿子一面。

浪速外科，挑选第一教授的竞争，极其激烈。主审是病理学大内教授。他和财前的老师东教授，各有各的人选和理由。东教授并不看好财前。而校长和会长们，是非推举财前不可的。大内，更看重做人做学问，都是脚踏实地的内科里见，碰到机会，就推荐里见，去出席国家的学术会议。里见的演讲，反响很好。连财前都称赞说，他这个同学真没有偷懒。毕竟财前和里见，分属内外两个科别，专业不同，构不成竞争对手。况且，里见对争名争利的事，完全是置身事外。他一心是在病人身上，是在研究上。其他人际关系的事，只是按本分行事。他这种自始至终的态度，让财前难以理解，甚至为他着急。

财前与自己的老师——他的前任，外科东教授的关系是复杂的。在财前的眼里，技术上只有自己的老师是心里承认的。但是为了急于登上教授的宝座，他已不想再在老师面前，卑躬屈膝了，不会还去怀有一份敬畏和感激之心了，即便装也不愿意。更何况老师在自己的晋升之路，处处设障，推荐一个其他大学的医坛新秀与自己竞争，是可忍孰不可忍。

在东教授离任前的最后一次查房里，财前带着一帮助手，浩浩荡荡地也在查房，之后又匆匆地去上手术台，似乎故意把东教授与零星的一两个随行，撂在一边。连内科里见医生和下属柳原医生，对手术病人术前肺部有阴影，提请慎重，建议再做进一步的检查后，才考虑是否手术的请求，都置之不理。

正是这台手术，术后三天，病人就极度痛苦，挣扎不堪地死去。死者妻子，曾多次请求主刀医生来看看病人，但财前一次也没有。丈夫现在死了，她对此毫无准备，原以为手术能挽救患癌症的丈夫，却不想，会让丈夫送命。他与儿子，对此完全接受不了，发誓要将财前，告上法庭。这时的财前，刚以两票之差险胜，晋升为教授，又从国外载誉归来，被媒体大肆宣扬。

里见本着弄清死因的目的，建议进行尸体解剖。大内教授的解剖，也支持证明了：死者体内，确有癌症的淋巴扩散，这是导致病人死亡的原因。而对财前说的，死因是术后肺炎的解释，他们认为站不住脚。鹈饲校长和财前等人极力反驳，认为尸体解剖，只是事后推断，不能证明这个病例的手术治疗就是错误的医疗行为。主刀医生，更不该为病人的死负责。否则，今后医生还怎么当？财前在法庭上，坚决地表示，他选择手术为治疗方案，完全没有错。今后要是遇上相同病例，手术，还是他外科的第一选择。他的观点得到了上级评审权威的支持。

这支持的背后，财前和岳父，当然是要做些"工作"。以校长为首的支持派认为，医生们对病人的治疗，即便各自有不同的意见，为了维护医学的尊严和权威，应该统一在医学范围内，决不能拿到法庭上去争论。尽管财前对这件事，内心也有不安，后来几次去病房，看见类似病例的病人，恍惚间总觉得是死者平庸先生，从躺着的病床起身，质问自己。在夜间的噩梦里，更是被死者纠缠不休。

现实焦点与两种追求

手术的对与错，这两种意见，也是法庭上的争论焦点。这场官司打得异常艰难。浪速大学名气之大，关系之深，几乎没有一位律师敢去为原告做代理，所有人料定这场官司，原告必输无疑。那位被告代理，是打医疗官司的常胜将军，信心满满。一切手段——涂改病历，销毁或篡改病历记录，收买拉拢证人作伪证，都能轻车就熟，堂而皇之。大学、医学会，所有的权威，都证明财前的手术措施和术后肺炎的诊断以及应用抗生素的处理是正确的。

一审，被告顺利过关，眼看财前一方就要打赢这场官司，这颗日本医坛耀眼的明星，仿佛随着校长，以及他们申请筹建的，日本国的癌症中心的摩天楼，在一天天升起。

然而，功亏一篑。原告，一位妇人，家族里唯一支持和伴随她诉讼之路的，是刚刚成年的儿子。死者的弟弟和其他亲属，坚决不同意让快餐店倒闭而把钱拿去打官司。这位妇人，因为信赖浪速大学的名气，在听完里见医生防治癌症的讲座后，就动员自己的先生前去就诊。从丈夫入院、手术，到抢救、死亡，不到一周，她完全没回过神来。不知道丈夫病情究竟如何？为什么死得那么突然，那么挣扎痛苦？咽气之前，丈夫眼角，挂着一颗大大的泪珠，那是为何呀？术前主刀医生——大名鼎鼎的财前，术前谈话，只是毋庸置疑一句"不开刀就得死！"术后病人出现危急情况，她三番五次地请求财前医生来看看，哪怕就一眼也好。可是那个不可一世的财前，只是忙于自己国外学术会出发前的宴请，他根本顾不上这些。

柳原（财前的下级医生），特地带着病历去宴会等候，瞅准时机，胆战心惊地提出治疗方案中的疑问，恳请老师去看看病人，被责骂了一顿。里见医生放不下病人，因为这是他推荐给财前的病例。几次去外科看望病人，被无理地赶出来，说不用内科插手，根本不听他的意见。虽然里见一次次地去打探病情，在财前外出开会期间，还用一封封电邮，告之佐佐木平庸先生（死者）的病情和他本人的判断（非肺炎，是癌症术后扩散），期待财前的关注和积极回应。而财前，会议期间去游览，与情人相会，对自己病人根本不闻不问。看到里见的邮件，就是直到报告"平庸先生死亡"，也只是稍愣了一下，仍然是不动声色地删去电邮。

当然这些，妇人并不知道。只是她每次去求里见医生，从他欲言又止无奈的表情里，从财前的助手们，回避的目光里，在面对猝不及防，失去丈夫的痛苦里，感到深深的疑惑。这不解，让她想要探个究竟：不是说手术为了根治癌症，为什么没有挽救丈夫，却那么快地要了他的命？为什么主刀医生，术后不来看看自己的病人？病情恶化和危急了，苦苦哀求就是不露脸？为什么尸检报告是癌症扩散，不是肺炎却没有人解释？为什么一审二审专家们争来争去的，都是她听不懂的？为什么来丈夫的葬礼默哀的，只是里见医生而不是主刀的财前？

不搞清楚这些，丈夫的灵魂，怎会在天国里得到安宁？就是这个信念，在所有的律师都拒绝代理时，她还是在一张废报纸里，看到了一则就要关门的律师事务所，在招聘最后做清理工作的人的广告，与家人好说歹说，把变卖快餐店——家里唯一的生活来源的钱，拿来作为代理费的预付款，这才找到了自己的代理律师——关口先生。

关口律师，是专打医疗官司的，虽深谙此道，却几乎没有胜诉过。这不，他的事务所也开不下去了，正准备收拾完后，就回老家去。第一个敲响这关闭许久的门，是佐枝子小姐，她是那位即将退休的东教授的唯一爱女。研究生毕业后，不想遵循父母安排，在家做一个母亲那样的教授夫人。父亲所介绍的人，虽是医坛新秀，财前强有力的竞争对手，年轻英俊有为的免疫专家，但却不是他心中的理想人选。

清秀美丽，外表纤弱，内心执着的佐枝子，闲暇时，经常去她的一个女友家，一个淡泊社交，不热衷钻营，温柔贤惠的妻子和她那一心只为病人的丈夫，一个佐枝子心目中真正的医生。还有他们一个身体虚弱，时常需要医生父亲的呵护和母亲细致照顾的孩子。一家人的温馨，总让她这个外人，都能感受得到暖融融的。

她眼中，这个真正的医生，就是浪速大学内科副教授里见。也许她自己还未曾意识到的情愫，母亲从她拒绝父母的安排，不时从言谈中流露出，对里见一家人热情中，能够觉察出女儿的心迹。父母张罗他们心中"未来女婿"与女儿的见面，更加频繁了。而两个年轻人，在长者安排的送别中，已把话都摊开了，他们彼此礼貌地道别，谁也不会听任摆布。

佐枝子坚持自己去找工作，哪怕困难重重，也不管母亲的嘲讽和讥笑。这次上门求职的，正是关口律师事务所。已是贫困潦倒的关口，哪还有钱请人，那是几个月前的广告吧，居然还有人来。美女惹眼也无奈，自身难保呀，请回吧。失望和尴尬，一刻也不能停留，就在佐枝子转身离去的时候，仓皇匆忙中，撞掉了桌子上的一大堆材料，拾起一看，竟是一份份医疗官司的卷宗，佐枝子被吸引了，决定留下来，无偿劳动，整理并了解这些遗案。关口当然求之不得。

几天后，再次来敲门的，是那个坚持要为死去丈夫讨公道的佐佐木太太和她的儿子。关口，无心再战，可他们硬要拿出一搭变卖家产的钱，也不能不动心。虽早已灰心，并无胜算把握，但这是母子俩唯一的寻求之地呀，面对誓死到底的决心，也推脱不掉，何不试试？

从调查取证就开始受阻，所有的病历资料都封存了。关口想请的医学权威，都拒绝出庭，说不愿卷入这场官司。当时参与治疗抢救的其他医生护士也不见踪影。即便找到，不是躲避、拒绝，就是要按鹈饲校长要求去说，以维护浪速大学的声誉。

当事人，院方让柳原出庭作证。柳原的证词，必须按鹈饲财前们事前的设计要求去说，否则就得离开浪速。为此，财前又是给柳原介绍女友，又是旁敲侧击地示意，说将来会让他接班等等。柳原在正义与利益之间很挣扎。虽然心里很痛苦，但他还不想放弃浪速大学的工作条件。因而只能任人摆布了。

而里见"真话，说一千遍，说一万遍，都不会改变。"从始至终，他都坚持会出庭作证，决不推辞。任何压力，都不能阻挡他说出真相。尽管一审他的证词，不能改变被告方轻而易举地获胜，之后，他就被通知调往另一家医院，名义上是被提升为教授。但为了自己的研究和医学理念，他放弃了校长的"好意"。自己选择一家与所从事研究接近的私立医院，继续做他的癌症早期诊治——为病人治病，同时搜集临床资料，做相关的研究工作。

一切也都在关口的意料之中，他再也无心恋战。一个回合下来，准备撤退。毕竟是干了活，拿报酬也理所应当，分几张票子给这个自己上门的助手吧。不料，被佐枝子退回了，她说她不是为了钱才留下的。并反问关口拿这笔钱，心安吗？当然不安。可关口心已冷。而佐佐木太太和儿子坚决要求上诉。摆上地摊继续卖快餐，誓死到底。在关口进退两难的当口，佐枝子这才透露自己的身份——浪速大学前外科东教授的女儿，并且打算说服父亲二审出庭作证。关口这才似乎看到了一线希望，决心精神抖擞，重整旗鼓。

佐枝子的请求，父亲拒绝了。东教授已从浪速退休，被朋友聘为另一家医院的院长。被告是自己的学生，接班时，弄得不欢而散。现在官司的事，还是不插手的好。母亲也责怪女儿不懂事，这样的事何必去招惹呢？

最终让东教授答应出庭的，是里见出庭到底的坚决，病人家属的对医疗问题的一个个质疑，以及关口律师破釜沉舟，不管输赢的决心，还有突然意识到，自己最后一次在浪速外科查房，与财前急于上这台手术，正好"巧合"缘由的解读。

果然，被告律师拿出东教授与学生财前的过去有矛盾，两人不和为由，向法官指出，并质疑东教授出庭动机，甚至对他进行人身攻击。同时又请了东教授之上的医疗权威证明，被告方的医疗措施正确无误。

二审还是被告取胜。可是，关口却忽然悟出了，官司的思路，从一开始，辩论的方向就错了。不应该是治疗原则的争论，而是应该回归的到最基本的思路，那就是病人的生命权的尊重，以及病人和家属对医生，在病人和家属面临生命权的选择时的告知义务和沟通的态度。

这个思路的调整，让原告方，乌云密布的天空，豁然开朗。现在只需就这个问题，去搜集证据——手术前的谈话记录，寻找证人——当时在场作记录的护士。

这名护士叫龟山。一直是主管医生柳原的得力助手。她亲眼目睹了，柳原为了这个病人术前术后诊断的苦恼和困惑，甚至每次看到柳原挣扎在该病人，面对里见和财前不同的诊断上，不知该何去何从独自痛苦时，动员柳原坚持自己认为的正确的方式去做，大不了辞职，她会和他一起离开这里。可当时的柳原，权衡再三，还是拒绝了。后来她独自一人辞职，去了另一家医院。一次，恰巧碰到了新来的院长，原来是东教授。

现在原被告方都在找她。她躲避不及。柳原在一审时按校长和财前拟订好的口供作证后，与财前走得很近了。常常被财前拉到家里吃饭，业务上也能得到他的亲自指导，俨然一位财前和校长的大红人。财前夫人还给他介绍了一个赫赫有名的医药公司总裁的千金，这位千金很满意这位未来财前的接班人，主动上门给柳原送这送那。可柳原却没有半点的春风得意，私下里陷入了更深的自责和困惑，尤其碰到里见时，这种折磨更是让他不得安身。

在他一次次徘徊在佐佐木遗孀和儿子的门前时，关口早就注意到了，终于有一天，关口截获了柳原，柳原矛盾挣扎的心，在关口面前无处逃遁。当龟山最终躲避不过这场官司的时候，她最后还是决定做原告的证人。柳原也放弃了内心的挣扎，与她并肩。

在原被告都去寻找手术前的谈话记录及证人时，在夜里，柳原潜回外科，却已经较财前派去的人晚了一步，没能拿到，记录单已被财前塞进了碎纸机。

二审后，被告律师上门去找里见的太太，希望能阻止里见第三次出庭。这位律师对里见太太说，里见如果还执迷不悟，三审也难逃失败的命运，那样的话，会遭到医疗界的公愤，那么现在的工作也难保了。里见太太对此真是很担心，自己跟着里见过苦日子倒不怕，可儿子身体不好，没有工作哪有钱给孩子治病呢？再说，凭女人的直觉，好友佐枝子常来家里，从她眼神里可以看出，她对丈夫的喜欢。为了这个案子，单身的佐枝子常来找里见，虽然她信得过他俩，但毕竟心里总不是滋味。思前想后，只有对里见亮底牌，并以回娘家要挟。

面对贤惠的妻子和病弱的儿子，里见的坚持有点为难了。但关口诉讼思路的调整，他也看到了希望。这样的思路，更是他作为一名医生，长期以来秉承对病人生命呵护的思考，以及他要求自己从医的行为准则。这样的时刻，他怎么能因为妻子的眼泪和哀求而退缩呢？只有和妻子好好谈谈，妻子一直是通情达理的，也一直理解支持自己。唯一能答应的是，照顾妻子的感受，尽量减少与佐枝子见面和相处。有了这个承诺，妻子不安的心，有了着落。

然而，按照新思路，离原告获胜希望越近，里见的心就越不安——为他的同学财前而不安，为自己为什么要坚持为原告作证而困惑。他觉得自己迈向法庭的脚步，越来越沉重了。

不可否认，财前是浪速的"一把刀"，赫赫有名，无人能比。这样的医生，如果官司失败，医学院还会用他吗？如果这把刀，不能再为病人，那将是多大的损失？财前发展到今天，只是他自己一个人造成的吗？看到财前满脸的疲惫和越来越差的脸色，他真为财前的健康捏把汗。想着想着，不由自主地给他拨了个电话，提醒他注意健康，财前没好气地说，他的身体很好，用不着他操心。然后，是一阵嘶咳。作为内科医生里见，一听到这样异常的声音，立刻就有了警觉。

三审开庭时，迟迟未到的是里见。原告律师关口，一开始法庭陈述，就直接询问原告母子，你们为什么要打这场官司呢？佐佐木太太缓缓地站起身，满面哀戚地说，医学专家们说来说去的，她都听不懂，她真后悔让丈夫去浪速看病，要是不做这个手术，丈夫可能不会那么快就离去。她就是要为丈夫的死讨个公道。关口紧接着问被告财前，术前是怎样与病人和家属谈的？正在这时，法庭侧门探进了，一位谁也不认识的老妪，财前愣住了，那是他多年未见的母亲呀。多少次他在电话里对妈妈说，等忙完了这阵子，就把妈妈接来，可是……妈妈一定是从报纸上看到了这条消息，千里迢迢地一个人找寻而来。怎么能让妈妈在这种场合见到自己呢？幸好他的目光扫射到了那个红颜知己，尽管丈头和太太都在场，但他们都不认识。酒吧女老板很快懂得了财前的意图，马上出门，把老太太带了出去，恰巧来的路上她们相遇过，老太太认识她。她这才告诉老人家，她是财前的好朋友。老人家从站在庭中央（被告席）儿子的神情中，可以得知，儿子是不愿在这个地方见到自己的。老人家随后，被带到癌症中心的建设工地，被告诉说，他儿子将是这里的中心主任。可是妈妈心中只有担心。

这时，法庭所有的目光，都在关注财前的回答。就连匆匆赶到的里见，也未引起人们的注意。财前看到妈妈离开，总算心思能回到现场。他清了清嗓子，对法官说，这是个重要问题，请允许他回忆一下当时的情形。当时他脑子里出现的是，术前那天面对佐佐木夫妇期待的目光，自己斩钉截铁地说，"不开刀就得死！"也许，此刻他才意识到，这句话多少是不妥当的。但决不能在这个场合如实说。稍倾，财前是这样陈述的：通常术前谈话是交代主管医生去进行的，可能主管医生的术前谈话不够全面，当然作为科室主任，自己也是负有平时管教的责任。

听到这里，坐在龟山身旁的柳原情绪失控。从病人病危、死亡，到官司开庭，一审时又作为被告证人，内心一直都在受着良心的煎熬，在这三审开庭后，他内心斗争得更加激烈。此时此刻，柳原跳起来大声叫道：他撒谎！……他们让我作的是伪证……顿时，法庭乱作一团。财前一阵呛咳，一头栽倒在地。里见一个剑步冲到财前身边，大声叫救护车。三审，只能休庭。

送到医院的财前，被诊断为肺癌，而且已是晚期。

生命挽歌与医学思考

对财前的病情，告不告知他本人，让人们颇为犯难。按财前的岳父（妇产科大夫）和鹈饲校长的意见，暂时先不说出真相，可是怎能瞒得住财前呢？只是轻描淡写地说是可疑肺癌早期。柳原自告奋勇要为他的老师财前日夜留守陪护，可是同事们仍对他侧目而视：都怪你，是你出卖了老师，是你把他气倒的。柳原心疼难当，却无言以对。财前苏醒后，询问病情，看过事先被替代的片子，很是怀疑，这是我的肺吗？面对财前的质疑，人们处处搪塞。财前思来想去，他打定主意，绕过他们，去找自己信得过的医生——他的老同学，现在另一家医院的里见。

法庭上的三审，最后的判决是原告胜诉，被告败诉。理由是：医生在术前沟通上，未能详细向病人和家属讲解：治疗方案有两种——手术和不手术。选择是否手术，将要承担相应不同的后果。这种让病人只是被动无奈地接受手术，使家属在毫无准备，全然不知的情况下，就要去面对亲人的死亡，是医生的过失。而财前仍然认为，对无专业知识的病人和家属，选择手术与否的利弊，是无法判断的，只会拖延时间延误病情。并向代理律师表示，准备上诉。

最后在法庭上，里见按捺不住地感慨陈辞：如果财前的医疗理念有错误，那不是他个人的错误，如果财前对此病例的病人和家属要负责任，那不应该只由他一个人负责任！

里见见到自己找上门看病的财前后，很吃惊也很理解，二话没说，重新做过一遍检查，证实了财前对自己病情的判断：不仅是晚期，而且已经有了脑转移。财前坚持手术治疗，可是想请他唯一信得过的东教授主刀，却觉得难以启齿。里见主动说由他去请。东教授很意外很认真地做了手术准备，可是打开胸腔，却无从下刀，满视野都是癌细胞，半小时就只得关上。

在财前麻醉要醒未醒时，鹈饲校长来看他，还是想把他报上去，作为东京癌症中心主任时，财前一反常态，翻脸不认了，叫他出去："滚……"岳父见此，捂住脸痛哭。

这样的结果，太残酷了。人们不约而同，都一致地向财前隐瞒实情。而财前从种种迹象，已判断而知，自己真实状况。此时，他已接受这一事实。也与大家"合作"，隐瞒起不知真相的妻子，在她面前表现出假象：手术很成功，癌症已切除，很快就要出院了。而私下告诉岳父，只能让他这个父亲，来照顾他这个从没有受过苦的女儿了。妻子却从外人格外的关切中，最后还是嗅出了这不可阻止的悲伤。当丈夫的情人来探望的时候，她很有礼貌地请她进去，并退出了病房，把最后的时间留给了他俩。

财前再也掩饰不住了，面对知心知性的人，他再也不去控制生命将逝的悲怆，靠在情人的怀里，交代身后对母亲的安排。

弥留之际的财前，脑海里，不断出现：一个生命的岔道——那是上次去华沙开外科国际学术会期间，导游带他去参观，二战时犹太人的一个人体实验的遗址：一条轨道向前延伸，延伸，不久就分开两条岔道，将男女老幼，分别带向不同的实验室。讲解的，是一位老人，是当时唯一的幸存者。他指着那条铁轨，苍老的声音在说：那是一条生命的岔道啊！那些医生（做实验的），是刽子手。这个声音，一直回响在财前的耳边。

在片尾主题歌响起的时候，里见和柳原都穿着白大褂，推着覆盖白床单财前的遗体，走向大内教授解剖室。浪速大学的医生们，带着无限惋惜和哀痛，都站在走廊的两旁，送财前最后一程。财前的声音，从他的遗书——那最后越来越乱的笔迹中飘出：把我的遗体捐献给我为之奋斗一生的医学事业。而我生前对医学的理念和实施，留给后人去评说吧……

作为一名医务工作者，初次遇见，虽剧情过半，断断续续，但却被深深吸引了。而在第二次无意碰上时，就不能不有意地，理性地，根据自己的从医经历，以及当今我国医疗的现状，观感中细细地品味着。并用拙笔把留在记忆的点点滴滴记下，期待你与我一起去思考……

2015-01

沐浴音乐

《向大师致敬！》
——俄罗斯作品专场音乐会随感

从交响音画的序曲《在中亚细的草原上》，我们来到了熟悉的《天鹅湖》，弦乐的白天鹅与管乐的黑天鹅，较量着善恶的羽翼，却阻挡不了四只小天鹅的欢愉。

在《第二爵士组曲》与《那波里舞曲》中，随着指挥的指挥棒，台下的目光，在提琴的声浪与间隙中，寻找黑管、长笛、长号、小号、圆号的喉响。

指挥全身心地投进了乐海，带领我们来到一千零一夜中的《天方夜谭》。这是作曲家里姆斯基-柯萨科夫的代表作品之一，乐队所演奏的是第二乐章——《卡伦德王子的故事》。"卡伦德"意思是靠施舍为生的游方僧。这一乐章又名《僧人的故事》。

乐章开始，独奏小提琴奏出舍赫拉查德主题，仿佛她又开始讲述一个王子扮成乞丐的奇异故事。大管悠闲地奏出卡伦德王子的主题：这个主题经过多次不同乐器、不同色彩的配器，表现了王子遭遇各种不同经历，中间部是富有戏剧性的充满刀光剑影的格斗场景。长号奏出饱满、有力的号角性音调：随后几个主题交错，在发展中多次出现主题动机，展现了激烈的战斗情景。最后再现卡伦德王子主题的四次变奏，在雄壮有力声中结束第二乐章，低音部苏丹王主题隐约出现，似乎在赞叹。（该段摘于搜狗百科）

中场后，孩子们嬉闹戛然，柔美的《胡桃夹子》，从竖琴的指尖流淌出《花之圆舞曲》《芦笛舞曲》《双人舞》，乐池幻化为舞池，从宫廷一直跳到广场……

渐渐地，跳着跳着，又跳成了芭蕾舞曲《加亚涅》组曲。青年乐手们，瞬间变成了玫瑰姑娘与年轻的康尔德，穿梭在马刀舞、艾嘉舞和赫斯金卡舞之中。

然而，我眼里只有《第四交响乐》中指挥的双手与背影！

随之也不禁地舞动起自己的双手——右手的节目单，就成了指挥棒，左手模仿着指挥，一起随着管弦的音符起舞。

这忘情的举止，感染着前排的幼儿园的小姑娘。刚才中场，她还噘着嘴，吵着妈妈（在整场录像）带她去台上找老师呢。这会儿小丫头也尽情挥舞着双手，进而手舞足蹈起来。

身旁他驱赶过来的友伴，全神贯注地聆听，不肯放过一个音符，也不肯有一个耳语的打断。当年她在鼓浪屿（音乐之岛）练就的耳朵，对我们的音乐会，赞不绝口，羡慕不已。我邀请她常来，欢喜之情，溢于言表。

浮想联翩之际，后加演的曲目，也没听清，只知道是中国元素，只知道在台上台下一片掌声，高潮中，指挥再三返场……

舞台上的乐场，男女乐手，一律黑礼服。后排列队管乐乐手，或银或金的金属色，在黑色镂空小格的乐谱架的点缀，映衬，间隔中，糅合前排锃亮发光的大提琴，中提琴，小提琴（黄花木?），明亮之色，依次序列而位，整场乐队的视角感，就是如此的西洋派。

沉醉其间，禁不住唤起了，中国国乐民族风格与气派的怀想——哪个位置对应的是哪个乐器呢？倘若中西方音乐，同台出演 PK，那场面与姿态，是不是很有趣呢？

溜号的思绪，被萦绕着整个剧场强大的音乐氛围，又吸引了回来。

楼上楼下满满当当的男女老少观众听众，都被这支（业余组建才一年?）交响乐队，融为一体了。台上台下，一起穿越时空，飞出历史与国度的边界，飞出潜藏在心灵深处记忆与思念啊！

…………

曾经十年的琴童成长之路，此时一一浮现：从 1/4 到 1/2，再到完全的成人之琴，都记载着一段段的成长时光。如今最大号的小提琴，跟随女儿，走在首都的音乐疆场。其余的都陈列在家中的壁橱里。

拂去尘埃，循着琴声，或许将在生命之光中，继续发光?！或与之相伴随，一同走进心灵。并从心灵流淌出来的，是一代代文化的萌芽与梦想……

带着激昂的，优美的，富有画面与故事的音乐声，进入了梦乡。

醒来，又是一片艳阳天。

2018 - 06 - 29

动心时刻　光影瞬间
——兼赏蒋祖逸的摄影艺术

艺术的共通之处，就是打动人心。摄影，跻身于艺术之列，傍依技术发展。

如今的摄影，堪比西方油画艺术，渗透东方水墨里，更有诠释思想的观念。摄影，令人沉思。而黑白片的强力回归，无声静默的力量，让人惊叹！

那些"决定的瞬间"，技巧全在技巧外。美无处不在，发现的眼睛，才是快门。

待到方寸横空出，隐去无关，只有打动人心，才是真正的艺术。

能巨幅耸立的，一定有强烈的震撼力和永远的穿透力！

蒋祖逸，摄影履历不长，题材，技巧，风格不断探索。

从精准捕捉灵仙般白鹭，各色艳丽小鸟种种情态，到天不亮登山顶，深情守候海上日出，在夏日荷田，一次次细微观察，都是出新。

当一张张发自云贵高原的图片，映入眼帘的时候，观赏者惊呼：呀！真是摄影技能全方位大操练！也是摄影情感总爆发！更是摄影作品全风貌大展示！

高原春色，风土人情，自然风貌，人物特写，动物小景……不是怦然心动的抢拍，就是走访交谈后的深度把握，那些不动声色的纪实，匠心独运的选取，都一一落入镜头。

一组山村老人黑白图片，心光瞬间，抓住的是一张张历经沧桑的面部特征：目光与神态，或凝重压抑，或超然接受，或淡然认命，皱纹沟壑纵横，表情凝固雕刻。局部手指，在烟蒂袅燃中，诉说着日子的艰辛。默声传达着，温差大、缺水等恶劣环境下，高原人的生命史诗。让人不禁想起，20世纪80年代，轰动当时中国画坛，罗中立油画《父亲》，以及其中蕴含的意义。

与之对比的是，近四百张孩子们童真无邪的笑脸，表情各异，神采纯朴斐然。透过照片，云贵大山里，高原新一代的明天，仿佛悄悄地走来。当年"希望工程"发聘之作《大眼睛》——呐喊出"我要读书！"，那些20世纪90年代山里孩子，渐渐远去了。如今这些孩子，有学上了，可他们早晨起来空着肚子，要跑几十里山路，中午才能在学校吃一顿免费"营养午餐"。

用相机播种爱！临行前摄影师决定为每个孩子拍一张照片送给他们！第一次拍照，孩子们既紧张兴奋，又争先恐后，再是翘首期盼。收到照片的那一天，开心得不得了，学校一片欢腾。他们的校长也被欢乐感染着，代表全校师生发来短信：感谢远方的客人！是你们帮助山区的孩子（这所"希望工程"小学建校以来）实现了零照片的突破！

要知道这可不是去采风。为期半个月的"三同"，是盐田区（科以上）干部，践行党的群众路线，轮流前往贵州毕节（对口扶贫地区之一），与当地老百姓"同吃同住同劳动"。

摄影师是在劳动之余进行创作——

早春三月五彩的原野；梨花香漫水天，大雁成行春醒；乡村朝晖里，童伴上学去；蓝天白云下，草海碧波间，小舟划向神仙处；露珠亮闪闪，树枝婆娑舞；茵茵雾气和着袅袅炊烟的山里人家；村头眺望警觉的吠犬；双鹅相随，引颈高歌青草间；宁静的夜空，旋转的宇宙；赶牛放羊牧歌；吱吱呀呀的门；山顶的风车……

总结大会上，播放着这组贵州毕节三河地区一幅幅现实直观图片，盐田人在思考：如何保护生态，改善当地人的生存状况？

2014-06

C 小说

一、金蚂蚁微小说九篇

1. 搜 救

"妈！你手机号，怎么会在他手机里呢？"

夜间铃声里，传来儿子火急火燎的声音。简直就是质问。

白果的心，这几天，揪得紧紧的。这下，又提到嗓子眼了。

当空军飞行员的儿子，首次执行客机意外搜救任务。

"谁？你说的是谁呀？"

"就是我们这次救起的幸存者呀！"

"妈你知道吗？他就是……"儿子吞咽声，从喉间传来。

"没怎样。他只受了点儿皮肉伤。

那可是一大片森林呀！要找一个人……多难……

我们的直升机，几乎是贴在树梢上飞行，忽然发现一个红点，像是一个……人？盘旋了好久，选准定位，同伴撑伞挂绳下去……

一丛密密缠绕的老树藤上，还真有……一个……人嘞！

枝蔓间，不停地向外挥动着红夹克，铃声从他手里传出，是与你的一样的，诺基亚之声呢。

……他是……

你总在网上搜索的……那个F大学的……"

电话这头，儿子起伏的声音，撞击白果，那颗上天入地、乱云飞渡的心。

她知道，儿子说的，是谁了……

"教授"两字，从儿子唇间，还没吐出，"上网搜索"几个音，一敲在她的耳膜，这个，在她心里装了半辈子的人，立刻如闪电，轰炸着她脑海——

二十五岁，夜大相遇。相拥，方知迟到。无言告别。

遥遥岁月，思念不尽。

牵挂只是，偶尔联络。

相见对坐，喝喝咖啡……

2. 变　迁

一城之遥，往来两家。

那年，男孩8岁。刚读完二年级，母亲丢下五个儿子，离家出走。父亲四处寻找。

已上学的三兄弟，陆续辍学。老二，出外流浪。

7岁女孩，认识了小客人。直到上初中，那母亲，才有消息。

14岁，男孩从外省回来，又来到女孩家。讲起老娘，外面的喇叭裤，邓丽君……

新年佳节。他弹吉他，她唱《绒花》。

女孩16岁夏天，考上军校。

他说自己像"拉兹"，而她是"丽达"。

亲友游玩，他拍照。瞅准一个机会，钻进镜头，与她单独合影。

一场轩然大波，在她家引发了。

她父母不许他们再来往。她据理力争，要帮助失足青年。

列车，载她远去。

挂号信。落笔，他画着飞翔的海鸥。

绣有玫瑰花的丝手绢，夹在信中。

八三年冬，"严打"。他三兄弟，都进了监狱。

夜晚，再打开这封信，泪水，打湿了她的军装。

鸿雁，飞过高墙，她寄去衣物和书籍。

两年后，她去探监，身边有了高个子青年。

大哥，包庇罪，三年出狱。带着两小弟，又开始了寻母旅程。

在她驻军的外省，她去找到了，他们已为人夫，还有一个养女的母亲。

他四弟，随后跟母一起闯荡做生意。不几年，与养女，结为夫妻。

90年代初，老三和他，先后回来了。出狱前，他写信给她：兄弟俩在狱中，吉他演奏和美术书法，参加过司法系统巡演展。他可留在狱中做司药。征询她的意见。

最后问她，为何远去南方？

2000年后，兄弟五人，个个有家有业。已是那市，一家商业大户。

他们孤苦的父亲，终老。

他母亲一家子，一起回来，定居。

3. 阅 兵

接上级命令，我队学员，代表军区，组成唯一的女兵方队，参加八一阅兵。

晚餐后，集合。带山东口音的校政委，在队前，铿锵宣布。

两旁站立的队长，教导员，区队长，全都神情庄严。

光荣感，胸中涌动。霎时，风一样，掠过战友们青春的眉梢。

从现在开始，只有两月。不停课，用早晚和休息时间，训练。

五十来岁的队长，女声高亢，句句铮铮。

当晚，入伍不到一年，一百二十名，十六七岁的少女，就组成了，一个从高（170cm）到低（155cm）的方队。位列第三排第三列，有我一兵。

立正。稍息。

齐步走。正步走。

敬礼。礼毕。

首长好！为人民服务！

梦乡里，也有口令。

日子逼近。我们停课，全天训练。

毒日头下，队列中，倒下的，又站起来。

军区首长视察后，裤装换裙服：绿军裤，换成蓝裙子。解放鞋，换成黑皮鞋，白袜子。

晚上查铺，区队长姐姐，教我们如何处理麻烦。

（上医务室，开药棉，缝厚厚的垫带，护用）

八一年，建军节。

夜色榕城。

两点半，起床。

四十五分，早餐。

(每人发两块巧克力携带)

三点十分，集合。乘车。出发。

五点半，全体阅兵部队，装甲车，坦克等，都必须到达指定位置。

一条长龙，静候晨间郊外机场。

阳光灿烂，福州五一广场，我们迈着正步……

4. 打　猎

80年代初。秋天。

去不去他家呢？心情，变化不定。

认识他，快一年了。

他那张脸，真是有趣——几个部件，安装在白净面庞，总让人想起，孩子手中的积木。他可随意地调动，摆放，就如他在舞台上，变幻的身姿。

那对黑眼珠子呀，更特别，真像是装了开关。起先，还一动不动，定在鼻梁两侧，起劲挤着。眨眼，就滴溜溜地，满眶转动。

他从小，就在剧团里。唱、念、做、打。有望成为地方剧的台柱子。

一天，他突然问自己：内心再痛苦，也要强欢颜笑地面对观众？

一生就这样度过？

排练中，他扭伤了腰，来到医院，住了十来天。

出院后，他经常来找我。总碰巧，在我休息时。

雪天，我探家回来。一早下火车，他竟然，出现在月台。

你怎么知道我探家了？你老来找我，影响不好。

那刻，我不敢看他紧咬的嘴唇，从苍白到铁青的脸色。

他决定去当兵，也成为一名军人。

走前，他请我去他家。我没再推辞。

他走后，一天我病了。他母亲恰巧过来。这位校长妈妈，给我带来许多吃的。

病好后,我去回谢。一天,他父亲说带我去打猎。

这位退休的抗美援朝时的军医,还依然有着不错的枪法。

那一上午,我俩收获不小。

"小王,有空,就到家里来吧!我们把你当女儿!"

他有一个哥哥和姐姐。

5. 看 病

(1)男人,四十多岁。面容愁苦。四处张望。迟疑地,走进诊室。一言不发。

您好!请问哪儿不舒服?

看……腿。

腿怎么了?

骨折。

骨折?多久了?

半年多了。

哦,有病历和片子吗?

没带。

想来复查?

我……我……想开……伤残证明。

单位要?

是……想……拿……钱……回……家。

不再打工了?

…………

那以后呢?

还要……回来……做的。……

拿了证明和钱,还能回来吗?

…………

男人默默地。

又坐了一会儿，起身。

大夫，谢谢您！我走了，回去上班。

（2）女人，傍着男人胳膊，无精打采地出现了。长发披肩，有些凌乱。年轻，清瘦的身材，裹在还算时尚的外套里。手里攥着一本，磨旧的病历，里面夹着，一叠厚厚的各种检查单。

您好！来了。哪儿又不舒服了？

头疼，睡眠也不好（男人走出门外）。

上次开的药，都吃了吗？

都吃了。可没好。还是老样子。

唔……

大夫，帮我再做个CT吧？

你所有的检查都做了，没有阳性结果，不必再做了。

可我一点都没好，一定是有什么病。

是。仪器是检查不出来的。

…………

工作累吗？

结婚以后就没去工作了。

有孩子吗？

快三岁了。

带孩子挺辛苦的吧？

一直放在老家，婆婆带。

男人走进门来：

不带孩子，不上班，

整天疑神疑鬼，神经兮兮的。

6. 六瓣花

高中毕业。未来，招手微笑。

渡过界河。四男两女同学，衔着青春，一起缔结六瓣花。

男生：松，师大数学系；民和山，陆军指挥学校，都在省城；

勇，高考落第，进了工厂。

女生：云，外省军医学校；月，市师专念中文。

松，民，勇，家住工厂，同栋宿舍。从小一起，上子弟学校。

山，生于乡村。与云一起小升初。云和月，教师的女儿。各在一乡。

山，云，月，是初中同学。

第一个暑假。男生相约，去女生家。

松、勇、民或松与勇，松、勇、民或民与山，分别去云或月家。

多是六人会合。去一家，聊侃，或展厨，会餐。

各自回校后，大家都通信。碰巧，一收就是五封。

渐渐的，个中关系，有些明朗。

民，心向月。以山为桥，同学加战友，民给月写信，山做参谋。

余下的，关系微妙。

毕业了。山和云，分配在外地，同省。民在省内，但外地。三人都穿军装。

松和月，分回来，当老师，在家门口工作。勇，从商。

云探家途中，多去师大，也去陆校。

云探亲回来，遇上勇，登山行；碰到山，看电影，归队时，同行。

一次恰逢云在家过生日。四男生，都来祝贺。

云，带回来一个男青年。同学皆愕然。

之后，松与山，芥蒂释然；勇与松，心结解开。

七年过去。民和月，喜结良缘。

六人欢聚。同庆第一对，步入婚姻！

又是十几年……

当年，小鸟一样，飞出去的同学，又都飞回来了。

六人，各有其所。

后来，云，再去了远方。

每次，她回故里，六人都聚聚。

有时，是五家人。

六瓣花啊，开在岁月里……

7. 街 头

走出马家龙。韵辨不清东南西北。
既然出来了，就决不回去。找个工作，一定要立足下来。
跨出家门，韵就这样，对自己说。
摸摸五百元，自己全部的家当。多亏有个落脚之地，感谢同学来打工。
九一年，深圳之夏。
大街小巷，招聘启事，到处可见。人才市场，没有踪迹。
文员，幼师，服务员……一个个面试。翻书般，一页又一页。
昔日，全区骄子。25 岁女军官，脱下戎装。
踏上热土，体验着，从未有过的体验。新奇而又辛酸。
都是一个腔调：多大了？什么学历？能放下架子吗？
真要去做这些？放弃拥有的，在这举目无熟的异乡，当个打工妹？
泪水，一次次模糊视线，又一次次，让自己出发。
茫茫天地间，熙熙攘攘里，自己，不就是一叶扁舟？
拦一辆车。拉到哪儿，就去哪儿。
走在新修的马路上。韵在心里，扔下一枚硬币。
站在路口，扬起了手。
小姐，去哪里？
您去哪里？
蛇口。
我也去那里。
某局。招牌，从眼里闪过。灵光一现。
对，去主管部门。若碰上，能拍板的，工作，不就是一句话？
您好！这是我的简历和证书。我要求不高。只希望：能待下来！
在目光与目光的打量中，韵遇到了贵人。当即打了电话，并写了字条。
第二天，参加考试后，通知苡日报到上班。

8. 窗　口

小李来电话，说外地，有对夫妇，要来咨询。

电话是妻子打来的。说她和先生，都在自家企业里任职。

自己休产假，几个月没上班了。

不久前，这个家族企业，要重组。

她和先生，是负责生产技术方面。而他兄弟，则掌控着财权，人事权和贸易关系。

他们感到，重组，对她夫妇，很不利。

为此，她丈夫，几天来，无法合眼。去医院看过，开了一些安眠药，睡眠稍好。

可先生，还是一天到晚，烦躁抑郁。

约好下午两点。

我到的时候，这对夫妇和小李，已在等候。

寒暄后，请小李陪太太。

我和先生，走进咨询室。

我喜欢开放，阳光下蜘蛛那样，自由地结网。坐定后，先生这样开口。

你是学艺术的吧？

我是物理硕士。

可你讲话，很艺术！

之前医生，说我：转弯抹角。

表达不一样嘛。

所有的生物，生命都是有限的。特别是性能力。真让人恐惧。

您，怎有如此感慨？

我四十多岁了，而妻子，才生育。

这阶段，你，还好吧？

很顺利！

如何度过的？

快餐……

可现在，面对满月后的妻子，很有犯罪感……

不知能对谁说？

就是。

都憋在心里？

太对了！

这几天没能上班。你妻子，完全不知，你是这种心情？！

是啊！我……特别，内——疚。

现在，终于说出来了？

嗯。

感觉？

轻松多了。

一周后，妻子来电话说，先生上班了。

9．母与子

（1）一身灰旧。衣服无款无型。头发随便扎一把，窝在脑后。

女人，三十来岁，面色木然，目光直直的，走在街上。

一条皱巴巴，辨不清颜色的布兜带，紧扎在她的前胸，又捆绑在她的后背。

一个约莫两三岁的男孩，安放其中。

小孩，脸蛋清爽。

阳光下，小树芽样，靠在母亲的背上。

来来去去的车，他看得出神。眼睛，一眨一眨的；嘴巴，时张时合。

样子鲜活极了。

女人，快走到路口拐角，黄灯闪烁。

她加快步伐。晚了。

红灯亮起。

哎呀，撞上了路旁的栅栏。

一个趔趄，那脸，顿时缩成核桃。

一条腿跪在地上。

一手摁着腹部，一手扶着栅栏。

绿灯，亮了又亮。

她才直起腰，缓慢地，背着孩子，走过马路。

她背上的小家伙，先前的神态和表情，一直都没变过。

（2）妈妈发着烧，有气无力地躺在床上。

阿姨从幼儿园小班，把儿子接回家来。

小家伙，放下小书包，推开房门。

看见妈妈，立刻就跑到床边来。

用小手，摸摸妈妈的额，又伸手，去拉妈妈的手。眼泪，就盈动着。

带着哭声说："妈妈，你病了。要快点好起来哟！"

转身，向阿姨要了杯水，端给妈妈。

病恹恹的妈妈，满心满脸都是欣慰。

创作随笔

金蚂蚁，浓缩人生画卷，雕镂世态片段。脑海浮现出，十只形态各异，五脏俱全的晶莹之蚁。曾驻足流连水晶工艺品，是喜爱那玲珑剔透的感觉，唤起心中纯粹的情愫。

水晶镀金？用金子铸造？更经得起，时间的淘洗和摔打吧。穿越时空，闪闪发光。

生活中，不缺少美，缺少的，是发现。

一直留在记忆里的，是小说的基因。也叫酵母，或原料。

这指导思想，学习得来，汲取别人的经验。

搜索记忆，拍摄瞳孔，飞翔梦翼。走进当下，忘记当下，超越当下。

思绪，纵横交错，在某一时刻，定格。

长久流淌在血液里的精灵，汩汩泉涌，争相跃出。往昔历历，演播心空，键盘声声。

一开场，就是千字。

打住。

所创建的，要装进规定的镜框，务必节制。哪怕一隅一鳞，都一字一字地抠。

把握小说之躯。

人物，情节，场景，细节。用文字，一个个地砌码，筑建，伸展，再压缩。

量体裁衣，截取某个场景，某一瞬间。《母与子》《看病》《路遇》《窗口》，有人生开场,现实人生相,生活场景剧。

若你在现场,会怎样?有何联想?

叙述视角,或大或小。提供阅读,意义蕴涵。

小说魅力,在于读者多义见解。

长跨度,多人物,大场景,篇幅所限,只能是脉络搭建起骨架。

《变迁》《六瓣花》《阅兵》,来自挑战欲尝试。一挥而就,却修改十几次。

生活本身,比戏剧还戏剧。世事人心,家庭变迁。粗线条里,也刻印着时代。

是否会叩动你的心弦?

青春年华,青涩滋味,馨香袅袅,有自豪尚存。

温婉与慈善隽永。是《打猎》中的一家人。

采撷奇丽,《搜救》梦怀寄予。

从《街头》,踏入深圳。也是移民的一种形态。当年闯族一番世相。

第一次写小说。也是首作,小小说。

记忆里,有黄金。挖出来,晾晒。每个过客,生命一场,都有自己独特之处。

写作本身,也是梳理生命的过程和意义。

浩渺文海,留下一份,属于个人,有别他人的生命记忆和文学文本。

这让人着迷。我来晚了,奋力直追吧!我在路上。

我在努力。

感谢深圳的文化空气。

二、寓言小说

今世前缘

一

动物园里聚会。兔子抽空也去了。

看见羊，看见虎，看见龙，看见鸡，兔子很兴奋。

要知道，龙虎可是明星，平时只在媒体上才看到。因为这场聚会，兔子不但亲眼所见，还能与明星拉手唱歌跳舞呢。真别说，兔子平时看起来很清高，总是落落寡合，形影孤单，与自己充满理性的环境有些格格不入。而在这充满感性的氛围里，简直就是脱胎换骨。舞会上，竟是激情四射：秧歌、迪斯科、蒙古舞，都能在音乐中，把吉庆、沉醉、深情，用浑身上下，血肉相连的情感神经，去投入演绎，真可谓酣畅淋漓。当优雅的慢三慢四，音乐响起的时候，舞王来到面前，兔子缓缓而迎，随着舞步，起伏旋转，默契谐和，连曲子都不存在了。舞王问："你经常跳舞吗？""不，很少，完全看对象。"

开会的时候，兔子听得很认真，不停地记着。来自上天的圣者布施，虔诚在心。可不去热衷过 fas 瘾。清雅之士，非娱乐之流，尽管都是终极娱乐的原创。签名、拍照嘛，兴致所致，也偶尔为之。这里可以致情致性，无须戴面具，爽极了。

鸡羊美丽温可，才情万里，着实迷住了另一只兔子。自己足有伟岸潇洒，却是郁郁难欢。外周的一切，都要靠实力征服啊。实力是什么？是经济，是权力，是能买回一切的金钱，是能拥有一切的权力。房子、车子、票子、妻子、儿子等等。没有实力行吗？自己有什么？一张报纸，一支笔。仅此而已。哦，现在很少用笔了，是一个"脑"——每天都要面对的电脑。把人们心里脑里的看不见的抽象，变成可以看见的，可以换成钱的文字具象，这就是自己赖以生存的根基？在流光溢彩的世界，没有物质，谁人可依？

座谈会，灯光下的小屋里。

鸡羊狗鼠都到场了，气氛很是热烈，网络铺天盖地，写作还有市场吗？二比四，争执不休，各有自己的道理。

从前世而来，投了一样的胎，两只兔子相遇了。碰巧紧挨着坐，而彼此却是浑然不知。谁知隔世的前缘，就在身边呢？上帝没有提前打招呼，懵懂人世。

跳舞兔子，拿出密码，社交场合的普遍行为。给坐在身边的电脑兔子，随即也得到了对方的密码。吵吵声中的交换，自然而然，竟有些旁若无人。是因为有相近的观点吗？还是因为有一点相同的经历？

…………

出门后，鸡羊碰上了马牛，尾随而去，谈笑甚欢。

狗鼠和两只兔子，悻悻而返。走了一会儿，狗鼠也离开了。

只剩下两只兔子。电脑兔子对跳舞兔子说："我们走走吧！"

夜色中，跳舞兔子，话匣如同心儿，一样奔放着。电脑兔子，眼睛和面庞，都洋溢着光彩。"我们曾来自同一祖先？又曾去过同一战壕？原来我们都是兔子啊，可从来彼此都不知道呢？""是啊，是啊……"

两只兔子并肩走着，脚步轻快而欢畅。一圈一圈地，操场不够了，就走向了田野。小学都是在演出。噢?!中学才认真读书。后来就去了，我们都去过的大熔炉了。嘿！那时多想遇上一只，像你这样的兔子呀！可是茫茫高原，除了山鹰，哪里见得到我们动物园里的朋友呢？

月光渐起，两只兔子，只用脚步、气息、话语，彼此感知着。隐约的轮廓，俨然一对情侣。跳舞兔子，絮絮着自己最迷人的向往——毫无羁绊地流浪，从此地到彼地，从一个城市到另一个城市……电脑兔子受着感染，也喃喃道：最好有个情人陪着，或者，一个城市里要有一个……两只兔子，就这么走着，黑夜里，向着田野深处，他们拉起了手，相拥着，依偎着……

二

…………

"唉，女朋友是有，可难有感觉。想成家，可房子车子，压得喘不过气来。真想丢下笔，去赚钱。"电脑兔子幽幽地说。

"从围城里好容易突围而出，都十多年了，不想再进去了。有婚无婚，在天平的两头，称过呢，利弊得失，是一样的重，只是内容不同罢了。"跳舞兔子叹口气说道。

…………

"唉，真烦人，你怎么不和我一样大呢？"

…………

"我们怎么办？"

…………

"我们会结婚吗？"

"……没想过……"

跳舞兔子嘴上说着，心里却开始活动起来：

相差一轮，可能吗？

自己的能量，快要弹尽粮绝了，再用爱，去扶持一个江南才子？

自己还要去扶持吗？怎么就是走不出这样的宿命呢？

这是爱又来临了吗？

三

这夜，跳舞的兔子，似睡非睡，浅浅的迷蒙中，竟做了三个连续的梦。

梦一：电脑兔子坐在街边的墙角处，疲惫而又无奈，眼睛无神地看着前方。旁边，半尺处，有个苞蕾般年轻的女子，白净的脸，清丽，秀美。直短发，夹着夹子，扎着直突突的小马尾，脸上什么表情都没有。女孩相对着电脑兔子，就坐在他旁边的街角地上，身子和头脸，都朝着电脑兔子，痴痴地望着他。两个都不发一言。四目，不时交织，又各自飘忽不定。皆是一身黑衣。

跳舞的兔子，刚好走过来，看到了这一幕，也一言未发地，走了。

梦二：跳舞的兔子，站在一个凉台上，这是个光秃秃的凉台，三四层楼高的样子，周围什么也没有。凉台下的四周，又好像长着绿茵茵的草地。凌空半截的，有着木制斑驳栅栏的凉台，宛如云南傣族的小木楼般，可仅剩下，连着栅栏的，一截木地板，像是地震后留下的遗址，孤独的，矗在荒凉里。跳舞的兔子，就是孤单地站在，这参差不全的，随时会坍塌的，似已发出吱呀声的凉台木地板上，悬在那里，身后是一片空白。不一会儿，凉台如亭台，亭台前的草地上，正聚集着一群人，全都是干体力活的人，敞开着胸脯，只穿着汗衫和短旧的白裤，他们腰以下，被凉台栏杆遮住似的，像是看不见。这群男人，个个情绪激昂，面对着孤零零的跳舞兔子，向她叫喊着，却又没有声音，如同一群雕塑。他们无声地嚷着,是要看跳舞兔子的手相。一定要看,像是抓贼似的,不交出赃物,决不罢手的那种气概。

　　跳舞兔子,孤立无援,但倔强地站在,除了自己以外,四周空无一物,空无一人的半空中的,那个光秃秃的亭台上。傲然地面对着,这群无声却激愤的人。她默默地,伸出自己的双手,自己先认真地看着,如梦初醒。自己掌心上的纹络,平生第一次,这样仔细地看着。顿时,心里一惊。只见手掌上,细细的纹络,非常凌乱,像张细密的网,摊在手心上。她从来没注意过自己的掌纹,好容易辨认出来,找到那条大家都说的,什么婚姻线,尤其难辨,根本就没有一条成型的纹线,简直就是一团缠杂一起,相互纠结,彼此牵扯,乱绕如麻的细纹,不堪辨认。她不敢看了。此时也容不得她仔细地看,深入地想。她突然明白了,这群人的意图。他们是前世的门神,婚姻门神。只要世间有一点风吹草动,他们就要全体出动。不般配的婚姻,一桩也不容许。一定要扼杀在萌芽状态,方能维护婚姻的纯洁和幸福。他们是要她走,要她离开,他们要阻止。他们决不能容忍,眼看要发生一场悖逆世俗的婚姻。怎么得了?不能辱没了祖宗啊!瞧她那掌纹,说明了此生,不会有一个长久的,一辈子的婚姻。因为上帝造她时,就没有给她一条清晰、笔直、深邃的婚姻线。就是现在,碰上了这么一个有意愿的电脑兔子,那也是绝对的不行的。命相不说吧,两只兔子相差一轮。发昏。胡闹。那哪行?决不行!哪能行?绝对不行!能不放弃?!绝不可能!放弃!放弃!!放弃!!!彻底地放弃!毋庸置疑。

　　跳舞兔子,漠视一切,不言以对。心里虽也有些争辩:不是延安时期,文坛上,丁玲和陈明,那一对曾有过佳话吗?世人也曾见过,这种搭配的美满婚姻吧?!这是我们自己的事,只要你情我愿,与他人何干?谁能阻止得了?当今现实生活中,这种恋情,暗流涌动,耳闻过不少呢!可是这些争辩,只是面对这群人的暴戾,本能的保护反应。跳舞兔子,其实是不想再耗进这样的战争里。厌了,倦了,累了。清静了多年,心如止水了。感到自己几乎快要脱离了尘世。曾经的深情,一藏就是十几二十年的,从不露于心外,有谁可知?真犯不着,为此等事,再陷入囹圄。无爱一身轻呢!何必再惹麻烦?心意已决,转身离去。那群激愤的人,无论男女,在她眼里,竟是空无一物。

　　梦三:一队人,列队而立,都像是青春年少的女孩。青春的笑颜写满了青春的容颜,可身上的衣裳,却是一律的青蓝黑灰,像是记忆中20世纪70年代,儿时乡村的同伴儿。五六个人,列队而立,看不清面容。唯有中间,一个插不进队的女孩。她有着清楚的面容(那是同学家,五姐妹中唯一长得逊色的姐姐,后嫁给了表舅为妻,中年丧夫)。只见她,青春的面容,爽朗快乐,还带有几分羞怯。她使劲地往队伍里挤，却挤不进去。那队伍虽只有五六人，可人与人之间，却贴得死死地紧紧地，像是当年排队买肉和后来排队买股票的那般景象。她只好出来，来到跳舞兔子面前，她笑嘻嘻地说，跟我配对结婚吧！我为女，你为男，怎样？说话的神情很轻松，不像刚才，那挤不进队伍时的羞涩和不好意思，就像是乡间小伙伴们跳皮筋时，找对子一样，理所当然。跳舞兔子，竟也一口应承，居然还像就职演讲那样振振有辞：我虽也是女人，可有一颗男人的心（外强中干）。好吧，我为男，你为女，我们配对结婚吧！

四

几天后，两兔子又相遇了。

跳舞兔子觉得要对电脑兔子说清楚："你正值当年，好好成家吧。婚姻不仅只是你自己一个人的事，也是两个家庭的事呢。传宗接代还是少不了的功能。"

祝福你吧！

可电脑兔子，这次什么也没说，只是一声声地轻唤着对方，让跳舞兔子根本没机会开口。

跳舞兔子非常懊恼这次会面。

三、"历史"小说

尘世中的白牡丹

一个过往的牧师
一段远去的历史

在花的世界里，牡丹，国色天香，雍容华贵，倾国倾城。被多少人赞美过，盛唐的武则天，已独领风骚，还有谁能够比拟？平民百姓，也许只能仰慕。

是的，作为一介平民，我一直不喜欢牡丹，似乎对她只是敬而远之。而对雪中腊梅，泥中荷花，盆里水仙却深深喜爱。

然而，有一天我看见了一朵白牡丹，她深深地吸引着我的目光，让我难以忘怀。几年过去了，我常常想起她。

有人说，白牡丹是牡丹中的极品，稀罕而绝美，也许真是这样。

每个人都有一些朋友，各自对朋友的定义不尽相同。

王牧师是我的一个忘年之交的朋友，是我朋友中年龄最大的一个。交往的那年，是 20 世纪 80 年代末，我二十六岁，她七十八岁。别以为她是个老态龙钟的老妇人。她有挺直腰背，清瘦的面庞，总是精神矍铄，穿着一身洗得发白的粗布衣服——圆领、盘扣、依稀可辨的暗条对襟衫和裤管刚到小腿的宽裤脚的裤子，面庞总是那样洁净，如同她的衣衫，一尘不染。一点也不像那些满脸沟壑的老人。她还总是编着两条辫子盘在头上，若不是头发有些花白，你还真看不出她已是古稀之年了。

她时常穿着一双老人布鞋，走起路来静悄悄的，叫人想起小学读过的课本上写的东郭先生——走路怕踩死了蚂蚁的那种味道。说起来还真巧合，她也是一位"先生"，给孩子们教英语，所以大家都叫她：王老师。我也跟着孩子们叫她王老师。有一天在路上恰巧碰见她迎面走来，我热情地招呼道："王老师，您好！"她抬眼看看，也认出了我。"你好，你是徐家的大女儿吧？"她说出了父亲的名字，我看她知道我就说："是啊。王老师，您身体好吗？您住在哪儿？有空我去看您，好吗？"她笑眯眯地说，她身体挺好的，并告诉了她的住处，说欢迎我去她那儿。

就这样我们认识了。

一个初冬的上午，阳光明媚，临近午时，我去看望王老师。她与我父母住在同一个院子里，那是郊外一家工厂单间宿舍。两层楼的房子，楼下是工厂的食堂，楼上是住家和工厂的医务室。上了楼梯，迎面是一条光线幽暗走廊，让我踟蹰着，不知该敲哪个门。可刚往前走几步，又一眼能认出她与众不同的房门。只见门上贴着一张方方正正的纸，上面用毛笔工整地写着两行字：基督教堂王牧师。这让你一看就不会走错门，而且你需明白该称她为：王牧师。

敲着门，我连声叫道："王牧师！王牧师！"她打开门，看见是我，显得很高兴，请我快进屋里坐。只见她正用一个小炭炉煮着粥，旁边小凳上放着一盘做熟的小鱼，她告诉我，她一天三餐基本上都是煮粥吃（其实是半干的饭），小鱼是常吃的菜，还有一种常吃的食物是核桃。说着，她拿出一个买来的广口的罐头瓶给我看，里面是加工过的糖煎滚的核桃，很香。看来王牧师是饮食有道，养颜有术。我坐下来，一边和她说着话，一边打量起她的房间。

这是一间简朴的小单间。一张单人床，挨门靠墙放着。靠墙的一面糊着白净的纸。床是木板的，上面铺着是同她衣服一样洗地发白的床单和被子，已看不出原来的花色，在罩着同样白净、尚有补丁的蚊帐，让人感到非常的洁净，像她衣着外表那般，给人一种简洁之美。床头对门的那面墙有扇窗子，靠窗放着一张书桌（大概是学校搬来的课桌），上面放着一个小半导体。王牧师对我说，这个小收音机，让她身居陋室也能知道天下大事。桌旁正对床的一面墙，是两只叠在一起的木箱子，式样同当地人毫无二致。剩下开门的那面墙，与窗相对，端端正正地挂着两幅画：一幅是国画，画的是教堂里的圣母玛利亚；另一幅是淡雅的水墨画，画的是一朵盛开的白牡丹，左下角用蝇头小楷写着画者的赠言。

两幅画年代已久远，纸张已发黄，但看得出主人极其珍视，不仅完好无损地保存着，而且依然是一尘不染，挂在了房间的正中央。这时冬日的阳光透过窗户正照射在画上，顿时让人感到熠熠生辉。小炭炉上的锅子蒸腾着热气，与窗外射进的阳光交织着，仿佛是耀动着的金银色乐曲。在这样的气氛里，我和王牧师的交谈无拘无束，像是相识已久的老朋友。她问了我一些情况，我一一做了回答。聊着，聊着她给我讲起了她的一些经历：王牧师的父亲是个教师，她从小就是在教堂里长大的。也许是因为天资聪颖和耳濡目染，长大了她就顺理成章地成了牧师。对一名女性来说，在新中国成立前那样兵荒马乱的年代，成为一名牧师，而且是一个地区宗教界的主要人物，是罕见的。

王牧师终生未婚。谈起这事，她说年轻时有个日本军官向她求婚，但她没答应。她说她的婚姻对象必须满足三个条件：第一，一定得是中国人；第二，以长江以南的人为好；第三，一定要有文化。那个日本人要她跟他去日本，她不能答应，她不能离开中国，不能放弃做牧师。她没有去过长江以北，害怕会水土不服。与没有文化的人在一起生活是难以想象的。

"文革"后期，她被下放在一个山村里劳动，有一个当地人对她很好，经常帮助她，也提起过这事，可他没文化，如何可以？再说大半生都过去了，又是"改造"之身，何必"入俗"？就这样，直到暮年还是孑然一身。

王牧师的兄弟姐妹很早就去了国外，只有一个当医生的妹妹尚留在国内。就是这个妹妹，与她性格大相径庭。"文革"时，由于家庭出身和海外关系，肯定免不了要遭厄运，但在这一切来临之前，妹妹就明智地嫁给了一个农民，躲过了劫难。后来形势变了，知识分子吃香了。妹妹又回到了医学院，坚决与那个农民丈夫离婚，去嫁给一个正宗的高级知识分子。

那时的我，正经历着种种挫折，对人生充满困惑。也许这是我去拜访王牧师真正的心理动因吧。听着她的讲述，我思绪万千，对"性格即命运"的论断，似乎有了个更为真实的理解。

而让我记忆最深的，是王牧师所讲述的她一生中最大的遗憾。

那就是，与一位伟人的失之交臂——那是中华人民共和国成立后的一个清晨，头天接到通知说，某中央领导要来看望当地宗教界人士。王牧师得知消息后，非常兴奋，高兴得不得了，一夜未眠，第二天一早就出门去了菜地，想用劳动，来平静激动的心情。可是没过多久，当她抬起头时，远远地看见，晨雾中有人向她住处走来，隐约望去，很像是某中央领导。这时她心里如同揣了一群小兔子，慌乱得很。突然她意识到，自己头发是不是很乱，衣服合不合适，这样一想，就急急忙忙地跑进了屋。等她收拾好再出来时，某中央领导已经走了。人家告诉她，某中央领导知道她的身世，听说了她胆小，看她还没见着人，就慌慌张张地跑开了，以为她是害怕，不敢见人，只在屋外站了一会儿，就走了。

为此，王牧师遗憾终生。我也为她深深地遗憾。

那天，不知不觉我们谈了几个小时，小炭炉里的火早已熄灭，粥也煮好了。似乎是那遗憾的情绪才让我们沉默了下来，一看时间，已是午后时分，这才觉得该吃午饭了。我起身向王牧师告辞。

再见王牧师之时，已是两年之后了。我已远走南方，难得回一趟家。即便如此，我回家时还是挤出时间去看了看我的"老"朋友。

王牧师的衣着和外貌依旧如故。只是没再给孩子们教英文课了，不过时常有孩子来她住处向她请教。她告诉我，她还能每周去两趟二十里以外的市里教堂给人做礼拜，都是自己一个人乘车去的。她在美国的弟弟多次来信请她去美国，多次给她寄钱来，但她都谢绝了，寄来的钱她都没用。她说政府每个月发给她几十元钱她已经够用了，不让他们再寄了。她问我南方有没有教堂，我告诉她不但有，而且有许多人去做礼拜，平安夜和圣诞节非常热闹，简直就好似信教人的天堂。她听后一脸的欣慰。并像孩子那样拉着我的手问："我能不能去南方呢？真想去那里看看！"我说："能！当然能！为什么不能呢？"我被她的情绪感染着，动情地回答着她，可这时她的神情却已黯然了。我提高声音对她说："王牧师！您好好保重身体吧，以后会有机会去那里的。"她似乎将信将疑地看着我，慢慢地才恢复了神情，露出放心的笑容。

谁知这之后，我再没见过王牧师了。

后来，听父亲说，有一次王牧师碰见他问起我的地址，说要给我写信。再后来，父亲告诉我，王牧师已经"走"了。

时光已送走了 20 世纪。朋友之间的来来去去，聚聚散散，随着时光的流逝，留在心里的，已是屈指可数了。而与王牧师不多的交往，却给我留下了深刻的印象和许多思考。尤其让我不能忘记的是挂在她房间的那两幅画：一幅是寄托着她一生的精神追求，一幅则积淀着她一世的情感印迹。特别是那幅白牡丹图，简直就是她一生品行的写照——圣洁无瑕。

哦，尘世中的白牡丹！

四、言情短篇小说两篇

情归何处

　　女友与我通话，没有一两个小时是不会结束的，尽管是长途，正因为是"远距离"，倾诉起来才毫无顾忌。心里所思所想，全部倒出，既是清理自己，也想在交谈中寻找出路。

　　路在何处？女友困惑不已。

　　单身多年了。曾经大好时光，并不知道自己的需要，也不知道爱情、婚姻之实质，只是经不起男友的穷追不舍（当然是有几分喜欢，有几分情，不然怎会成为男友），让他从一个省追到另一个省，最后架不住年龄，嫁了算了。

　　生孩子，做了妈妈，热度渐难找寻，自己想要什么，对方并不去多了解，各忙各的。难有时间沟通、交流，时有猜疑和"城外"的诱惑，再放大误会，相互伤害的就不仅仅是曾相属的心和感情，还有各自的尊严、人格，继续不下去了，分手吧，几经折腾，一无所有地获得了自由。

　　一年半载后，女友从憔悴不堪中又丰润起来，行政时间干公务，行政外时间扮起小老板——帮朋友打点精品店，日子充实，人也充实了，慢慢告别一无所有。只是女儿成了一块心病，同在一个城市却难以见面，偷偷地去学校见，女儿却像见了什么似的，慌慌张张地不敢多说话，一会儿就跑开了。

　　说起女儿，女友显得非常无奈和复杂，为母爱难以呈现而悲哀，几经交涉与努力也没什么改善，要见女儿还是非常难，只能暗中关心，通过女儿的老师和同学打听情况，或让朋友牵线搭桥，制造场合才得以相见。好在女儿很出色，成绩不错，训练过体操，而且绘画本领还拿到了全国大奖。女友颇费心思，终于与女儿学校的老师、校长成了朋友，常得到他们的帮助。

日子一年一年地过去了，上小学的女儿已上中学了，女友也从三十多渐近四十，尽管风韵犹存，也不时得到男士青睐，但孤寂的心却无处可放，"家"又成了渴望。一个偶然机会，遇见了L。虽然是同学，以前却并未打过什么交道，这回L热情地帮忙，把撞坏的摩托车修好，送来，从此成了女友的常客，女友大大小小的事只要告诉L，L绝对全力以赴。可是，L有妻子，有女儿，女友也非常清楚，并"恪守"一些规定，比如从不打电话到L家，只用手机联络。

女友与L的你来我往时间一长，他们自己和外人都知道他俩是什么关系。一次女友当L的面，甜灿灿地告诉我：情人节，他送了一大束红艳艳的玫瑰花给我。我不置可否地笑了笑。事后我对女友说，你这样下去会有麻烦的。此时的女友听不进旁观者的提醒。

果然，来年玫瑰花还未上市，女友与L就不得不疏远了。

女友迷恋L的宠爱，对L也是柔情万千，渴望与L有一个家。可是，尽管L对女友百依百顺，但要给女友一个家却犯难了。他不忍心拆散自己的家，他深爱女儿，不忍心女儿受到伤害。他说妻子身体不好，生女儿时死去活来好容易才捡回一条命，妻子很刚烈，说要离婚就杀了他。L的无奈，L的软弱，女友深感愧疚，又怜惜不已，不再要求L给她一个家了。但内心却升起了一个声音：就这样一辈子下去吗？不，决不能！只有一条路：离开L。

先减少见面次数，一段时间后，开始接受朋友们的好心的介绍。

几个月过去了，女友有了一位"社会地位相当"的老兄了。这位老兄非常满意女友的外在条件，热线不断。女友在电话也很投入，彼此直奔主题，入情入理地分析未来。毕竟都是过来人，渴望着能获得婚姻美满。

我在心里默默地为女友祈祷，希望她也能做个幸福的千禧新娘。

谁知，一天深夜女友打来电话，让我非常吃惊：女友说她感到心身分裂，理智与情感相互冲突，真不知该怎么办。

半年多了，女友说她极力让自己进入角色，要给家人，给女儿，给社会，给自己一个交待，交往的老兄是个不错的婚姻人选，有许多优点，对自己也好，真想好好把握，不想错过；可是，理智是这样，感情却抗拒，总觉得与老兄进不了角色，不想与他亲近和多相处，觉得跟他在一起，很别扭，很压抑，根本感觉不到幸福，常发无名火，无理取闹，挑剔他，折腾他，内心撕裂得快要发疯了，表面上却要与老兄俨然一对"谈朋友"的恋人，做给外人看，也会帮他处理一些事情，八面玲珑地让别人看起来很像个贤惠的未婚妻，老兄很是满意，殷勤有加，根本不清楚女友内心的风暴。

我说：一定是你忘不掉 L。

女友说，如何忘得掉呢？

他对我所做的事，从不提及，毫无怨言，不求回报。对我的关怀胜过对他的妻子。那年发洪水，他第一个就想到了我，早早地把我从可能会浸水的住所接出来……

朋友们都说，他有八分的力，对我会用上十二分的劲，真是这样。现在他知道我在"谈朋友"，对我仍没有怨言，自觉地不来打扰我，有时来看我，很快就走了。还劝我与老兄好好相处。他越是这样，我越是依恋他，若是他表现得差劲，说不定我还能够把他从心里抹去。

相比之下，老兄虽是处处对我好，却时时都想得到回报，似乎一切是做出来的，而不是发自内心的怜惜和疼爱，而且有时不经意地流露出隐藏起来的大男子主义的情绪，仿佛自己的所作所为并不那么心甘情愿，这让我更感到难以亲近。

我不想与他再走下去了，不想让自己做痛苦地挣扎。我对他说过我内心的感受（当然不能提 L），这段时间的交往，我感到他不能给我想要的感情和生活，那何必再与他继续呢？

我提出分手，他不同意，并把我所说的当成戏言，不予理睬，依然一如既往地把我当作未婚妻来交往，而且更加讨好。

唉，该怎么办呢？

L 问我近况，我如实相告，他劝我不要离开老兄，并说无论我是成家还是单身，他对我都不会改变，有什么事需要他一定会鼎力相助，但毕竟会有许多事不能尽心，比如生病就难以照顾等，他说希望我有一个好归宿，说那位老兄会是不错的丈夫。

可是，我在感情上是难勉强自己的，就连应付都难做到，这样如何做夫妻？这样的婚姻又有什么意思呢？真不能再与老兄交往下去了，当然也不能再回到 L 的怀抱，尽管难以做到，但尊严不允许！

看来后面的路该是一个人走下去了，至少有一段时间是这样，与 L 也只能做好朋友了。

不如此，又能如何呢？

此情绵绵无绝期

他在她心里，年岁越长越重。

十二年了，一个生命的年轮。

她当初遇见他时，那一幕幕的情景：每一句对话，每一个眼神，每一个表情，每一个细节的演变，每一个细微的感觉，一点一滴的感受；以及后来，每一次去见他，前前后后的心情；她所知道的，与他有关的人和事。她都清清楚楚，真真切切，如刻烙一般，在心上，欲抠挖掉，用尽各种方法，无济于事。那些淹没在沧桑岁月的情怀，日久弥新！

她为此惊叹！无奈！感激！苦楚！庆幸！伤感！

心灵的胶片，藏在最隐秘的脉络里，一旦他人爱情的故事上演，她就禁不住，一遍遍悄悄地在脑海播放。一旦有人向她靠近，传递有关爱的信息，马上，他的形象，就从她心海里赫然矗立，谁也无可比拟。

一个声音哭道："为什么要把我推向别人？"那是当年的她，心里自己的声音。这个声音一出现，就是在都市人群中，她的泪也会肆无忌惮地流着（身边没有认识的人）。这样的场景，记不清有多少次了。

答案她清楚。她很明白那是为什么。

因为他"不是自由人"。因为他心系"山外山，天外天"。他的足迹曾经走过大江南北，而今已是遍布全球。他是世俗中的一个"蜗牛"，他也是空中飞来飞去的一只"飞鸟"，有时还要带着家眷——另一个与他非常匹配的"鸟"妈妈和他们的"鸟"宝宝，一只非常出色的小雏鹰，他们一同飞翔在湛蓝天空上，快乐地飞向他们心中的理想。

她知道，那快乐里，有着他的智慧、他的拼搏、他的舍弃、他的隐忍、他的追求。

她怎能不铭记他呢？！

人生有几个"生命的年轮"？！用十二年岁月光阴，淘洗、沉淀、积聚起来的情感，用半辈子的人生轨迹，雕刻、甄别、荡涤、清理的情感，她还要怀疑吗？纵然怀疑一切，她也不能怀疑自己的心啊！

这颗心一遍遍地对自己说：他就是心中的最爱！

（尽管他不完美，尽管与他难相聚，尽管他早已有所爱，他只为她所爱。）

这颗心在最初感知的时刻，那眼泪倾泻而出时，她就明白的呀！

尔后的岁月，她为了自己的尊严和人格，也为了不难为他，不损害他和他的港湾，她只有把这份感情深埋于心。当然，还有他理性的把握，他面对现实的坚守，他所追求的筑垒。

　　就这样，她尽可能地把心中的情感，还原成友情；他也尽可能不去伤害她，给予她友情的回应。她内心一次次地徘徊、踟蹰、挣扎，多少次禁不住地编排起有关他与她的剧情，设想自己以友人的姿态，出现在他面前（一不小心，把"友"字偷换成"爱"字了）。在漫长的岁月里，她对自己压制了再压制：迎向他时，装扮成春风满面，离开他后，凄凄泪如冬雨潸潸下。她也曾远离，也曾放弃，可魂依然是牵着他，梦依然是绕着他，心依然是爱着他。

　　一次次梦醒长夜，在千山万水中追寻，那一座座群楼里，依稀可见他的身影；一次次的媒体网络字里行间搜索，只为一睹姿容，寻觅踪迹；醉蒙之中深情哀婉地呼唤，仿佛他就在身边，就在眼前，触手可拥；一次次对着话机，选择措辞，把心掩藏，为了听听他的声音，知道他在哪儿，可否平安？问候一声："你好吗？"简短地说上几句，以慰因牵挂而不安的心。

　　通信设备一代代更新，从鸿雁传情，贺片托意，到扩机报晓，座机探询，手机留言，每一次更新都因他而起，都与他相关。一个个他的数字号码，她永远都能脱口而出，绝没有半点差错，连她自己都惊讶不已，她从来对数字都不是很敏感，亲友的号码、生日，她没有几个能记得住，为什么偏偏只有他的号码，与他有关的数字，哪怕只听、只看、只说一遍，就终生不忘呢？！电话簿新的，旧的，老式的，时尚的，谁的号码都有，唯独不记他的。因为这一个，只此这一个，早已深深地刻在心版上，抹也抹不去。

　　谁知她心？谁知她的情，她的意呀？

　　无人知晓！只有她自己的心！在岁月的风霜雨露中，独品着这份情！她总是问自己：这是单恋、单相思吗？不！她决不肯承认！当初，分明是从他那儿感知到的呀！那急切又深情地呼唤和拥抱，那融为一体的交织和交流，那对彼此的深刻领悟，以及在现实面前的退避和舍弃，他和她都懂，用不着讨论和争辩。在彼此相视的目光里，在彼此分别的握手中，《偶然》的湖光波影，不只属于徐志摩和他那个时代的诗心。

　　他是个"三不主义者"（不主动、不拒绝、不负责任）吗？不！那决不是他！他诚挚的邀请，坦露心迹的相告，打开了心与心的碰撞之门。相见恨晚，为你擦去恣意的泪，却执意去守护曾经的承诺——尽心尽情尽责去担负！对这"不可避免的伤害"，只能用以后的一言一行来维护彼此的尊严。婉拒，婉拒，再婉拒，不让自己再欠下一点点情。真挚，真挚，还是真挚，一点点，一次次地温暖，那期盼一颗真情的心。有呼唤，就有回应，无论多遥远，无论夜多深，无论多劳累。真情无价！日久见心！尊重！尊严！遵守！君子知交！君子真情！此情何撼?!

心高气傲如"晴雯"（朋友语）的她，从不对别人做的事，只为他做！不是煞费苦心，而是真情所至！那发生在她身上，一桩桩一件件的事，追踪心迹，或许其中都隐藏着一个无形的他。虽然他与她的生活毫不相干，彼此很少联络，可他一直就生活在她心里！多少年来，她甚至觉得自己能感知的到：他的思想、他的情绪，乃至他的身体。这些有形、无形与他有关东西，在岁月中嬗变的痕迹！

流金岁月，世纪之交，今非昔比，难再全然自我。那相隔多年的息憩小聚，她嚅嚅喏喏，欲盖弥彰，含沙射影，对他说起：因为遇见了你，才唤醒了我——沉睡未醒的母性情怀！今生为人母，追根溯源，还应感谢你！虽然天不遂人愿，人们的情感世界里，总有着有心插花与无心栽柳的悖论，可谁又知哪个是"得"，哪个是"失"呢？得得失失何所忧？他听明白了吗？他怎不会明白呢？一句：我和你一样！只不过，你感性些，而我理性些罢了！泛指四海而皆准的真理，高明！

这等女子，此乃情痴也。要有多好拿捏就有多好拿捏，就是看是不是碰见合适的人。不合适的人，也许一辈子也不能够说出一句让你可心入耳的话来！爱过你！恨着你！记着你！却一辈子也不懂你！（情感中）有时，一句话就足够了。有时，就是金山银山，也不为所动。也许，抗拒诱惑的沦陷，有如激流中礁石，年岁越久远，越显本色。宁缺毋滥的宣言，只有现实和时间来考验！

也许爱情，感动的不是给别人，而是自己；也许爱情，需要的不是现实地经营，而是心灵的想象。人生有爱，苦！人生有爱，甜！有爱无爱，只在心！有爱升华自我，无爱枯萎自我，轻是一身轻了，却是轻到一无所有。悲也是一生，喜也是一生，叹也是一生，不悲不喜不叹也能一生，此生全由自己！

参透人生。看尽人间悲欢离合，听够情感酸甜苦辣。跨越过阴阳两界门，历经了离散杂合味。什么是自己的心？什么是自己的情？一生可以收藏着，终生不向心爱的人明示，直至终老？不是为了索取、得到，而是为了慰藉：真情时有荒疏的心灵！"相见不如怀念"的距离美感，一直是牵引心灵不去相见的理由。中年，负荷沉重，难有属于自己的澄净心灵和情感。这一丝天空的云彩，只是午后的一杯浓浓的咖啡，抑或深夜一段掠耳而过，不经意的音泉。愿它能滋润彼此，滋润一些干枯的心田。

五、幻想小说

地球岛

1

冥想是幸福的。

要是有电源，直接联通大脑，输进电脑；有摄像，从你还是一个小点时，就开始记录。等你活了几十年之后，一辈子走来，你一个电钮一按，你想过的，经历过的，都播送出来，哈哈，谁还敢说遗忘？谁不都是连续剧的主人翁吗？

真是想得太美了。

真是太美了吗？苦难，见不得人的阴暗区，也是美的吗？

真实胜过虚假。

可什么又是真实呢？眼睛所见，摄像所拍，就是真实吗？

真累。

哪来那么多问？

瞧瞧，一本书，一个小芯片，一个人的一生，一个社会时代的缩影。

爽！

是惨吧？！

创造自己？玄。消隐自己？更玄。

谁会怀疑？

地球，诞生了人类。地球，也将毁灭人类？

谁在悄然计算着人类灭顶之灾的时日呢？

公元 2000 年，欢庆世纪，地球人就开始有了危机感吗？

语焉不详。

你看见没？美人鱼的故乡——哥本哈根，腾起了硝烟。可是世界各国的首脑，云集，较量，才智过招，实力比拼。

哎呀，一不小心，那股电流，通进来了。怎么到了我一个普通人的脑电波里呢？

顿时，我的表情呀——前无古人，后无来者。

可惜，没人分享。

悲剧啊！

你也别管我雌雄，老嫩，什么身份？谁问我跟谁急。那玩意重要吗？一辈子，就为了主席台上的排位座次，媒体上的头条，折子里的进项？直到火葬场，直到墓地，还不得选择？谁逃得了？不然，还叫人生？谁能超脱？

那当然啦。八宝山与经适墓，档次一样吗？贡献一样吗？价值一样吗？人生一样吗？

猪脑子。傻了吧？通电流，也白通了。咸吃萝卜淡操心。你算哪根葱呀？你有资格忧国忧民忧地球吗？过你的日子吧。

你真以为，地球兴亡，蚂蚁有责吗？

上班，拿钱。吃饭，睡觉。能做到低碳，就是良民了。

咱这辈子，差不多喽。不任人宰割就万幸了。

别拿《2012》，来散布末日情绪。大片，美国，敲警钟？嗬……熊样……

世界末日？弥漫在地球人？吓唬人吧？少危言耸听！

2

某夜，在世界各大媒体，全球的网络上，同时出现了这样一条消息：

世界首富们决定出资，聚合起全球，最先进的环保技术，由各色人种通力合作，在一个未开发的无人野岛，建造一个零污染地球岛，以拯救即将逝去的人类，将人类非物质的精神珍藏密封，以望成为千万年后的古董。

让地球上最后的标本，回归到绿色环保的怀抱，将人类天然的情感，立档存址。

地球岛——

面积，大于那个传说中，一颗子弹能穿过的小国。

人口，包括工作人员，超过当年的桃花岛主。

能源，只取岛上的水一瓢瓢，还有阳光和风浪，不管他处的弱水三千，电流万兆。

建材，可以组装的，有如情感；可以调温的，有如脾气；可以溶解的，有如仇恨与骨气。

还有防风，防水，防震之功效，称为纳米金刚。

海水涨潮，海上的房子随长，永远淹不到。赛过神话海龙王的宫殿。

岛内交通，一律人力脚踏车。岛外而来，一律是无排放的"三用牌"的新能源交通即：上天能飞，落地能驶，下水能渡。

3

这个消息与我相遇，类似于伯牙与子期。说哥伦布撞上了新大陆，就有几分夸张。想当年，打起行装去流浪，心中的悲壮，不啻青春热血，去南疆前线的请战冲动。

我非儿男，但血脉里，不时流淌的一些英雄情怀，总让我感到，在讲究女人味的时代和地区，真有几分羞赧，兼或自嘲，以及啼笑皆非的复杂况味。

"本是个平庸的家伙，却不甘平庸"。

这句话，出自我的一个中学学姐之口。当时，我俩有一段相同的命运轨迹。曾相交了几个点。那时我们为自己的运气，骄傲了生命中，最好的几年时光哩。

十八的姑娘，四个兜。

在那个全民族青年，都向往去大熔炉锻炼的时代尾声，不是谁都能去的。说万里挑一也不为过。在我俩最后相遇的一个点上，她对我说了这句话。

原是说给她自己的。大概是她军校毕业后，一年的平凡工作下来，爱情与建功立业宏愿，都有些渺茫而感慨吧？

可听在耳里，我居然，就刻在了脑里。快一辈子了，也没抹去。多年以来，还不断反复嘴嚼着。

回望命运之手的指点，真感到，这句话，对许多人来说，极像是个——寓言。

本是凡胎，却总梦想超越。我对这句话，做了些引申与篡改。

若这回，上帝之光，终究照耀而来，得立马，赶赴前往。

百万英镑，没有。就以自己为筹码吧。

先服务他人，再被人服务。众生都是一个样。这符合要求。

记录一个人的精神轨迹，是申请资格和通行证？

好！这吻合了，内心的一个愿望，更是余生的一个目的。
上帝有眼！
有音乐，有书籍，有影视，据说没有明星与声色。
有养生，有生态，有冥想，据说也没有官禄与铜臭。
真绝！谁人会向往前去呢？
还据说太极图，就是地球岛的招牌和钥匙。

D 游记

门里门外小洞天

——团游泰新马见闻感

2013年2月1—10日，首度跨门，出国十天。游历了东南亚泰国、新加坡、马来西亚三国。走马观花中，除了用新手机和老"傻瓜"拍下两百来张图片，沉淀之后，再留点文字吧。

谜底与谜面

提前半月交款，签合同，看线路图，却不知与谁同游。惴惴之心，等待时间节点的谜底。准备行装，换泰铢，1∶4或5，我六百多人民币换了三千泰铢；换新币，5∶1，五百多人民币换一百元新加坡币；而大马币——马来西亚币，中国银行没得换。还要买欧用插座插头。通信怎么弄？也得问问。

直到出发，到了蛇口码头，还不知与什么人同行。离约定时间还差几分钟，电话打过来，在哪儿？快到了。急忙下车，看着拿行李大人小孩直奔出境厅，那个厅前拿旗挎包短裤平头张望的，肯定是导游了。疾步走上前，劈头就问，是导游吧？是啊！终于找到"党"的感觉。在方便之中，突感不妥，那是新马泰团吗？再前去问问。去哪里的？澳大利亚！遭了，真错了。慌忙掏手机，刘导吗？背后有人接电话。是，是啊。哪里呀？到了没？都在等你们两位啦。转过身。哦，就是你呀。打了几个电话，怎么还听不出声音呢？哦，哦……原来是那个导游更帅哟！

咱们按家庭编号：1，2，3，4，5，6，点名。1号家庭，2号家庭……到……到！呵，呵，原来是个大孩子呀。好，咱们去托运行李——液体的，都安检不了，都得托运，包括风油精、润肤乳液等。排队，出示护照、船票，出海关，上船。

队员有老有小。两对老人，花白一对，全白一对。小的，有三个七八岁小童。还有三个十七八岁花骨朵般半大孩子。六个家庭只有一位爸爸，其余都是妈妈。这趟出门，是要在外过年的。

领队——升级版的导游

从蛇口出境大厅迎接，到皇岗口岸挥手告别，游客一路跟随的人，我们叫导游，其实是领队——导游的升级版，是资深的导游。要从业三五年，才有资格去考，是更高级别的导游。

　　下船直达香港国际机场。午夜时分，胜却白昼。机起机落，人来人往。一年四季不间息的冷气，让人凉飕飕的。可是心热，兴奋。毕竟是第一次跨出国门。候机楼各等肤色人流穿梭，前方目的地是泰国，前后旅客不少操着泰语，肤色黝黑的外国人。哦，我们即将就是他们的外国人了。呵，呵……

　　见多识广的领队，用一个个小故事，笑话般地把出入境注意事项，绘声绘色地在候机处讲述着——

　　泰国有小费习惯。有一次，一出机场，一个泰国的服务人员推着一辆行李车，我们的下机人员，转眼都急切地将行李放上去，可等领队告知是要给二十泰铢，相当于人民币五元小费的，这群人又飞奔而去，把已推远的行李车截住，纷纷拿下自己的行李。还有一些这样的人，因为有的地方如厕要收费，进去了，都还退出来，死憋住，最后车上没绷住，尿裤子了。这何必呢？为了几个钱，丢这脸，值得吗？能出国，大钱都能花了，省这几个小钱？国人这般表现，作为领队有些脸红。这有失大国的风度吧？

　　要知道，天下没有免费服务，雷锋没有出国。

　　我问你们，出境时，若有人比如老人或其他什么人，说有东西托你帮忙提提，你们帮不帮？还不熟悉的队员们，面面相觑。

　　我告诉你们——千万别带！

　　因为你的好心，很可能让你进警察局，吃牢饭。若带过去了，让带的人，马上出来感谢你，提起东西就走人。若没带过，被检查出违禁品，你就再也找不到那个让带的人了。

　　大家知道，新加坡是制度很严的国家，公共场合禁烟。曾有队员，不信邪，非要吸，偷偷丢烟头，以为没人看见。殊不知大街小巷到处是摄像头，刚丢就被抓个正着。重罚不说，还丢了个大脸。还有行李里藏禁带品（液体类），直接没收。若你愿意拱手送人，就尽管带吧。送了白送，没人说你好。

　　随着一阵阵的哄笑，这些出入境的注意事项，脑子里有些印象了。那个带澳大利亚团的帅哥，打了几个照面，就从此离开了视线。

　　领队如何称呼呢？不用我们费神，诙谐，幽默，还挺帅气的领队，或许为了活跃气氛，具有亲近感，让孩子们叫他屁屁刘。他说，屁屁，是泰国人，对男士、先生的尊称。屁屁刘——孩子们叫的可欢啦。我们——妈妈们，觉得不妥，就折中一下，选他给的另一个备称——刘柳，或是叫刘刘。仿佛是老朋友，家人似的。

三个女导游

阿艳，小燕子，彭胖胖这三位，分别是我们在泰国，新加坡，马来西亚，这三个国家全境——从落地入境，到登机离境，全程带领陪同我们游历的女导游。

与我们一同来的刘刘，是她们工作中，在境内带国外团，随机碰上的搭档和领队。这点直到第三站入境马来时，若刘刘不提这档事，我们私下还以为，所谓领队与导游，也是国际流行的男女搭配，工作不累的惯例吧？他们不是老搭档吗？

至于导游们所给的名字，该是工作名而非本名吧？是为了给游客一个亲近的称呼吧？阿艳，小燕子，这名字给中国游客，正是熟悉的感觉。而彭胖胖，本姓是彭，胖胖则是马来语中对女士的称呼。男士叫短短。刚好，马来的导游，正是个四十左右，有点微胖的女士，很像邻家大姐或者孩子们口中阿姨。

泰国的阿艳

阿艳，是个漂亮的中泰混血妙龄女郎。爸爸是中国广西人，妈妈是泰国人。曾在中国上过学读书。难怪一口流利的中文普通话，根本让你感觉不到，你是到了异国。

沙——哇——丽——喀，是阿艳教我们的一句泰语。就是中文的：你好！早上好！等问候语。对女人和男人说时，以尾音升降作区别。女人用声调，男人用降调。她柔美的声音，配合侬软的泰语，真是恰到好处。

小姑娘们很喜欢阿艳，一路时常牵着阿艳的手。或许从业时间不长，或许出发点是为了挣钱，而不像咱们深圳的领队刘刘——大巴上一路风趣幽默，尽可能让旅客开心；刘刘嘴里出来的趣闻轶事，让一车老小笑不停，大家庆幸遇上了见识广，很会调节气氛，乐业的领队。

阿艳随身背着一个小挎包，里面都是一扎一扎的泰币，一千元人民币换一扎四千五泰币。还有一叠自费游的油印宣传单，分三个套餐：普通，豪华，逍遥三等级，价格在一万泰铢以上，一路随行中，阿艳主要工作好像就是推销这些套餐。其他时间像是孩子们的一个带队阿姨，教他们说说泰语，有时还带些小点心，给游玩的孩子们打牙祭。当然联系就餐住宿等事宜阿艳也是忙前忙后，其他更多的工作像是领队刘柳在做。皇宫景点有专门讲解员。一路随行的有辆专门的大巴，司机负责搬运看管行李，与领队，导游一起组成三人游客服务组。刘刘就说他的工作就是幼儿园阿姨工作，管游客们的吃喝拉撒嘛。泰国游四晚五天是时间最长的，机场分手时，小孩子很舍不得阿艳。

新加坡的小燕子

小燕子，是新加坡的女导游，短发戴眼镜，细皮白肉，声音也是细细的，一副典型知识女性模样。从中午接机时分到第二天去马来的大巴上挥手，不到24小时。一路上她细细的声音说个不停，让你佩服她的敬业精神，把新加坡的人文世态，历历数来，让你觉得耳朵眼睛都忙不过来。

接机当天下午，新加坡细雨蒙蒙，路旁绿色植物更显翠绿，各具风格的建筑群，肃穆静默。到了狮城标志地——狮面鱼身之雕，雨大得要撑伞了。看到小燕子，一手拿话筒，一手打伞，真是不方便，我们就主动去给她撑伞。没想到这个小小的动作，却让她介绍完后，宁愿冒雨回车，也要把伞让给我们自由活动。

可惜夜游新加坡河，这个不到两百元人民币的自费项目，她与领队都没提。而是带我们去娱乐城看了一场海上演出，让我们失去了一次难得的游历新加坡的好机会。或许没有提成？或者不在乎这小提成？新加坡导游收入可观，跻身中等收入行列，在有限的工作时间里，尽职尽责，下班了，就属于个人时间，不愿加班加点吧。团友们对此都没人责备，也或者觉得孩子们看场双语实景演出更好？两顿正餐都没安排团餐，而是去了一家广东酒楼和中餐厅，吃得蛮丰盛。

或许是她盛赞新加坡因加工产业著称于世，引以为傲的感染，以及她奉信风水之说，随身不离有个时来运转的吊坠，在驱车前往马来西亚的最后一站，她带我们去华人区看手表、首饰和药品店。有个三宝套装，新加坡名药——金狮子牌红花油、鳄鱼油、海底铁树油，吸走了原本没有打算购物的购买力。临近马来西亚海关，她下车之前，又与大巴司机一起，展示了新加坡旅游纪念品，一下子吸引了老小目光。短短一天的新加坡之旅，还真没时间去找礼物带回去呢。真是贴心的服务，多方多赢啦！

一串六个由金属铸造，刻印着新加坡各景点的指甲剪；一本邮册——内有新加坡和马来西亚的邮票，硬币；一尊狮城之铜铸狮身，打开开关，女声童音唱出：新加坡欢迎你！

大家一见，爱不释手，纷纷掏腰包了。一共二十元小马币，相当于人民币一百元。

（相对于马来西亚，有人把曾是脱离马来西亚而来的新加坡，叫小马国。）

深圳，作为国内著名旅游城市，有没有这么价优物美，具有代表性，向世界推广展示的城市旅游形象的纪念品呢？

窗外路旁，草青树绿，一尘不染样子，车内一片欢欣。新加坡就在我们的依依不舍中离去。前方是新马大桥，横跨马六甲海峡。这个曾只在教科书上看到的地理名字，我们已是身在其中，就要在驰驰的车轮上抵达。

马来西亚的彭胖胖

彭胖胖，这位马来西亚的女导游，前面已提到。她的出场和我们团进入马来西亚时的特殊感觉浑然一体。

中午时分，室外气温三十多度，阳光炽烈，光线非常适合拍照，可是时间紧，根本不能下车拍摄。进入马来西亚，一路我都是坐在导游车位，游客的首位，紧挨着司机的侧位。不停地对着车窗外拍照，手机相机轮换，忙得不亦乐乎。这辈子或许只有这一次啦，许多人和景，再不会相逢，正是这种心情的反映。好在车速不是太快。

领队刘刘说，不知道是个啥样的导游，先给我们打上一针预防针。前面两个（国）导游，很受大家欢迎。马来西亚不像新加坡，通行国语。有一半以上本地土著人，说马来语，导游普通话很差，可能还有点战战兢兢，大家要包容，不要取笑。其实这是说给几个未成年孩子听的。到达马来西亚的海关时，可能是领队会掌握时间，我们车是午后第一支到达的团。偌大的海关，竟没有一个进出人员。只有静悄悄的设施，和各等肤色服饰的海关员——很帅的小伙子和非常漂亮的姑娘，都在静悄悄地等待。或许他们在说些话，而我们听不懂。过关时的必要交流，彼此间只有辅以眼神和手势了。可惜不能留下照片，这个海关是禁止拍照的，有许多禁拍标识，领队也特别强调了。没人敢冒着相机被没收的风险，真是很遗憾。却不知为什么？

过关后，领队让大家赶紧去洗手间，前面还有三四个小时的车程。马来人的洗手间很特别。进关后，一辆马来西亚的专车在等候。这客车比新加坡的小一半，十九人团刚好够，不像在新加坡和泰国，后面可以睡觉，一人坐一张椅子都行。司机是个很瘦的小伙子，完全不会普通话，导游则是微胖的大姐，也就是前面提到的彭胖胖，人与名基本相符，就好记了。

彭胖胖一开口，普通话还不错，我们松了一口气。先是热情礼貌地与大家打招呼，告诉我们她的称谓——叫她彭胖胖（即彭女士）就行，随即介绍说，自己是客家人的后裔。这一下子就拉近了距离，仿佛她就是一位广东的客家大姐了。正值午后，大家有些发困，大姐就没多介绍什么，任司机开车前行。

进入全新的地界，司机和导游就是游客的眼睛和腿了。当天下午没安排什么，就是找酒店和找晚餐。赤道国度，炎热无比。路旁的建筑和路标都挺新奇的，植物倒是与亚热带的广东相差不大。我目不转睛地看着窗外，不时摁摁快门。

看着看着，有些纳闷了，好像路边风景，怎么都差不多呢？原来年轻的司机不认识路，在兜圈子。我们发现后，还没责备，胖胖立马非常谦卑诚恳地道歉，说她和司机，都是吉隆坡人，虽然从业时间不短，但都是第一次带这条线，真不太熟。然后不停打电话去酒店问路。这样大家都没说什么啦。

之后三天的马来西亚游，她都尽心尽力为我们服务——介绍景点，风土人情，帮忙拍照，安排就餐住宿，包括购物，都蛮贴心的。给我留下亲切，谦卑，邻家大姐般的印象。机场离别时，偶遇邂逅了香港明星谭咏麟，几位团友疯狂尖叫奔去与他留影。我却忽然觉得胖胖很像我舅妈，一路很尽责，内心有几分温暖和感动，与她合了张影。

团友小记

团友是六个家庭，其中有两个大家庭。一对夫妇带着两个女儿和岳父岳母；另一个是一个妈妈带着父母和一个七岁的儿子。另外四个家庭都是一个妈妈带一个孩子，有三个女孩和一个男孩。女孩里有两个大学生，一个小学生，男孩是高二生。那对夫妇的两个女儿，一个高二生，一个八岁小学生。所以呀，十九人团，挺丰富的。大孩子，小孩子，老人，妈妈各有各的伴。除了那位爸爸，后来他几乎成了半个领队了。

阿艳推销的套餐，两个大家庭没有参加，他们不是在车上等，就是在车下行。四个妈妈和孩子，跟着阿艳急急地上"公主号"，逛水上四季，外加一顿水果餐和一顿海鲜餐，就是所谓的豪华游套餐了。

游泰的散淡之笔

这趟出国游，已过去几个月了，这篇游记零零散散写写停停。出去前，未做过任何功课，真所谓一张白纸啊！那么，且看这张白纸会画出什么样的图画呢？

泰国游大热，说是得益于徐峥的影片《泰囧》，或许不无道理。其实我身边的同事们，早在20世纪末就有人先后去了泰国旅游。到底是广东先富起来，先去的同事也几乎全是广东人。十几年前，出国游对我们从内地而来的移民来说，似乎太遥远了。安家立业尚未稳固，当然还想不到升华生活。

直到可以喘气了，孩子上大学了，这才觉得可以松口气，出去走走看看。

告别夜色香港，午夜过后，临近凌晨，飞机降落在曼谷机场。从空中落下的人们，兴奋不已，个个睁着闪闪发亮的眼睛，感受着机场楼浓厚的泰国气息。

首先是广告橱窗里的壁画，不是亚热带植物风情，就是泰佛教古老的传说故事，耳畔似有若无地飘起侬软的泰语。一走出大楼，扑面而来的是湿热的气候，让浑身热黏黏的，立马就把故土的隆冬，以及机场和机舱内的冷气，抛却云端。

一位泰国少女，立在接团的大巴车车门旁，胸前挂着鲜花串起的花环，与每位上车的游客合影。美其名曰，让游客享受贵宾待遇！第二天酒店里有人送来这合照，一百泰铢（约二十元人民币）一张。

在阿艳的一路娓娓道来声中，沿途或富丽的泰宫，或破败泰国竹子吊楼。新奇中大家都目不转睛地盯着车窗外。不觉一会儿就到了酒店，办理住宿的事只有全交给阿艳了。东南亚酒店没有国内星级标准，据说我们下榻的是相当于四星标准。最为不一样的是，酒店里一定备有两瓶冰水，这是没有冬天没有四季，只有凉热雨三季的泰国人，迎接客人的必备之饮。导游交代第二天还一定要留下二十泰铢作为酬劳的小费。

如果说第一家酒店的早餐，让我们见识到丰盛，不如说中国之外的他国游客，用餐文明值得称道——除了低语轻言，还有就是少吃少拿。第二天的曼谷最高楼的自助餐，才是真正见识到泰国美食的丰富——海鲜、甜食、水果、肉食、色拉、炖汤、小点等等琳琅满目，引爆味蕾。这大概是跟团的便利和好处吧？

泰国游历途中，金黄的芒果，鲜红的石榴，艳丽的草莓，是主角，处处可见。而土黄色的似龙眼非龙眼成串成扎叫卖的什么果，最让人好奇，直到走进果园，吃起水果大餐，才揭开谜底。泰国果农告诉说，这果是龙眼的老婆，也叫爱情果。广东从未见过。

说起泰国的美味，不能不提街上到处可见一种芒果饭——用泰国香糯加椰汁蒸煮而成，细长珍珠发亮的饭上再铺盖一层去皮去核芒果肉，哇噻，真是香甜美味，口齿留香，回味至今。

马杀鸡（泰语音译）——泰式按摩，可能是泰国团游必经的一次体验？也是泰国旅游创收的一个项目吧，如同看人妖和骑大象一样必不可少。给我们做按摩的是几位中年妇女，场地是干净整洁的就地而铺的地铺，完全用人力。除了换换衣服，配有更衣间，没什么成本。店主收团价，按摩的妇人出力收小费。全身松骨，不免会叫出声，过后的确很放松，疲劳顿消。

泰国沿街，最凌乱的是屋檐下的电线。千万条电线缠绕一起，穿过大街小巷，立交，大楼，怎么看都觉得煞风景。刘柳说，泰国国土海平面底，不适合地下埋线，所以只有这样挂在空中。泰国穷人不少，却没有人偷电线。

在泰国大家还经历了一次跳楼。别紧张，这不是意外惊险，而是一个娱乐项目：几十层的楼，有三种不同跳法，单人缆绳跳，双人匣子跳，多人缆车跳。除了三个胆大的孩子选单人跳。选双，选多都只一二，其余没参加。

泰国国民大多是佛之信徒，立有禁忌，入境后千万不可冒犯。比如视人的头为尊，脚为贱。因此不可随便摸别人的头，男人尤其不可。不可把脚翘起来，若放上桌子，会被视为侮辱，会挨揍。

泰皇宫的记忆烙印

前往泰皇宫的路，真可谓一路金碧辉煌。越接近，人越多，皇宫越气派非凡。沿途不时出现的小佛龛，间落在建筑之间。小买卖也此起彼伏——水果，泰裙，泰帽。路中央，一个接一个，还时不时放着巨幅的或政界或商界要人的彩色画像。

自从泰皇室凶杀案之后，皇宫里的主人就搬离了皇宫。从此泰皇宫就成了泰国旅游最为闪耀景点，也获取了最为丰厚的利润。刚修葺一新的皇宫，外墙真像是都镀了金子一样，闪闪发光。每天都有全世界如织的游人穿梭。皇宫边，有一面墙，全是壁画，画着皇室遥远的传说和故事。每天向成千上万的世界游客，无言地诉说着皇室过往。在那里，往昔的皇权，就是宗教，就是民众的信仰，主宰和统治着众生。如同远去的大象图腾，让人顶礼膜拜。

宫殿内，只有一间可供参观，需脱鞋才能入内。进去后，从屋顶到地面，无一处不是金光耀眼的。地上密密一片都是信徒（还是游客？），个个跪拜着，黑压压的，不知跪了多久。有禁止拍照标识，导游提醒过，并有卫兵看守制止。皇宫建筑群中，有一片绿顶房子，说是殡仪馆，让人意外。不知情的人，依然拍照留念呢。皇宫内，也有森严的大门，有皇家卫兵把守着，不得进入，却可与卫兵合影。人流中，不时还有三两僧人走过。

阿艳和领队没进皇宫，皇宫里面另外派有一个男导游。一见面就说看好自己的钱财，这里有国际小偷，都买票进来，在人潮滚滚中，一不小心就跟丢了。

皇宫出来，驱车前往新近开放的皇家博物馆。

这原是皇家接见外宾的场所，是往昔泰皇族的客厅。

皇家博物馆是金子的世界。里面所有的物品，器具，雕刻，无一不是金子制作。所有的历史和传说，都是用金子来铸造的。

进入皇宫博物馆，不准带任何东西。游客随身物件一律寄存。服装都有严格要求：男女都不准穿短裤背心，不许穿拖鞋。女性一律要穿长裙（没穿的，现场要买一百元泰铢一条做好的泰布裙，一围即可）。

导游说这是对皇家的尊重和保护！

（不能不说，这种严苛的做法，是对文物极好的保护。这种对待世界文化遗产的做法，非常值得我们学习和借鉴，比如我们故宫，敦煌等，是否也需如此加以保护呢？）

这昔日对外交际之地，都是稀罕的陈列：有最早传说太皇子来历演变的壁画，有几代几世泰皇的金身雕像，还有泰皇独有的金铸的大象和象鞍，以及描绘泰皇部族战争的大型屏风。就连密闭着的，柜内摆放的民间工艺品，国宴餐桌上的杯盏盘匙，无一不是举世宝物，让观者啧啧称奇。

人们只能带双眼睛，将眼前的一切，拼命地摄入瞳仁，张开一双耳朵，细听导游对一代代皇家的沧桑变迁，满怀自豪骄傲地讲解诉说。

从入口到出口，引领游客的，是级别更高的导游，各展厅还配有讲解员。

这博物馆的导游，衣着谈吐气质风度，算得上或起码接近是上流阶层的人士。他的普通话蛮有味道的，稍带些泰腔，虽说不上地道纯正，却很接近，像是个广东商界的成功人士。的确，若不是如此之辈，哪能出入工作在国宝级的博物馆呢？

时间的流逝，冲淡了当时在皇家博物馆，那种全身心全感官的震撼感。那短暂地投入浸泡，至今却让人分明记得，讲解员话语：

在近代历史中，泰国，是东南亚唯一没有被西方所殖民的国家！

这句话，振聋发聩，其间的历史缘由，是很值得研究者们去钻研，去发现，去开掘，去探究！讲解员说，他们的泰皇室，与西方建立了也一直保持着良善友好的关系。

这是大象佛祖那普度众生的福荫，是皇室取之于民用之于民的昭引，还是神奇国度的魔力，从而规避了20世纪初世界战争风云？

倘若如此，莫非是那大象之佛的磁力，震慑着来自外域的，一双双目睹的魂魄，而不敢觊觎侵犯？

可能吗？

为什么当年八国联军，竟会如此肆意掠夺我们中华文明的国宝呢？

难道是因为我们没有佛法的保护吗？

这心灵的震波，沉入心底了。

行文至此，心头不禁浮起一丝"国之兴亡"的庄重感！

打开国门，行万里路，所带来的开阔与深邃，是其意义所在吧？！

这是泰国之行，最浓重的一笔。

在此，我将补充一下，泰国几个导游口中，对皇室的敬仰之情：阿艳说，至今泰皇室还给每一个泰国儿童发放免费的牛奶。我们品尝过泰国牛奶，无论市售瓶装，还是早餐配餐，口感很纯正。皇家博物馆的导游介绍馆藏工艺品时说，皇家把民间的孤儿接来，培养他们制作工艺品。不知是不是这些原因，感到民间对皇家的溢金流彩的奢华没有丝毫敌视贬损，反而充满感激和敬仰。

泰国三宝

皇宫，大象和人妖，可谓泰国游的必看的三大宝吧？

皇宫的辉煌和神灵性，不再赘述。

说说大象吧，看有趣的，嗨翻的大象表演，你不笑就算你本事啦！骑车，打篮球，跳舞，作画，你能想象这是大象所为吗？还真是，老象作画，是画在T恤文化衫上，还拍卖出售呢。一件件用象鼻子画出来的树和花，画在白T恤上，不说你真不知那是大象的作品，还以为是哪个抽象派的大作呢。小象，憨态可掬，居然也跳江南Style，骑起车来，像模像样；运动员大象传球，投篮，一点不含糊，原来还都是那个能干百事的长鼻子所为哦。骑大象，坐象鞍，大概是游泰国的人不可缺少的一个节目。慢悠悠地走，什么事你都放下，骑象就是这样一种感受。

人妖，不知看的人都是什么心态？看远距离地舞台表演，你会感到亦真亦幻，总有一种不真实感，那是人妖吗？不是艳丽的美女吗？可在芭堤雅"东方公主号"上，当"美女"们走下舞台，来到身边，全身快要起鸡皮疙瘩了。近距离地看"美女"们逗趣男人，真觉得恶心——这种反人性"玩物"，怎么会让人快乐呢？全场不愿走近的人，是不是也是这种感受呢？当然，也有许多人，玩得很嗨，"出来就是开心的"，是导游和这些人共同的口头禅。走出"公主号"，人们不禁谈论起人妖群体：从小打激素，寿命很短——通常活不过40岁；都是穷人的孩子，孤儿，或有父无母或有母无父的孩子；每年还有选秀，有人是不惜代价要入选的，人生追求各不一嘛，与其贫困一生，不如为自己辉煌痛快一时云云。而泰国以此作为创收点，是他们国民的悲哀还是世界各地看客的悲哀呢？总之是人类的悲哀。更有什么真人秀表演之类，更是人性堕落和退化返祖的悲哀。几千年人类文明进化，却在这局部全线溃退。这真能让人快乐吗？都是什么人会感到快乐呢？玩就是玩嘛，何必上纲上线，就你正经？是出游前未筛选的失败，还是好奇心的奴役？真是人性弱点的大暴露。

芭堤雅，据说是世界几大性都之一，白天没有夜晚热闹辉煌，游客遍布世界各地。有人说是男人的天堂，是男性兽性的天堂吧？有没有人统计过那里的性病发病率呢？这种人性的毒瘤，为什么还那样绚烂地张扬呢？贫穷才是一切罪恶的根源吗？而富裕就一定能脱离罪恶吗？

新加坡之赞叹

与泰国反差极大的国度是新加坡。对于新加坡，花园之国，弹丸之地，都不陌生。一是深圳建设之初就以新加坡为榜样。谁不说华侨城的绿化，就是另一个花园之都呢？对于新加坡的小，也早已不足为奇了。可真身临其境，若乘飞机，一起飞，就出国了——不是到了马来西亚，就是到了印尼，新加坡竟如此之小，还是让我吃了一惊。

不爽的是，竟有人叫新加坡为"鼻屎之国"，更觉不堪入耳了，愤愤不平，这么美的国家干吗叫这么难听的名字？可恶。

泰国有人妖表演，甚至还有什么真人秀，与此相比，新加坡可谓是反差极大的禁欲之国。据说对男人非礼之举，处罚极严。只要有女人投诉某男人非礼，将必遭到极其残酷的鞭挞，即用马尿浸泡过的棕鞭，暴打该男人的屁股，一定要打得皮开肉绽，终生留有疤痕，以示与人其曾有的罪过，而且一定要在本人清醒的情况下予以教训，甚至会请医生在场，保证受罚人身体状况能够承受。目的是要永远记得住，这罪错处罚之彻痛。如此一来，一般人大概听听，都会吓晕，不敢冒犯吧？

新加坡的严律，并不是仅仅如此。重罚还表现在许多方面，比如街头到处都是摄像头和便衣警察，吐口痰，丢个烟头，立刻被抓重罚，据说是五千元。没有钱，那就罚劳动，清扫大街，直到挣够罚款才能走人，如劳教一般。所谓城市管理，在这方面投入了大量的人力物力，而对于摆卖，都免税，发照经营，统一规划，不允许随便经营。因而小小的城都，除了千姿百态的高楼林立，绿化出色不说，也是非常干净整洁的。

不仅如此，车少也是一大特色。在新加坡，烟酒高税不说，车子被列为奢侈品，拿我们国家便宜得大家都不屑买的小QQ车来说，那里竟要价40万一部，吓人吧？小燕子说，凡是政府不支持的事，就用经济手段来调控，高价逼退车龙，逼掉烟酒。因而街上大多是公交车、双层巴士，私家小车极少。空气自然清新得多。

与严律相反的是高福利。住宅楼一楼都不住人，全是配套设施：幼儿园、咖啡店、餐厅、书店、洗衣房等等，所有家庭琐事基本都有服务，家庭主妇大多是职业女性，非常轻松，基本没有家务缠身的烦恼。简直真是职业女性的天堂啊！据说，男人被（国家制度）管得怨气大，时不时发牢骚，要去泰国放松。而且新加坡的每一个男人，一生中还有一个必须履行的义务，那就是当兵，义务教育完成后，必须要去服兵役。所以在婚配上，往往女强男弱。同龄人中，等男人当兵回来，就常被同龄的女人领导哦。

（写到此处，补充另一个反差的地方：泰国的男人，一生中一定要出家一次，哪怕只有一周一月也好，一定得去，遍地都是的寺庙，镀镀金，否则就不算成人了。）

资源稀缺更是新加坡的一大特色。导游说，除了空气，没有什么不从国外进口。比如饮水，就是最大的进口，要从母体之邻国——马来西亚进口，而后又把加工后的饮用水，再出口返回进口国赚取外汇。为此两国常交涉谈判水价事宜。新加坡的水，只要拧开水龙头就可饮用。

如果说加工、深加工、精加工，是新加坡的立于世界之本，那么创造和创新就是新加坡傲然于世的资本。对人才的重视和培养，就是这个资本的根基。在许多国家看中资本移民的气候里，新加坡仍然在乎人才移民——高学历、创新力是首选条件。对于有用之才，国家将包办孩子房子票子等一切事务，让人才无后顾之忧。

新加坡如此种种优越，都是在小燕子的敬业自豪的述说中，历历道来。而车窗外，细雨蒙蒙，五指楼，转眼不见了，榴莲大厦，回回转转却又款款而至，刀锋般的金融大厦，果然在毗邻新建的裙楼中，承接上了渐流的风水，直到那尊明眼的标识——狮面鱼身，出水婷婷而立岸边，水泻白银，经年不衰，把这个国度的财富与尊贵，面对世纪风云，紧紧托起。从机场到金融中心，新加坡沿路的各具风采的建筑物，在导游的指引诉说中，灵动着不为外人所知的内涵和故事。

花芭山，是新加坡的市政公园，面积很小，设施也简单。深圳随便哪个公园都能与之媲美。但干净无杂，人少幽静，处处有看不见的摄像头，这是无法相比的。晨光中的花芭山，一边是新加坡的山海自然风光，一边是城市楼宇和工业园。站在这一个小山包，却能看到新加坡全国风貌。对此小燕子很不好意思地介绍说。公园中有一小块地，一平方米左右大小，竖着几个水泥柱子，从柱子底部，向上长着小小一片绿绿的植物，间中开着一两朵有蕊的白花，形如大兰花，不闻香气飘。这不知名的花，导游说是新加坡的国花。

导游的讲解，引人入胜，让我们对新加坡的崇敬，油然而生。原本没计划购物的打算全然破灭，在即将告别的不舍中，纷纷解囊，仿佛要把美丽的新加坡留住，带回一样。

马来西亚的惊喜

  对马来西亚的陌生与新奇，让我们在告别小燕子后，进入接壤的静悄悄的海关后，眼皮不敢怠慢一点点，死盯着一闪而过车窗外的马六甲海峡，见缝插针地摁着快门，心里暗暗地对自己说，这个地方，所遇见这些人，可能这辈子就这一次了，可不能（睡觉）错过了，那就太可惜了。

  过关之后，一路风景与广东境内的路旁风景很相似，都是热带植物，除了不时闪现的伊斯兰风格的建筑物。此外还有一段段不一样的路灯。马来西亚26个行政州，每个州的地段都有自己独特的路灯，以此来区分州界。住宿的酒店和就餐的餐具都很有地域特色。路上行人人色丰富，各色各样，包头遮脸的女性更为稀奇，让人感到这个国度的神秘。

  起先领队刘刘讲得比胖胖多，从手抓饭到如厕之谜——没手纸，所有的卫生间内，每间蹲坑都配有一个小高压水龙头，供如厕后冲洗。这表明，在马来西亚主要是伊斯兰人，他们右手负责进餐——直接用手抓饭吃，左手负责冲洗排泄。分工非常明确，决不能搞错。所以一定要记住，作为游客，若要与马来人握手，决不能用左手。胖胖告诉我们，伊斯兰女性是不能被外人触碰的，所以在马来西亚，由国家规定：取消了握手。马来人在国内国外的交际礼仪中，一律改为用右手掌放在左胸前施礼，并配以点头来表示马国人的礼貌和问好。

  第二天去新山古城，胖胖一上车，面带愧色地说，再不解说就要失业了。真是危机感和饭碗的激励，胖胖一路讲个不停。特别是在郑三宝庙里，讲那两口水井的故事，可谓栩栩如生。当年郑成功南下西洋，途经过此地，当地人留下了这个纪念。新山古城是当地有名的世界文化遗产，每年世界各地有大批的游客来访，人文风景独特。我们去时，有个酒店打着欢迎中国某某领导入榻横幅。团游时间紧凑，仅够大家拍照。接着一顿午餐，就匆匆告别了。

  从这古代海上丝绸之路出发，一路的风景，亮眼得让人在车上坐不住了。路上观赏一段段迥异的路灯之后，让人更惊叹的是，眼前逐渐扩大的奇丽崭新的布城，也叫太子城。这里当然早已没有了太子。那一刻，我们面对新奇的建筑群，禁不住欣喜雀跃，以至于淡忘模糊了导游所讲的，那些久远的故事。只记下了这个具有传奇色彩的太子城别称了。

  布城（太子城），有着宽阔靓丽，一尘不染的大道、广场、大桥。周围一幢幢独具特色的穆斯林办公大楼，拔地而起。一映入眼帘，人们几乎欢呼起来。大家迫不及待地下车，拍照留念。我们还被允许进入其中一栋，圆拱形屋顶，浅红色大厅。这是在办公楼办公的，一日五拜的教徒们朝拜之地。按要求都换上穆斯林浅红大袍，才能进入大厅观看和拍照。这种开放的胸怀，让我们从内心赞赏起马来西亚政府的远见卓识。能把新建的行政区，对外开放，这是不是创举呢？或许是一种更大度的气魄吧？我对马来西亚，曾经一无所知，内心白纸一般。那一刻的感受就被这兴奋和好感装满了。毫不夸张地说，惊喜万分！直到依依惜别，还频频回头张望。甚至觉得这一趟最美的图片，是非那里的莫属了。在通往吉隆坡的路途上，脑子里还不时闪烁着布城的美景，直到行文时几个月后的今日都是如此。

吉隆坡是马来西亚的首都，也是经济文化中心，大街小巷，散发着繁华发达的商业和现代文化气息。真并非是落后古朴之地。刘柳说，有的游客以为马来人至今还住在树上呢。看来并非只有我对马来陌生。且不说市中心，世界闻名的双子塔，与之比邻的电视塔，据说是上海东方明珠的前身。吉隆坡老城区的交通也时常拥堵，望不到边的车流人流，也如大多都市一样，免不了城市的弊病。

途经一条大使馆街——街两旁盛开着马来西亚的国花——大红花，各国的大使馆，飘扬着国旗，异彩纷呈。在英雄纪念碑广场，用本土丰饶的锡所雕塑的英雄群像，昭示着马来西亚人民，为民族解放而英勇斗争的光荣历史。那一池用锡雕刻的莲花，在阳光下，闪耀着熠熠光芒。或许那是，只有在那片土地上，才能见到的景象。

大巴途经一个据说是成龙当年拍过电影的场景停下。迎着阳光走出车外，眼前一片绿草地，与四周错落群楼，相映成趣，梦幻一般。一群当地的少年儿童，花儿一样在草地撒欢绽放。

可可花、可可果，是咖啡的前身。我们在一家咖啡展览厅，看到了咖啡从种子、开花、结果，到进厂制作的全过程。看着、听着、闻着，飘香四溢。

马来西亚燕窝出名，但加工制作风险不小，常遭到抢劫。我们去参观燕窝厂时，上午十点多钟大门还紧锁，敲门查看证件后，才敢开门进入。观看全程加工和各种燕窝产品，品尝一小碗美滋滋的燕窝汤，就显得很不易了。而去土著人的马来屋，面对马来人曾经生活的标本，屋里往日物品陈设，让我们对土著马来人当年的生活情景，充满好奇。

通往云顶赌城，需乘近半小时的缆车。山上风景异常美丽，白云从头顶略过，不一会儿又飘到身后或脚下，真像是天上仙人一般，与白云捉着迷藏。胆大的，打开玻璃窗，林中的鸟儿、虫儿，与一阵阵风儿，齐鸣合唱，真仿佛置身于梦境、仙境。

云顶赌城，是设在山顶上的赌城。要求入内人必须年满二十一岁，门卫很尽责。同行的几个大孩子有的仅差几个月，都被拧出来了，查看护照，不到年龄的，坚决不让进。这让人不得不佩服，他们对制度的严格的遵守和尽职尽责。赌场周围有几座酒店，据说不时有堵得精光的人跳楼，让人看得毛骨悚然。我们几个成年人，进去逛了逛，小赌几个铜板，一无所获。真不知道，如澳门一样，为什么要用这种方式来发展旅游业呢？用人性之恶——侥幸贪婪，来诱惑人疯狂、灭亡，并从中谋取暴利。为什么如此赢利的勾当和场所，还要在世界的某地某处，大行其道呢？

云顶回来，下午六点的当地，却如午后一般亮堂。一个停着一辆老爷车的路边饭庄，是我们一行人，大年三十的年夜饭所在地。那辆老爷车，据说是半个世纪前的老车哦。

所谓年夜饭，其实也只是一个普通的团餐。唯一不同的有一个新菜叫秋葵炒鱿鱼，清脆爽口的感觉很新鲜。楼下果摊上，一种未见过的红毛榴莲，让人好奇。品上一口，却没有特殊的感觉，现在都想不起什么味道了，反正不是榴莲味。

除夕之夜，在吉隆坡的五星酒店，对面是接待国家元首的饭店。晚饭后回来，大家买了些水果饮料，聚在一起，有老有小的一家人没参加。两个逗趣的一男一女和七八小童，给大家带来很多乐趣，与孩子们一起做游戏的除夕之夜，或许也是此生难有的纪念吧。

胖胖告诉我们，吉隆坡的华人，一年要过三个年：正月初一的中国春节；马来人的八月夏历年；还有伊斯兰人三四月的新历年。

尾声

初一一大早，乘车赶飞机。新的一年，就在马来西亚华人稀稀疏疏地鞭炮声里，朦朦胧胧地乘车途中到来。马来西亚机场，辽阔、庞大、繁华。航站楼本国物产和国际品牌商品，齐全丰富。

未曾想到，在那里会巧遇上谭咏麟校长，随行几个大小粉丝尖叫地飞奔过去合影，乐得不知所以。午后到港，落机回国。

两个多小时，国泰航班，从天而降，落在了临海的香港机场。飞机真如从海上飞来，横跨太平洋一样，很有穿越感。

年初一的香港机场，人流不减，好在领队早已联络好班车，出了航站楼，就乘大巴直达深圳皇岗口岸，穿过几座跨海大桥，很快就到了。拉着跟随主人游历了三个国家的大行李，穿过一座人行桥，相处十天的队友们，就一一挥手告别了。

2013年春节

北京，感喟匆匆　掠过你

　　站在街头，心中油然升起，一个名字——圣地！穿越时空，满旗的步履悠悠，余音袅袅。千万里梦寻，辽阔幅员仰望，霞光初露的东方。谛听华夏心脏，那五星红旗，冉冉升腾的地方，刹那间，就从沸流的热血里飘起，神圣和向往，激励着龙族的血脉。

　　哦，北京，无论是胡同，还是皇宫，都有古迹和传奇，封尘历历；无论是要人，还是百姓，都从历史走向未来，步履款款；无论是变幻无穷的街道建筑之景色，还是繁杂流转不息的空气之声响，都连接着世界的潮流，连接着神州，容光焕发的欢颜。

　　历历的，是目不暇接的风景——昔日砖墙栋梁，都潆洄着泱泱故国的叹息；款款的，是炎黄子孙，八面来风的振兴——宾朋满天下，奥运唱四海。

　　天安门，白宫，克里姆林宫，曾是一代人的心目中的符号，构建着世界的格局；而今，沧海桑田，风云变幻，符号的含义，一代人有一代人，自己的解读和注释。

　　王府井的橱窗，依旧，而时光，却不再是往昔；长安街的灯盏，依旧，而音容，却不再是故人；协和的琉璃瓦，依旧，而匆匆过往人，已是一代又代；八宝山的冬青，依旧，而香山的红叶，岁岁更迭。

　　长城，在初冬晨风中，傲然屹立，赫然而来，极目远眺，更是蜿蜒无尽。抬头望天，阳光奕奕，又高又蓝，一尘不染。人潮汹涌，随波逐流，分不出人种和老少。孟姜女的眼泪，早已风干，空气中都是人声，那缤纷的神情神色，也将一同装进，人类的文化遗产。

　　颐和园——昔日的皇家花园，在民间，流传着多少当年宫廷的故事：那棵，截去了一枝头的百年老樟树，是慈禧与光绪之间，女权与男权之争的佐证吗？"祸国石"留存至今，记载着忠臣和奸臣的执政的轨迹？门前一左一右，等大齐观的"蒸蒸日上"的守门树，为何没有守住，那不可挽回的，日益没落江山呢？

　　有位"野导"大妈，自告奋勇，"不好不要钱"的开工广告语，还是吸引了同行人。她五十开外，说是当年北大荒知青，人老珠黄回来后，为了生计，只能靠练就的一张嘴，来"打游击"了。身世让人叹息，口才却还是呱呱的。

　　这两小时，行走在皇家山水间，她还真让我们一行四人，知道得不少哩，比我们自己懵懵懂懂，瞎看瞎走，强多了。那福水寿山，亭台楼阁之中，不时显露着康熙的玺，慈禧的墨，倒还真可以，考考游人识古鉴宝的慧眼哩。

暮霭中，车水人潮，清华门里，闪映着，荷塘碧波；相望映衬，北大园中，莘莘学子，十指键，遮隐了，世论辩雄；晨雾蒙蒙，北师大门前，杨柳匆匆；中关村，凝结在建筑里的现代感，从生活的场景中，散发着当代人的气魄。

北海，荡舟等梦来；后海，徜徉留影在。

文人故地，只能成为，地铁里的站牌；或许还有，京城读书人，回家途中，手里翻动的握卷。

"十年文革"的光碟，"二十年开放"的影盘，在街边，或路口，藏露之间，叫买；正说，戏说；正剧，野剧。也混在一起，招惹视线，躲躲闪闪。

街后巷同，烤鸭和爆肚丝，撩拨味觉，哪管何种肤色；土洋口味，一应解馋。在此，南方的服务待遇，国人难得一享，也怪不得"店小二们"，内外有别嘛。

京腔京味，前台的大妈们，演绎得最地道，让你顿感，皇城根儿，到底威严，有什么可商量？

同伴狐疑：迎奥运，莫非只迎"咳罗"？但愿，这只是"个别现象"。

首都机场，可是浩瀚无边。往来银燕，穿梭不停，时差温差，感知不暇。穿云破雾，胜西游，赛八仙，如梦似幻。

大雾锁天边，总有云开时。兴许是挽留。好好地回望，回望……

北京，若说你是一本书，跨越十几年，已两次，我都只是，翻了一下目录，感——喟——匆——匆；下次，让我再来，细细地读你吧！

挥挥手，心里道一声：北京，再见！

2006

封开、德庆之旅

清晨，灿烂的阳光照耀着灿烂的心情，我们出发了。中午时分肇庆用餐，隔窗望去，七星岩就在咫尺，湖光山色中，格外诱人。初次到此者，忍不住嚷嚷就此一游吧？这当然不行，如同任何事有了既定目标，就必定要放弃其他选择一样。眼馋者，只有央求司机慢慢开车，多看一眼；那远去的风景，只能在导游的讲述中想象一回；那份渴望，就留给下一次成行吧！

肇庆地陪（当地导游）是个关心时政，见闻颇广，尚有经验的小伙子。那段车程，有他亦庄亦谐讲解，让我们饶有兴趣：肉桂是可口可乐原料？蓝带啤酒的兴衰；大学城、股份厂的投资；当地政府政绩功过；沿路一塔一桥的来历；龙母诞生记，四龙王探母的传说；封开男子有三能（能背、能忍、能喝）的风俗等等。

　　一路走来，耳朵里灌满了粤西风情。那大大小小、葱郁逶迤的山峦和宽宽窄窄蜿蜒曲折河流，在路旁一株株滴绿妖娆的芭蕉叶间跳跃闪烁，一直追逐着汽车前行。望着车窗外，眼前浮现出岭南画人关山月老先生一幅幅珠江探源风情画，心底涌起丝丝《雨打芭蕉》之柔情。同行的一位北国男儿，看着那条相依相随的西江水，不禁遥想起故乡松花江畔，冬天那美轮美奂的雾凇之景。在祖国的山河间徜徉，真让人遐想联翩。

　　不知不觉，"天下第一斑石"赫然入目，我们来到了唐僧四徒西天取经所经之地，停车凝望，片刻之间，秀美的"小桂林"又拥我们入怀，上天入地，穿行溶洞，海龙王之宅，嫦娥之宫，尽展神秘。

　　火热的骄阳，漫步西行，依依不舍地流连在远处的山巅。入夜暮色中，汽车驶进了德庆县城。多数同伴早已摩拳擦掌，要在屏幕前为中日足球亚洲杯夺冠赛摇旗呐喊；几个女流之辈却心系那儿的仿古"宋街"。我就是其中之一。走进短短的宋街，灯火通明，飞檐黛壁，古旗飘扬，粤曲悠悠，人来人往，还真有几分宋代市井的味道。恍惚之间，疑似自己走进了一段"清明上河图"。那方水土，曾养育过宋朝，也是中国历史上，有名的清官：黑脸包公！那里的人民，建这样一条古街，以缅怀古人，弘扬清廉之气。

　　漂流，是这次出行最有彩的重头戏。一大早，睁开眼，游伴们就整装待发，跃跃欲试。汽车直挺山顶，导游夸张地演绎，森林负离子直入心脾。山道旁，茅草屋檐下，悬挂着一个个鲜红的灯笼，在苍翠的林间分外夺目；那可乐、汽水、流行音乐点缀其间，煞了风景。拾阶而上，一间茅草房里，三两老妪，穿梭织布，从容悠然，宛如当年黄道婆再世；拾阶而下，令人欣喜：从高到低，由大渐小，一个个随水而立，溪涧中的木制水车，缓缓转动着，吱吱呀呀；仿佛时间在此凝固，不知今夕是何年。突然，青山之间一铁索，姑娘、小伙们竞相过一把"飞人"瘾，瞬间滑过，轻燕展翅，畅快无比；步行者，与飞流瀑布、森林中绿枝青叶亲密接触，沐浴一般。摄影爱好者，频频举起相机，在古朴与现代相融的桃园之地，寻觅永恒的镜头。

　　终于，到了盘龙峡——传说中龙母漂流而来的诞生地，今天则是各路"勇士漂流"之地。看着全副武装的同伴们，几乎找不到昔日熟悉的身姿。当一艘艘在激流中倏然漂去的勇士，从眼前一闪而过，我顾不上紧张，也紧随着"勇士"一回：怎么？橡皮舟控制不住，前后不分，横着、倒着向前，舟上两人拼命调整，无济于事，前面那个落差好大的瀑流就要到了，如何是好？仓惶之间，不容分说，橡皮舟底儿朝天，咕噜咕噜喝了几口水，好不容易爬起来，已是落汤鸡；既是"勇士"，哪有半途而废？上舟再漂，还没坐稳，又在一个急流中跌入水中；迷迷瞪瞪被人拉起，还要再上，被发现舟已瘪了，不能再接再厉了；无奈，只有坐在岸边，等待上游放舟；或许是激流已过，或许空隙间总结了教训，抑或是后一阶段换了一个体重相仿的搭档；总之，后来再也没有翻船了（破纪录的事就礼让了）。"逍遥漂"竟是战战兢兢地体验着惊心动魄，直到最后，才稍稍尝到一点逍遥感，终点处却被同事们忘情的"泼水节"所感染。

　　这番漂流，不亲身经历，怎能体会？这段时间，同事们见面问候语是：漂了没有？一次出游，一次漂流，成了一种凝聚，全员的凝聚，一种分享，上上下下的分享。这是一次绿色之旅，一次健康之旅：投入大自然的怀抱，全身心地放松，开怀畅游，游历着世界小姐的游历；这也是一次文化之旅：龙母庙、开元寺塔、悦城四龙柱、孔庙之顶、六祖禅宗、千年菩提、千年斋井，一路所见所闻所历，有心人在古迹新址中找寻着"岭南文化的发祥地"（途中宣传横幅）的端倪，去印证创建广东文化大省寻源之旅（来自导游的信息）。这样的绿色之旅，健康之旅，文化之旅，今后愿它能成为一种潮流，一种时尚，它将提升员工的人文素质，摒弃杯光酒气的浪费和世俗，它将会演变成一种动力，推动各项工作的动力，让大家庭的每一个成员油然而生主人翁之感。这样的动力，难以估量！

2007

回归山水间

　　我们来自自然，偶然的；我们也将归于自然，必然的。在这偶然与必然之间，就是或平淡、或精彩、或无奈、或辉煌、或……的，我们的一生。

　　自然与人类，互为共生。

　　如今的都市与山水，桥连与转换，以经济为媒。深闺未识的庆幸与失落，在于拥有山水的眼光，胸襟和意识。

　　南粤的山山水水，滋养浸染着这块土地上的人。钟情山水，放纵山水，是千古人类的精神渴慕和不懈的追求。善待山水，才能与山水共舞！

漂流，氧吧，别墅，高速，特产，温泉，鱼疗……无不都是经济延伸旅游，旅游扩张经济，而文化，只是飘动的云朵，泛起的浪花。

出发在风雨中，四周的苍茫，忘怀于外。一扇扇车窗，坚硬透明质感，梨花带雨，莫不感动。行进的大客车，也如一叶之舟。不断延伸的路，召唤放飞的心。云层外，阳光依然，宇宙不息，我们只是尘埃。

恣意涌动的绿，逶迤起伏。大江小河交织平原山冈，东江、西江、北江流动着南岭、西岭，关山月的笔墨，顿时复活灵动。

一江鼓胀的水，缓缓流淌。竹林竹排竹浆，艄公渔翁游人，遥听刘三姐的歌喉，一同回到民风古朴的时代。天桥飞跃，银河飘落，惊叹天工。

瑶山瑶寨，瑶家儿女。中国工农红军的旗帜，插遍路旁。篝火歌舞，刀山火海，米酒迎亲，风俗店堂。

大大小小的钟乳石，深藏洞穴，总是在某个时刻，意外发现而面世。历经千年，滴水石穿，又是一个个神仙童话的翻版？何必再把人间的功名利禄，投放到这自然的造化上？拘泥岂不是扼杀？

任想象的翅膀，尽情地翱翔吧！穿越地心，融入山水，梦幻变现实，纵情惊叫。一路尘浊，一任涤荡，一身轻松。

次日晨间，在"风雅钱塘"里，黄公望的富春江图，徐徐展开。耳边视线里，昨日的阳山鱼水，还在荡漾。

徜徉在"绿宝石"上

每逢夏天，生命绽放之季，绿色之旅，是近年来，健康卫士的同事们，一个短暂的精神休止符。"请吃饭，不如请出汗"，早已是观念的进步，生活方式的提升。南粤大地，深闺处处，所展露的姿容，只要亲临，总有惊喜，让人感怀感恩。

定下"八一"出门的日期，为了往昔军旅的纪念。心身放假，都市时尚；结伴有缘，相惜开怀。当平稳之"舟"，洋溢之导，带领我们，穿行在南粤平原，一望无际的视野，奔驰着飞翔的心。平湖，东莞，增城，都流动着欣欣气象。陌生的"挂绿"，挂垂着远去皇宫的稀罕，又交错起拍卖交易的槌响。谁可想见，街边平实的几棵荔树，却有着不同凡响的珍贵？这诧异，隐含间唤起了对南昆山的几分神秘，几分向往……

南海内陆腹地，丘陵中的海拔千米，本已是意外，而"北回归线上的绿宝石"，这美丽的名字，一入耳际，就喜欢不忘。在绿的怀抱，行驶在平缓盘旋的山道，不禁遥想起"跃上葱茏四百旋"，那故乡匡庐的奇丽。直到赤脚踏进，清澈冰凉山涧水中，还是宛若，在童年里嬉戏。然而眼中，感叹的南昆山"三奇"，终是让我，从闪回不断的记忆里，走了出来。

山顶深处，有枫叶寨，川龙峡，观音潭……

且不说四季变幻，富有诗意的枫叶寨，也不说造物主留下，这神仙传说的观音潭。单说吸引一批批漂流者，蜂拥而至的川龙峡，就有着自己碧玉之秀的独特魅力——

你看山涧溪流，或急或缓，一圈圈缤纷的橡皮舟，漂流着，可是来自都市的霓裳？你看岸边崖上，或直或陡，撑起一朵朵太阳伞，可是来此依偎的天边云彩？那激流中的奋力搏击，那潭波里嬉闹徜徉，可如人生航程？

峡谷之间，远古天龙，穿行而过，在涧河两岸的巨石上，留下断断续续的，一洞洞润圆坑凹，那可曾是，承载过天龙之蛋的印迹？此谓一奇也。

龙去天庭，沐浴仙霖，飘洒成瀑。润泽了土地，有翠竹成片。小道蜿蜒竹林间，竟有飞车驰骋。真是车与水，都如龙也。此谓二奇也。

山上人家，竞相旅馆酒楼台亭中；家禽菜地，亦是小有田园。竹品工艺，异彩千百，目不暇接。最令人咂舌：胎鼠一窝，或蠕或凝；蝎子翘尾，争斗笼中；皆逃不脱，瓶中泡酒的，出售商品。此谓三奇也。

行走在南昆山上，汲天地之精华，在大自然中洗礼，清空心灵杂质，充盈自身能量。在告别的回眸中，"保护第一，开发第二"，八个大字，赫然映入眼帘。但愿这不只是宣传口号，而是山中的人们，为了子孙后代的共识和行动。让南昆山这颗"宝石"，映在结缘人的记忆深处，闪耀着永远的光芒！

2009 - 08

E
札记·书评·文论及其他

一、读书月大家演讲札记

聊侃余华　近临毕淑敏

2005 年第六届的深圳读书月异彩纷呈，有提升，有辐射。然能去参与，只选了听余华、毕淑敏的演讲。

当今我国文坛，如果关注，不会不知道这两位。因都有从医经历，我好奇他们的创作与医学背景的关系。可惜，他们演讲的题目与此不大沾边。临近尾声，主持人深大文学院教授吴予敏，问了余华一个在我看来，与此稍有关的，也是他阅读余华作品，由来已久的问题：为什么你的作品，（如《活着》《许三观卖血记》、还有刚出版的《兄弟（上）》等），总有着残酷的记忆，并常与调侃的幽默，有机地结合在一起？余华讲述了自己的童年，目睹过父母在医院手术室工作血淋淋的场景，又常在太平间玩耍的经历，以及文革期间多次观看枪毙人的场面，还有后来经常做与此相关的梦魇。这些在"凤凰卫视"与闾丘露薇的访谈中，余华聊侃的，大同小异。大概他的读者，都有共同的疑惑吧。这里也算是回答。

面对着台下一片听众，这位当今中国享誉海内外的作家——余华，一身随便的夹克牛仔，悠然地翻着报纸，尔后，对着《阅读的乐趣》的演讲题，侃侃地聊起，自己阅读的故事：少年时不经意地读着无头无尾，却引人入胜的外国小说（后来知道是莫泊桑的《羊脂球》），痛苦地探求着结局；而对当时唯一能读到的鲁迅小说，对其中的精妙却浑然不觉，甚至有不敬之举。直到成年后（三十多岁）才通读《鲁迅全集》，感到是该与鲁迅相遇的时候了，发出鲁迅是属于成年人的感慨。

　　谈到作家的洞察力，余华认为这是比想象力更重要的本领。体现在对事物的准确把握，反应在对语言的准确运用。他列举了一些他称道的大家的遣词用句（除鲁迅，都是外国作家）。如形容某样东西消失得无影无踪，用"仿佛水消失在水中"；表达速度，"箭，中了目标，离了弦"（但丁）；写在沙漠中行走的人，有着"干渴对干渴的恐惧"；写早晨的阳光照进来，是"百叶窗插满了羽毛"；睡在柔软的绸缎被上，"仿佛睡在自己童年的脸上"。这一粒粒在文学宝库中挖掘出来的珍珠，真让人称奇叫绝。记不清之处，余华这才掏出事前准备的纸条看看，并自我解嘲地说，其实，叫我演讲，半小时就够了，我擅长答问。果然，答问的过程，处处出彩：余华讲起《百年孤独》的创作故事；透露了他的《兄弟》出版内幕；说起引导自己已是少年的儿子阅读口味；以及他参照其他作家对媒体回应所取的态度等等。

　　这样，一个真实立体的余华，突显而出！让人不免联想起，前些时，因获（小说类）"第三届茅盾文学奖"来深圳的，文坛新锐人物——毕飞宇。

　　与轻松的，只准备一张纸来演讲的余华相比，温良大妈式的毕淑敏，一场演讲要花去五天的时间（讲用一天，前后还各要花两天）。你瞧她吧，用图文并茂的幻灯片，营造出一场绘声绘色地讲和悄无声息地听。中途，被一个两岁左右小孩的哭声打断，在"毕先生"（主持人的称谓）母亲般柔声呵护下："哦，不怕，不怕，大概是妈妈太想听了，这么小的孩子也抱来，太委屈他了。"满满堂堂的听众，在这样的体谅中，静悄悄地目送着妈妈抱着啼哭的孩子离去，稍有一点抱怨的听众也被感染了，一声不发。接着全场，又是全神贯注地听。不知不觉两小时过去了，毕先生猛然醒悟："哎呀，就到时间了，我准备的还有好多没讲呢，怎么办？""讲下去！"观众齐声回答。

　　就这样，一场毕先生精心准备的《健康心理，人生幸福》的演讲，是从她的提问开始。世界上什么人最幸福？给婴儿浴后的母亲；手术后的外科医生；沙滩上垒沙堡的顽童；写完小说最后一个字的作家。毕先生说，这四个答案的情景自己都经历过，却好像从没有体验过幸福的感觉。是否，自己缺少了对幸福的感知力呢？这一震惊的发现，让她在苦苦地找寻——幸福。

　　人，活着的目的，就是为了获得幸福。

　　每个人，都要对自己的幸福负责。

　　幸福，不是来自别人，而是来自个人对幸福的把握，来自个体独特的内心体验。

　　财富和成功，不能确保幸福；外表的吸引力，也不应影响人的幸福感；受教育程度、气候、种族、权力等不影响幸福感。

快乐，乐观的人，比较幸福。

幸福，来自健康心理！

家家都有一本难念的经。心理健康的人，不是没有问题，而是能有效地解决问题。

健康的自我形象——自尊，自爱，自信。

每个人都要学会处理三种关系，并培养与此相应的三种能力即：自己与自己的关系——适应能力；自己与他人的关系——承受能力；自己与环境的关系——调控能力。

人，需要学会认识自己，悦纳自己，控制自己。建立自己与自己关系的和谐。认识自己，是一辈子的，最重要的，也是最困难的事。控制自己，是人最高的能力。

自尊，是一种自我有价值的感觉。包括五种特质：安全感；自我肯定；归属感；具有方向感，目的感；肯定个人能力。

自我整体形象包括：工作、学业、社群、情绪、体能。其评价来自朋友、领导、同事、老师、父母。

当这些从笔记本中拧出来的观点（或许有错失），不要以为演讲就是这样干巴巴的枝叶。其实许多观点是在有趣的小故事中自然而然地表达而出的。

这里引用一个，毕先生所讲的"人生需要目标"小故事——

德国，一对夫妇，抱着家里的小狗，去找驯兽师。驯兽师问：你们的训练目标是什么？夫妇俩面面相觑，一头雾水。驯兽师说，既然没想过，就把小狗抱回去吧，等想清楚再来。

夫妻二人回家后，看看自己的三个孩子，苦思冥想。终于想出了小狗的训练目标：白天，是孩子们的玩伴；晚上，是孩子们的守护。

目标明确后，这对夫妇再去找驯兽师，结果，如愿以偿了。

这个故事告诉我们什么呢？

一只小狗，尚需如此，何况人呢？

从毕先生列举的"良好心理与不良心理的行为与态度"的九大对照表中（遗憾，没能全记下来），让人惊奇地发现这样一条：小人，是心理不健康的人。起先不敢相信，后特向毕先生讨教，得到了肯定。好不欣慰。生活中，谁都难免不会碰到小人，甚至难免遭其暗算。原来，这类让人痛恨的小人，其心理，是不健康呀，可怜。这也算是"阿Q"了一回吧。真是意外收获。

更意外的是，毕先生不但有着白皙的面容，母亲般慈爱的微笑，还有着少女般甜美的声音。观众中，一位女孩说，因为读了她的书，才去做义工，毕先生深深地向女孩道了谢。课后，面对记者连珠炮的提问，她微笑地说，一个一个地来吧，这么多问题，我记不住。她的谦逊和真诚，更是赢得赞许。一个崇尚和谐的社会，读书月为深圳市民推介这样一位阳光女作家——在生命的金秋，用自己不懈的努力，取得丰硕的成果；又有着和睦的家庭，疼爱自己的丈夫，可以做孩子的朋友。当然是榜样。当然鼓舞人。

她四十岁退休后，开始操笔从文。是"文坛上的白衣天使"（王蒙语）。从一个女兵，面对高原，追问生命意义的《昆仑殇》；到一名大夫，眼中透视的吸毒、戒毒者的生命历程的《红处方》；再到描写现实社会，血缘亲情与伦理道德冲撞的《血玲珑》；以及在她转向后，创作出我国第一部心理治疗小说《拯救乳房》。正值作品盛丰，蜚声文坛，被改编为影视、话剧频频而出之时，她又做出新的选择——去北师大，研读心理硕士。毕业后，开心理诊所，做起一名心理医生。以她的知名度，心理咨询做得红红火火。可是她说，一天最多只能做五六个咨询，她还是要静下来写书——让更多的人，在心理的科普书中健康地成长。

作为医生、作家和心理师，以这三重身份的眼光，来观照、透视生活和人生，会有着怎样的区别呢？这个问题，得知毕先生要来深圳，就准备着要问问。

面对病人，毕医生特别注意病人与病人的区别：一个小伙子与一个老太太得感冒，感受会大不相同，除了开药方，在看病过程中，交谈的语气，是要个性化的，要照顾到他们各自生病时不同的感受和心理需要。作为心理师，人们好奇，走进她心理诊所的人，问得最多的是些什么问题？她严秉保密原则，关子卖到最后的谜底是：哲学问题。读过她作品，对她作家视角，想必自会有答案。毕先生对深圳观众（听众）所提的第一个问题，依然是不紧不慢，母亲般温柔简约地解答。

2006 - 09 - 28

聆听曹文轩的"真文学"观

读书月是读书人的节日；读书论坛，大师的演讲，可谓读书人的盛宴。深圳第五届读书月的第二场演讲嘉宾——学者型作家曹文轩教授，北大中文系现当代文学博导，给深圳文学研究者、创作者和爱好者，带来了他对文学要义的独特诠释：那就是他的"真文学"观。

"无中生有""故弄玄虚""坐井观天""无所事事"。曹教授从这四个精心挑选的成语入手，阐述了他理解的文学的内涵以及相互关联的四种含义。

"无中生有"，是指想象和虚构是文学的基本能力。文学不能真实地再现客观世界，是由作家个人的经验、感受，通过想象和虚构，自行创造出来的第二世界。是"抄本的抄本"。绘画、摄影，同样不是客观世界的真实反映。它们都是平面的，有视线的局限。绘画，是用颜色，调成光和影的画面。此乃"赤裸裸的欺骗"（丘吉尔语）。正因为如此，毕加索创立了立体画，即他不仅画出被画对象的正面，还把其背面，也在同一画面上呈现给观众。

关于想象，曹教授讲述了日本女作家写的一个美丽动人的故事——《去年的树》：

一只小鸟给一棵树唱歌。

春天唱，夏天唱，秋天还在唱。

冬天到了，大地一片白雪皑皑。

小鸟瑟瑟地，来给树告别："我要飞走了，明年春天，我再来给你唱歌吧！"第二年春暖花开时，小鸟飞回来了。可再也找不到听它唱歌的那棵树了。

"树，去哪儿了？"有人回答说："给人砍伐了。"

"砍到哪里去了？""砍到伐木厂去了。"

小鸟飞到伐木厂，找不见那棵树。"它去哪儿了？""送到火柴厂了。"

小鸟又飞到火柴厂。见不到那棵树的踪影。"卖到千家万户去了。"

小鸟飞呀飞，终于找到了一根火柴。它用嘴擦亮了那根火柴，点上一根蜡烛，开始给蜡烛唱歌，直到蜡烛燃尽。

听到这里，朋友，你的灵魂是否会得到一次短暂的洗礼呢？是的！这就是文学的力量！这个故事，肯定不是真实的。是想象的，虚构的。这就是想象的作用！

中国作家与世界作家的区别在哪里呢？太现实的实用主义，恐怕是妨碍了中国作家的创造力。《狼来了》的故事的另一种解读是，不要把那个孩子看成是个撒谎者，其实他应该是个创造者。作家就应该是这个有创造力的放羊的孩子，而不仅仅只是个牧羊人。

"故弄玄虚"——玄想。曹教授分别以阿根廷作家波尔荷斯对镜子种种感觉：恐怖、委琐、污秽、阴气森然的细微深入的描写，以及意大利作家卡尔维诺笔下马可波罗与忽必烈，对他们各自心中想象的各种各样的城市的夜间神聊的叙述，阐明了小说中的细节应该是"微妙之处深藏大义"的。别出心裁的作家总是思考和感悟着时间、空间，以及人类从哪里来，到哪里去的终极关怀等种种形而上的问题。

"坐井观天"，曹教授认为，创作的资源是人的内心。任何作家所写作品，都是自己的一孔之见。好比井底之蛙所见的井底之天。文学要回到自身，书写个人的经验。通过个人的经验，反映历史的集体经验。个人经验表达得越好，越能代表社会经验，作品的价值就越高。这是一个悖论。

"无所事事"讲的是，作家和知识分子的立场和社会功用是不同的。以鲁迅为例，他以小说表达文学，以杂文投入社会。小说和杂文分别是鲁迅用来表达作为作家和知识分子不同的立场和社会功能手段。比如，城市新建一处厕所，它的位置不合适。作为有良知有社会责任感知识分子应该打电话给市长反映，而作家却不应看到这个厕所。而中国作家往往扮演着双重身份，似乎表达着强烈的社会责任感，却往往削弱了其自身的文学价值，使其文学作品成为应景之作，没有生命力。

文学作为语言艺术，和其他门类的艺术一样，是无国界的，应该表达人类的共同的情感，面临的问题和生存状态。这样的作品才能跻身世界文坛，经得起时间的考验，具有长久的生命力。语言及语言以外所包含的东西，是否可以翻译成其他语言，这些是衡量作品的尺度。

曹教授在回答听众（主要是中学生）所提的：虚构与贴近生活，怎样评判作品的好坏，中国作家的现实主义与国情的关系等等问题做了上述阐述。

诚然，曹教授的"真文学"观是他个人的表达，你可以同意也可以反对。一开场，曹教授就表明了这点。多元社会，尊重各种声音。学术争鸣更要百花齐放。

对于深圳的文学研究者和创作者以及爱好者来讲，"听君一席话，胜读十年书"。一定都有着各自的领悟和启示。

2004 - 11 - 01

叶永烈笑谈书背后的故事

1. 楔子

深圳中心书城，曾是各路书仙相继来过的书谷。今年开春的一个晚上，几代书生们，又不期而遇了，一位来自上海作协，叶永烈先生——叶老。

"与其说是科普作家，不如说是社会观察家；与其说是纪实文学作家，不如说是历史学家。"主持人李云龙如是介绍。

当今大凡上过学的人，没有人不知道《十万个为什么》吧？可知道其作者是叶永烈的，大概不知道这套书的人多。如今说人手一部手机，没有人觉得夸张，而对曾经风靡一时的小灵通，许多人可能还记忆犹新，这"小灵通"的命名专利，正是出自叶永烈的科幻小说《小灵通漫游记》。对此所知的人，可就是凤毛麟角了。把《毛泽东与蒋介石》《"四人帮"倒台记》《邓小平改变中国》，这些纪实文学的大部头，与叶老联系起来的，是否只属于那些并不喜欢凑热闹的书虫呢？

春节前夕的深圳，一个冷冬之夜，所来的听众，仍是围满了书城一隅。

个子不高，朴实敦厚的一对老人，坐在人堆里，并不起眼。对这场机缘，能有什么感受？我并无多大预期。与去海南过冬，路经深圳而被截留的叶老夫妇相遇，也只是不经意的一场邂逅。

脑力者不老。在这对古稀伉俪上，又有所印证。

谈笑之间，流时不觉。

你怎能把小学时，语文和作文两科不及格的顽童，与眼前的文学大家对应呢？又怎么透过时空，看到父亲当年只希望儿子学化工能做肥皂过活，让少年身在曹营心在汉地，眷恋着文学读工科，却偷乐地写着豆腐块，而成就了两亿的科普巨著呢？

咋舌之余，对着这位，将为中国，为人类，留下"历史的绝响"的纪实大家的锐利、执着、坚韧、机敏、务实，深深起敬！

听听叶老，给深圳市民，一个多钟头的，行云流水的讲述吧——

2. 故事

多亏了巴顿帮忙。

儿子工科研究生就读美国。

毕业求职。一则通用汽车公司招聘广告，招来了二十多个西装革履的竞争者。

唯儿子是一个中国人。

面试开始，考官面对中国青年，问，你知道巴顿将军吗？

从小博览群书，爱看人物传记的儿子，把巴顿的生平功绩讲得头头是道。折服了考官，结果被录用了。

儿子兴奋地打越洋电话，开口就是巴顿将军帮了我。

老爸，丈二和尚摸不着头脑。

3. 结尾

三个故事，眨眼工夫。

互动环节，照例有孩子们问，如何写好作文？如何阅读？

写，就要写，人人眼中有，笔下无的。是谓写作之法。

叶老说到这点，列举了迪拜的公交站，说是世界上唯一有空调的候车站，却从未被人关注过。

至今，临近八旬的叶老，四间书房，三个借书证，轮流借阅，不可谓不广博。

而且精与泛结合，时常他还摘抄所阅的重点，此习惯，仍旧保持。

2011-02

严歌苓：八百分之一的不同凡响

深圳读书月十年，共请过八百名演讲嘉宾——文史哲、军事、艺术、健康等等各界知名人士登台演讲。与之相遇又印象深刻的有毕淑敏、余华、严歌苓……他们每个人都是其中的八百分之一，而作为听众，只是八万、八十万分之一吧。

2014年11月18日之夜，深圳图书馆五楼演讲厅，楼上楼下被塞得水泄不通，从中学生到白发老者，男男女女，没有座位的走廊、过道都挤满了人，两边站着，中间过道和前面都是席地而坐，黑压压的人几乎要挤上主席台上了。

开场前半小时（18点30分），为争位子的有人低声文明地吵着：

"（位子上的人）去吃饭了，你不能不讲理！"

"公共场合谁先来就先坐。"

"留什么留？占什么占？说破大天，也不让！"

"你去报警啊，打110。"

这么强势的主，终于还是稳稳地坐在第三排的位子上。

结伴的一群人很不满，也无济于事。

毕竟只是帮同伴占着的位子，怎么可能真去投诉？

就要开场了，当然要噤声了。

第一排和第二排的两边位都贴着工作位（以前没有）。是给管场的工作人员的关系们预留？也算是个福利吧？

生命的阅读——严歌苓用一小时演讲了这个自选题，又用一小时答问。

最多一次听众，最高一次规格。除了主办领导全程陪同，还有讲台撤在一边，台中央放着一对柔和色的沙发，与演讲嘉宾的服装刚好协调。

为什么大家热度这么高呢？她的书一本都没读过，为什么就非要来见识呢？

好奇？好奇？好奇？

来自部队？舞蹈演员出身？战地记者？

海外求学华人写作？父女驰骋文坛？外交官之妻？

受电影大导演李安和张艺谋的青睐并与之合作？且作为编剧，拍了一部接一部的电影？

是的，是的，这些元素，已足以吊高我们日渐挑剔的口味。

（据说与几年前的金庸先生来深演讲的听众差不多呢。如今严歌苓受莫言之聘，在北师大文学创作班驻校讲授。）

生命的早期，偶像的力量，开启演讲话题。

英国诗人拜伦，年轻时曾是个大胖子，当他向自己心仪的女人求爱时遭拒。这女人私下对闺蜜说，那么肥胖，不拿镜子照照自己。这话传到拜伦的耳朵里，从此他发奋写诗，严格饮食，终于成了一名身材矫健、风度翩翩的世界级诗人。拜伦这让严歌苓崇拜佩服的减肥毅力和诗歌成就，曾是少年的她偶像之一。

另一个偶像是俄罗斯获诺贝尔文学奖的作家索尔仁尼琴。在监狱里服刑，要求自己在劳动时，每搬一块砖就要想一句诗，这顽强的毅力，终让他成为一名伟大的作家。

"文革"时，少年严歌苓与小伙伴们无所事事，懵懵懂懂，看过几起自杀的经历，又是激发她关注人性善与恶的"扳机"。

当晚她讲述了一位舞蹈演员（还是女作家或编辑？）和一对老教授的自杀。女人自杀后尸体躺在地上，许多人去看，一位电工挤在人群里，左看右看，不过瘾，还非得翻开尸体去看私处。严歌苓说，死者活着的时候，你电工连脸都没资格近看，现在死了，你看脸还不够，还非得去看屁股？义愤填膺之情，难以自抑。接着她说道：可见人性之恶，在一定环境条件下（有人称为"扳机时刻"）就会跑出来。后来走上写作之路，很着迷于这人性的扳机。除人性之恶，更多的是执迷于人性之美——

那对教授夫妇，相拥走到楼顶，跳楼前把家里剩余的糖果，一颗一颗地慢慢地吃完，然后把攒下来的一大把花花绿绿的糖纸，从楼顶上使尽全身力气抛洒下去。冰天雪地，飘飘洒洒，五彩缤纷的糖纸，这对老夫妇，临终前为自己营造了一个凄美的世界。他们经历了怎样的内心拼杀，最后选择这样"甜蜜"的方式来告别人世？这样绝美的境地，是他们对生，以最美的期望吧？

云南前线，一个满身鲜血，负伤断腿，入伍才一年，刚满十八岁（隐瞒年龄）的小战士，本来卫生员要接他去野战医院，途中，当听说有一个运送物资的大车队，不明前方路况，而他正是从那里下来的，就不顾自己的伤情，自告奋勇地去带路。要知道，这是一个非常腼腆，平素很难开口的一个农村兵。而这个激发他人性勇敢忘我之美的扳机，就是战争前线这个特殊环境。

少年时有人问，你长大了做什么？跳独舞。不假思索的。看看别人的反应，立刻改口：领舞。一个敏感的小女孩，跃然而出。

唐人街街头，近而立之年的严歌苓，说是等男朋友吃饭。沿着嘈杂的街道走着，被一路一个冷艳略带神秘的女子的一张张大幅照片所吸引，一打听原来是个来美多年的中国女人。这样的女人，为什么来美国？在美国又干什么呢？从此开始关注起唐人街中国移民这个群体，积累了许多创作素材。

《少女小渔》第一本写于海外的小说，应运而生，招来了李安导演的电话和合作（当然那时的李安还没有多大名气）。并开始了与陈冲的合作与友谊。从上海去美国的女演员陈冲，当时在80年代的中国，知名度很高。后来当过导演，如今又活跃在"舞动人生"的舞台。还是台湾金马奖（主办人）或颁奖嘉宾之一，最近因电影《归来》巩俐的最佳女演员竞选失利，又引起了许多娱记们的关注。

改革开放第一代出国留学的人，除了公派，可能几乎无一没干过端盘子。为赚取学费，严歌苓还在白人家做过家政。一次，高傲的女主人的一个珠宝戒指丢了，怀疑的目光锁着严歌苓。为洗清自己，严歌苓花了一整天，终于在吸尘器里找到了。可当她交给女主人时，竟没有半句道歉和感谢的话，怀疑的目光也没淡多少。这深深刺痛着严歌苓（这或许是她当作家的动力之一？）。

年轻人早早地当专职作家，没有其他生活工作体验，严歌苓认为不利。而做编剧，不能掌握自己的作品。以后还是写小说吧。也来写写自己熟悉的生活！

一小时的演讲很快就结束了。讲者一个人面对台下乌泱泱的人，仿佛与朋友促膝谈心。优雅从容，娓娓道来。

提问环节到了，如梦初醒。而急于提问的人，手臂举得像森林。

前排的，楼上的，左边的，右边的，长者，学生。挑些起眼，有代表性的。

那个后面人堆里，举着花伞拼命摇晃的女孩，幸运地被台上的严歌苓看见了，或许她内心涌动着，欲踏进文学创作的一千个疑问，透过她那双有些泪光闪闪的目光，有种电流般的感应触动了严歌苓？当她被叫到时，声音是颤抖的，问题是模糊的一串。

前面的一个中学生，被点到后，用流利的英语读着早已准备好的问题。当主持人请她翻译成中文时，还带点清脆童音般的声音说，感谢爸爸的支持！在同学们紧张复习备战期中考试的时候，她能如愿地来听这场演讲。听到了课堂上书本里听不到的。

楼上一个有点标致的中年男士，大嗓门都不用麦，开口与严歌苓攀起了战友，说自己是部队转业下来的，现在深圳龙岗打工。主持人让他行军礼以隔空"验证"。自己这辈子已是世俗了，可是不想让孩子再继续世俗下去（是不是有点天真?）。从严歌苓生命的早期偶像的力量引发当今孩子的教育问题（是不是有点不靠谱?）。严歌苓说，自己有个11岁的女儿（后听人说那是抱养的）。孩子的教育问题，恐怕一直都是——悬而未决的！

…………

晚上九点差10分，楼上楼下站着坐着的人，仍是举手像森林，叫谁都是幸运啊！

余下的十分钟，最后一个问题，严歌苓提议，谁的姓笔画最少，就叫谁吧。丁姓的女孩，这一刻居然是爹妈给的姓成了她的幸运。小姑娘激动地拿出写在纸上的问题，台上的严歌苓依然也是认真地答她所问。可惜已没人再有耐心听了。人群在动，要签名的急不可待要排队，路远的急着去赶车，工作人员不得不提高声音维持秩序。

二、书评

医者心路历程的艺术升华
——读小说《硬刀子 软刀子》

  翻着散发油墨香气的书，那赭红色封面，最上方有一行白色小字：谨以此书献给伟大祖国60年大庆。衔嵌着这行字的，是一盏锈色的无影灯，灯下的书名，仿佛是照着生与死的芸芸众生。"医生有话要说"六个白色字，从容干练，理性陈述。而"硬刀子软刀子"六个黑字，却是大小起伏，凹凸动感，错落有致。左下方黄泥色中竖排着：一个医生需要有爱心更需要有良心。这本细微处，透着对患者的爱心和良心；缝隙间，挺起医者骨气和刚气的书；一下子就抓住了我的心。而"心囪 著"点睛的三字，放在书腰部之左，起着引领作用。

  这是一本需在心无杂念时，潜心而读的书！

  全书共六章：千里之行、一叶知秋、苦寒梅香、诺亚方舟、山重水复、海阔天空。一律四字的目录，提纲挈领。如同老一代骨外科医生，那种契合中国文人般的，从医为人恭谨严肃之风范。跟着作者的文笔，我们从20世纪30年代，随着因日本入侵而逃荒的人流，一直走到21世纪的当代。

  穿越民族的危亡，主人公在父亲从危难中获救的那一刻起，医生的形象，就撼动了少年的心："不当那种只会赚钱的医生，要成为受病人欢迎的医生。"成为"特有人情味，特受人尊敬"的医生。这个当年质朴的夙愿，要在漫漫一生的从医生涯中，保鲜不变质，须抵御行医道路上，一波又一波的风风雨雨：政治风潮的侵袭，经济浪潮的洗礼，职场上的争权夺利，为人父母人伦之情的取舍。

从第一次接诊，看不出病根，遭到病人漠视的窘态小医生，到被病人纪大夫长，纪大夫短，亲如一家人地叫不停。这之间有师父的引领和点拨，更有自己的领悟和摸索，还真花了不少工夫。休息时深入病人家里，感受病人的生活状态，切实地在站病人的角度去治病救人。这样的医者，怎不会受病人及其家属的欢迎呢？可惜，这样的好传统，现在是难见了。这最初的入行时就形成的"以病人为中心的思维体系——从病人的健康、家庭、生活、劳动考虑医疗，让病人得益"，医者思维，从那时就潜移默化地种植于心了。

　　小说以"我"的经历，加上同班同学田定的形象刻画，表现了一代医者与国家的命运一起跌宕起伏的人生轨迹。小说中的田定无论何种时局，何种风潮，无论自己"不识时务"地吃了多少苦头，做一个一心为病人的秉性正直的医生，一直是他心中不动摇的信念。退休后，他还是心系病人，走街串巷地随访那些低收入病人，用最经济的办法，解决病人的疾苦，最后不幸地染上了"非典"，孤独地离开了他挚爱的家人，离开了他热爱了一生的工作。这样的医生形象，是作者心目中理想的医生，也是老百姓盼望的医生。现实生活中，也确实存在这样的医生。可遗憾的是，这样的医生，其结局却有着几分凄凉，令人叹息。和田定相比，主人公纪大夫性格里，坚定中有些虚弱，坚持中有些迟钝，他和田定，这对医坛双馨，就像一朵并蒂莲，相辅相成，相映成趣，相得益彰。医疗的创新，因地制宜，不畏教条，在医疗队下乡的日子里，也得以形象生动地体现。他们一生行医的足迹，都播撒着医者的美德与芬芳。

　　围绕着田定与纪大夫周围，有他们的亲人、家人、恋人、妻子、儿女以及朋友、同事和病人。这一代人的生命成长，详略有别，栩栩如生。穿行在字里行间，与他们同呼吸共命运，读者不知不觉地被他们深深吸引：能干泼辣活泼的刘欣，期待与田定比翼齐飞，可在医疗队下乡中，被无情的洪水，夺去了她还没来得及品尝生命滋味的年轻生命。历经苦难的郁晨，在极其艰难困苦的生活环境里，依然有着一颗慈爱博大，呵护生命，尊重生命的心灵，她对女儿的调教，让纪大夫深受启发。头脑灵活的桑达，在恶劣的环境里，有着自己的生活智慧，不让自己步入生活的绝境。

　　他们的工作空间，从解放初期的北京城、"文革"的斗争场，到下乡的山里河岸、边塞荒凉的山岗和矿井，再到开放后的年代。如今，他们的医疗行为，却不得不与某些利益之上的同行，以及充斥着金钱利益的药商医械们角逐周旋。作者如手术刀似的笔触，将以魏家才等医生的医疗行为，速描勾勒，把另一种不关乎病人的思维，书中称之为"以医生为中心的思维体系——以医生的好恶、长短、利弊、得失考虑医疗，结果是医生得益"，一一剖析。

最让纪大夫真正发掘医生良心，懂得关爱病人，站在病人角度看病治病，莫过于当他自己成了病人，走出死亡之后的深刻体悟和自我诘问："难道医生不应该从心理上来缓解病人的恐惧吗？不应该积极设法合理减少病人在有生之年承受的苦痛吗？"

"认识的不同会导致完全不同的结果。医生很容易视自己为活神仙、救世主，自以为病人的命是他赐给的。久而久之，就养成了一种坏习惯：完全站在医生的位置，而极少站在病人的位置来决策治疗。几乎不去寻找、发现、调动和保护病人自身的积极因素，甚至会不自觉地破坏这些因素。滥用抗生素结果如何？抢救病人盲目大量输液结果如何？缺乏设计地暴力整复骨折结果如何？……"

在这自我诘问中，一个医生的爱心和良心得以突显。书中让人印象最深的是，面对突发的灾难中，对孤儿李栓儿的抢救。当时纪大夫的内心的感受和他不计后果的献血之举，以及直面濒临死亡孩子的眼神，那一刻的心灵震撼。纪大夫作为一个医者的灵魂，从中进一步地得到了升华。也让读者的心灵，为之震颤。

在作者眼里，那把伴随骨科医生一辈子的手术刀，对疾病，该是彻底清除的"硬刀子"；对病人，该是呵护爱惜，不轻易下手的"软刀子"。

这本书，是一位一生从医的老者，对自己百味人生的回顾和总结，更像是一把伸向医者灵魂深处，自我反思，自我剖析，除疾去痼的手术刀啊！

纵观今日医患关系，如何走出困境？书中以老一辈的骨科大夫，在繁忙的临床工作卸任后，对自己曾经医治过的病人，进行家庭回访，让病人深受感动和倍感温暖。此举也是作者站在医者自身的角度，所开出的一剂良方吧？如今，若是退休或社区医生能担任这一角色，我们那怀着赤子之心的老一辈骨科田大夫，也许就能在九泉之下，得以安息！

医疗改革，涉及国计民生，牵动政府和人民大众敏感的神经。医患关系，是其中一个灵敏的标杆，需要社会方方面面的努力。从我做起，书中老一代骨科医生，为我们作出了表率。

合上赭红色封底，简洁清丽的白色文字告诉我："这是一部小说，但又不仅仅是一部小说，它是哲学，是人生，是一代人成长的历史记录。"

本文刊登在 2009 年 4 月 16 日《健康报》6 版书苑中"书海观潮"栏首篇

后记：2008 年临近岁末的一个上午，十几年如一日，在工余时，把一生的心血写成《骨折诊治失误分析及对策》著作，正处于杀青阶段的骨科张根民老主任，把他欣然看完的 11 月份刚出版的他老师从北京邮寄来的一本小说《硬刀子软刀子——医生有话要说》

（安徽文艺出版社），带到了我手中。

这是北京积水潭医院骨科王亦璁教授（笔名"心囟"）心力之作。是老教授退休多年后完成的。作者王亦璁教授 1954 年毕业于北京大学医疗系。"文革"中历经磨难，于 1977 年返回北京积水潭医院，先后任副院长、研究所所长及北京医科大学兼职教授。

满眼悲怆
—— 读张洁的《无字》

这是一部女人的心灵独白。一位智性、感性、灵性的知识女性（作家）纵横时空，纵横灵与肉，纵横思想与情感，纵横祖孙三代女性的血与泪，真诚细腻、恣意汪洋、全景扫描，又直入骨髓、入木三分、跳跃式地镌镂着，这位女性之视角之感悟之思考之疑惑。

问苍天，苍天无眼：让世间美丽、柔弱、自尊、自爱，一腔深情，只为心中生死相托，恪守一生，至纯至真的男人，无怨无悔地付出所有——光阴、心血、真心、真情、体力、肉体，甚至尊严、人格、金钱、亲情等等的这样一位女性，因为爱情，在"水里煮三遍，日头里晒三遍，血里泡三遍"，让人读后，欲哭无泪，疼痛满心，却说不出，写不出啊！无法用文字来表达淋漓！字字句句虽能感同身受，作品渗透的情感却书写难尽……

悲剧的美，是把有价值的东西撕毁给人看。这经典的阐释多么精辟！爱情，这千古不朽的传说，到了人类的 21 世纪，对有文化、自立自强、有头脑、充满才华、成熟、有所成就的知识女性，只剩下这凄惨的标本吗？当然不是！可现实，也乐观不到哪儿去。这样的女人，除了掏心掏肺地爱，舍身忘我地付出，还要隐忍一次次的伤害，承受生活中的一切苦难！当然，这不是生活的全部，却是生活的存在。

墨荷、叶莲子、吴为这祖孙三代，如果说祖、母的悲剧是时代的产物，将一去不复返，那么，孙辈吴为的情感悲剧又说明了什么呢？因为距离美，话语和文字更容易自我营造偶像？因为零智商，对没有柴米油盐、吃喝拉撒的世俗日子，常会产生出纯美的精神渴慕？因为复杂的人性有着多方位的需求，尤其占社会主导地位的男性，对纯美的爱情渴求，却填不饱总有饥饿感的胃？抑或过去锻造出的钢铁男人，本来就造成人性的扭曲，长不成天然美感的葱郁树木？那么，追求吴为般纯美的爱情，有教养的知识女性，注定就会在这样历练的爱情里千疮百孔？

只有走出国度的第四代吴为的女儿禅月，才能"幸免于难"？那不是中国男人的悲哀？想必这不是作者的本意，却让人不能不深思！女权运动发源于西方，总让人怀疑矫枉过正。阴盛阳衰回归母系，怕也不妥。那么，如何寻求两性的平衡？该是人类思考的课题！

2005－08

读曹征路的《反贪指南》

主席台上的平顶头的曹老，给我留下，不苟言笑的一面之印象。作研班的首节课，又错过了，赶紧去找曹老的作品来读读吧。书丛中找来找去，只有一本《反贪指南》。

美女——娇艳的美妇，踩在金钱——四处散落的外币子上，提着高脚杯，玫瑰红轿车，也在她的脚底下，指着不知是死是活的红三鱼，斜视着夸张的，肥头肥脸的，成功男人。

这封面的感觉，是一部喜剧？荒诞的喜剧？

一半白一半黑，白底黑字，黑底白字：利欲炽燃，即是火坑；贪爱沉溺，便是苦海。一虑清静而烈焰成池，一念惊觉则返航登岸。中间《反贪指南》——（红字划开）从迷处识迷，在机里藏机；惊醒官场梦中梦，窥见红尘身外身。

封底，就是解读此书的一把钥匙吧？

14万字，十三章的篇幅。两个对手，一正一邪，从里到外，缓缓展开。打开屏风似的，在看一场场较量：贪官与反贪官，正面与反面，角色间的智能拔河。一人一次亮相，你依次看着，若走马灯似的，还真有点云里雾里。屏风的衔接处，是正面人物——反贪专案要人，下台后的局长，那一篇篇的专栏文章：古今中外，纵论贪污的起源，危害和治理。

顺着屏风往前走，你欲陷欲深，欲罢不能。

究竟小说中的头号人物，最初登场的肖建国市长，到底贪没贪？有没有问题呢？不仅是读者一头雾水，书中的办案人员，都疑惑了，态度改变了，甚至被他征服了。

其中疾恶如仇，冲锋在前的老胡，本要破釜沉舟，彻查档案找证据，谁知没两天，就被上面，指示得灰溜溜地，打道回府了。因女儿误入歧途，这个父亲解决不了现实中，女儿就业的问题，最后不得不向，以为是被冤枉的，审查中的，肖市长求援了。这样不费吹灰之力，女儿就获得了一份体面的工作；就连深谙官场的，办案统领王启明，也不得不叹服，肖市长对官场透彻观察，深刻真实的剖析，几次被他"真情"和"骨气"打动，对他动了恻隐之心，不仅反思起同道们的工作思路，更惶惑起贪污与反贪污的实际意义——真的越查越贪吗？

正是对人性深处的迷雾，深刻地探索，才是这本小说的魅力所在，才牢牢地抓住着读者的视线和心灵，才能让读者跟随作者，一起思考一起探求，涤荡灵魂，从人性的迷雾中走出来，看到人性深处的隐藏和深渊……

王启明的思索是生活中真实思索，是作者在生活中，对社会的认真思索和观察，有其真实的迷惑和彷徨；唯有如此，才是艺术的真实和深刻，是现实主义写作手法的内核所在；切入社会，来源于生活，而不是闭门造车，凭空幻想，脱离现实。

这样的作品，怎不会直入人心，撞击灵魂？

在肖市长，就要蒙混过关，还差点赢得办案人员的尊敬，读者几乎都要与王启明和他的专案组的同事们，解散赋闲起来。可就在这样的节骨眼上，案情突转了，读者的眼力和心绪也随之突转起来，而作品的情节，却在高潮处落幕了，让人意犹未尽，稍感突兀。

也许这就是作者的本意，或是其有意的峰回路转的创作手法？我不愿相信，这是作者的草率收尾。读者的突兀感，也许就是作者要的效果？

语言上，就是生活中的大白话，以及从大白话中的高度提炼，让你从中领悟和思索。有血有肉的人物，几个典型的细节，都让人有印象。

何娴的塑造，是作者对女性的一个理想吧？尤其是市场经济中的特区，这样的理想，即便有，能让白道黑道都喝彩，也是凤毛麟角吧？这只是知识分子的心中之仪吧？可悲的何娴，自己的爱情，也是个悲剧，把一腔柔情，执迷不悟地献给了，在感情上，也许也是个道貌岸然的伪君子。尽管肖似乎看起来，无不有让人动心动情之处，可是在私欲的骨子里，爱情在哪里？

在他生命的最后时刻，他心里，只有对传宗接代骨血的，惦念和悲悯。根本没有爱情的位置和影子。何娴，一身白衣的送行，就是个对自己，莫大的讽刺。她一直坚信肖没事的信念，是否连同她生活的信念，随着一声枪响，顷刻间，崩溃瓦解了呢？一身白衣，何不是为自己爱情送葬呢？

人性深处，最深最重最真的，就是血脉的绵延？只有血脉的绵延！爱情的分量，与之比较，轻得多，浅得多，假得多?！这一宗血脉，从来如此?！永远如此?！其比例至少占百分之九十九?！如此说来，何娴不必悲哀，随着那个不值得的躯体，一声消亡，擦干眼泪，重新上路，向前看。

《反贪指南》，读着读着，不禁拍案——深刻！到位！透彻！值得一读，还不时让我对比于，曾经轰动的报告文学《没有家园的灵魂》，印象不同的是，两个贪官的爱情不一样。后者银铛入狱，红颜仍相伴左右，让人唏嘘，五味打翻。

形形色色的人，形形色色的贪官，当然也有形形色色的爱情，即便贪官，也是人啦，只是这样的人，沉溺利欲，烧毁了一切。生命湮灭，还有其他吗？呜呼！

书名，从来都是作品的灵魂眼，是作者最花心思之处。

一本《反贪指南》，一个案例的来龙去脉，一群专案组与案犯周旋较量，是人与人的力量对峙，在"山重水复疑无路，柳暗花明又一村"中，迷雾渐开地道出了，"狐狸再狡猾，也逃不过好猎手啊！"

2010 – 03

蝶蝶飞舞向何方？
——宋唯唯的《花低蝶》印象

新世纪的文学天空，在未来华文版图上，"深军"以自己的姿态正在崛起。开拓者的亮相之作，吸引着中国文坛的目光。

杨黎光的报告文学，李南妮的自传散文，曹征路的现实力作，丁力的高速多产……不断刷新，岭南文学坐标，开创文学的新形象。

打工文学，独树一帜，开垦出深圳文学的新天地。吸引着一大批，本土或寻梦而来的青年，怀着对文学的热爱，躬身耕作。

在这盎然的春天，有只低飞的蝴蝶，带着"天籁般的文字"从我眼前飞过，不经意间，落在了我的心窗。清丽温婉，楚楚明媚，其人其文，相映互衬。

从广东鲁院文学班，到深大作家研究生班，唯唯，真如深圳文学春天里，那花丛中的一只蝴蝶，从我身边，翩跹而过。不想，课间交谈，地铁相遇，文网浏览，她的《花低蝶》，从彩蓝的封皮上，扑动着双翼，在午时小憩或晚间灯光里，像远方的精灵，又是那么自然而然地，飞了过来，轻落在，我的窗前。

未曾想到，唯唯冰清玉洁的文字，竟一下子，把我带进了，她的"栖月城"。让我跟着她笔下的主人翁——凄美，迷茫，带有几分神秘的秋蝶，执意地从她栖养半生之地，出走。感受着她别离时，穿行在冰冷刺骨的天地间，那份肃杀之气，裹挟笼罩着心身，从里到外，不寒而栗。

我以为，这些大概只是，一看而过的，一个文学文本的阅读场景。翻过了，合上了，从此就告别了。

谁知，偶然相逢的一个夜晚，与唯唯比肩走在华灯流彩的东门街头，突然，秋蝶，从我俩的谈论中，走出"栖月城"，来到了我们的面前，是那样清晰地可感可触。那一刻，我与唯唯，仿佛一同置身于"栖月城"中，沿着主人翁秋蝶的人生路线图，走在这个女人的命运里。

秋蝶的命运，是南方移民城里，许许多多移民中的一个。她的出走与到来，与许许多多，在改革开放时代背景下的，自发移民，有着某些相似性。性格即命运。从移民个体来看，出走者，与其说是个人命运的使然，不如说是个人性格，在特定时代条件里的必然。

诚然，如果没有社会开放的时代背景，哪会有自发的移民呢？个人怎么可能走得出去？就是走出去了，又能去到哪里呢？

曾有人对娜拉的出走，做过许多猜想和推测。秋蝶的出走，与当年娜拉出走，是否有类似性呢？这里不去就此比较和讨论，仅就同一国度，相同时代背景下的移民来说，秋蝶的特殊性，在于她移民后，以恬淡的心境，自食其力，自尊自立。即使在遇见了古先生之后，在许多人看起来，完全可以过上美满的夕阳生活，但秋蝶，再一次地舍弃了。若说上一次她的离去，是被婚姻家庭，逼得活不下去了，不能不走；那么这一次离去，秋蝶是要活出自己来！

在她生命中，她所要追求的，也许是她心中，多年来，越来越清晰的，那超凡脱俗的前世之恋？两次的离去，完成了秋蝶作为人，不仅仅是女人的生命成熟过程，而且是由蛹蜕而化为蝶的生命升华过程。这是否，也是作者唯唯的文学生命追求呢？或是唯唯，用文学来表达的她对生活的阐释和理解呢？

这部小说，从起笔的第一页，唯唯就用唯美的文字，极力营造出，一读就抓人，仿佛是不可抗拒的暗流。涌动着，秋蝶与道姑花息，那前世的缘分。那来自神秘的命运力量，所牵引的。这个江南水乡，恬静奇美的女子，心高气傲，绝世独立。被男子倾慕，被女子妒忌。她的美貌和气质，包括她对生活的追求，对服装选择，都不可避免地吸引着她周围人的目光。秋蝶与花息，生命之线的相交，是这部作品，区别于其他言情小说、移民小说、都市小说的一个标记。因而作者赋予作品，除了被人称道的"天籁"文字，清新的气质外，还有一种神秘不俗的色彩。

秋蝶的个人成长背景，作者未有交代，读者对她的性格成因是模糊的。秋蝶的个性特征，看起来是内向抑郁的。从家庭到社会，未能建立起良好的人际关系。她的感知，极度敏感。她容貌出众，气质天成，与她的自我精神，自成一体。几乎不与社会相联系和融通。因而秋蝶，也是孤立的，与社会隔绝的。她成年后没有形成，现代女性，应有的对社会的，抗压能力。

这与在狭窄闭塞环境生长的女孩子，有着几分精神相通，也有一定的代表性。走出那里，而出外"闯天下"，来到改革开放的前沿地带，秋蝶感受着形形色色人的生活之后，秋蝶内心，却是更加静谧起来。世俗的一切，都不能吸引并诱惑着她那颗，脱尘之心。

秋蝶出嫁后，走进夫家，成了婆婆姑子，她们原生态家庭，女人世界的感情侵入者，遭到更加地强烈的妒忌和排斥。她的新婚丈夫，原本是个家庭中，父母和姐妹们，百般宠爱的宝贝。起初，作为一个刚成年的青年男子，秋蝶的美貌，强烈地吸引着他，求偶中的热乎贴络，尚且有几分招惹人。当美人入怀，娶进家门，在他们的小空间里，缠绵之余，完全不懂成家的男人，与原生态家庭，该怎样断脐，又该怎样去维护和疼爱妻子，与妻子一起去适应角色的转变。大男子主义的优越感，潜伏遗留满身，上有老母疼（老父未提及），姐妹又是左右呵护拥戴。在单位任职，每天人模狗样地吆三喝四，自恋自私自傲，气球样膨胀。对新婚妻子秋蝶，从热到冷，再到凶狠残暴地毒打，快速地变脸，让秋蝶婚后，特别是做了母亲后的生活，暗无天日。不仅如此，这个在社会染缸浸泡出来的，对民生毫无体恤，抑或根本就是恶劣本性者，原形毕露了。这使秋蝶，"想到就恶心"，因而在夫家，感受不到半点爱意和温暖。在她生女儿时，痛彻骨头地感到，孩子的出生，乃是生命痛苦地延续，这样的心理背景，使她不肯配合接生婆，用劲宫缩分娩。眼看一尸两命，任何人不能挽救，幸好道姑赶到，一语破释："她是她的命，你是你的命……你若是执意坏了她的一条命，也是造了重孽啊！难道你要杀死一命吗？"这才梦醒于人世。女儿的出生，没能拯救秋蝶的命运，更是被剥夺了亲自抚养的母亲权力，从而让秋蝶，坠入了身心双倍的水火炼狱。

于是主人翁，不能不走了。作者的铺垫，顺理成章。秋蝶，首度出走了。

她出走的第一站，是去了道观庵。在未开放的国度，那里曾是，那些忍受不了不幸婚姻的女子，所找寻的人生最后的避难所。如此一来，她就落入了，道姑那看透世事的法眼里。与道姑结了缘。在这里，秋蝶得到了道姑的接纳，得到了，不用她多言，就能与道姑心灵的相契相通，她们彼此间，竟有着深刻的理解。所以，秋蝶在精神上，真实感到了，能与道姑，是相容相契的。这就不难理解，在秋蝶心里，即使是在尘世中，有了一片乐土——她再度出走后，来到的移民之城，在南方的都市街里，秋蝶有了朋友，又有了爱人，再来了骨肉（她长大成人的女儿的到来），虽再不是当初冰冷的"栖月城"，她那么孤寂无援，苦痛难熬，可是花息道姑，对于她，却还是，永远的召唤和向往。

这脱离凡俗的境界，是作者勾勒出的，类似异性爱情，却不同于异性之恋，比同性友情更美好的情谊吧？却也是，当今都市人，深层的精神追求？

作者塑造秋蝶的美，不仅是外在地刻画，更在精神上，气质上，用细节去营造，比如用她身边人来反衬。她丈夫姚仕良，在母亲和姐妹的宠爱下，不能平衡妻子与她们的关系，更不能体谅妻子在家的处境，结婚后，在两性的新鲜劲过后，就完全退化为，出生以来就享受不尽的温柔乡中，在不包括妻子的家庭女儿国里，他越来越像个软骨头，唯唯诺诺。把美丽的妻子，只当成摆设和对外的炫耀，根本没有关心和爱护，最后为了维护自家人的"尊严"，竟当全家人的面，把产后妻子，毒打得头破血流。他在外，执掌着权力，耀武扬威，催税，抓计划生育，他的狠招一套一套，能把人逼得没活路，不得不听从他的指使。这样所打造出的他的政绩，却一路飙升。这个虚伪、薄情、丑恶的男人形象，就从字里行间，跃然纸上。

秋蝶周围的环境，是琐碎与庸俗的。对美的追求不及，就去毁灭。正如姚仕良对老婆，心里的壁垒是：美人不用，就冷放在家里，憋死她，也好过与美人离婚。有美人在家，可时时处处在外炫耀，倒妨碍不了自己在外的寻花问柳。离婚是万万不可的，断不能肥了外人。跑了，找回来就毒打。秋蝶身边的众女人，嘴脸不清，却是帮凶——妖精该打，不打不解恨，谁叫你那么醒目呢？

女人，作为爱的化身，身兼女儿（孝）之爱，情爱，妻（性）爱，母爱，慈爱……。细说起来，秋蝶是欠缺的，似乎不食人间烟火。但她却有着"栖月城"的冰凌之美。也许这正是她的精神特质？也就昭示她命运的归宿？作者就是要营造一个，与谁也不一样的独特。用自己的妙笔，生出独具一格的"这一个"人物之花吧？

《花低蝶》只是作者起步的作品之一。她的获奖作品，该更有着称道之处吧？而她的《不与梦交往》，有着现代都市女性的痴情与沉醉。有人说她的言情技能，直追张爱玲。我有几分认可，尤其是她的文字。但自成一体，自有风格，才更是一个成熟作家的追求。

祝愿唯唯，在文学"深军"中，是一颗冉冉升起的新星，闪闪发光在深圳，乃至华文的文学艺术天空。

2010-03

与 6D 小说相遇之杂记

在 3D4D 电影流行的当下，杨争光几年前写了一本 6D 小说。你看看听听——用六面魔方的结构，为当代人的精神摄像！真是很潮很前卫的。

此小文不是评论，而是写写几年前，本人与这本小说相遇的情景，以及与小说作者相遇时的场景里的所思所感。

《少年张冲六章》这本小说，肯定是我阅读史上的一个特例。

小说名字很熟，内容很生。

作者呢，倒是，眼耳已观闻之。可为何生之内容？漏之作者大名杨争光之闪亮的履历呢？

电视连续剧《水浒》编剧之一，《激情燃烧的岁月》总策划。这不能不是大牌吧。

纳闷。

从报纸上的接触，肯定不止一次了。

少年，张冲，六章，隐约都有些印象，可偏偏写什么一片空白呢？

连载里，不只有评论吧？

这也许只能归结为阅读环境——时寂时嘈杂的门诊之地呀。有心无心地，打发时间聊且翻翻，必须得留着神，给上门来看病的人啦。

毕竟受制之所俸，不能不履之其责。这就是其因。

且自解吧。

此书拿到手时，是作者现场在讲座。迟到后入，有人递上，触之。谢谢声中顾不上翻。又忍不住要瞅瞅目录，前言，后记等。合上，且听作者道着：

学生围着，听真话还是假话？当然是真话。假话就不来了。与出版社的朋友们聊着，写什么？构思的是乡村少年的爱情，一定很浪漫，广，阔，天，地，呀，那不该是村上春树的专利。扬子江边，上海滩上，那摩肩接踵的人群间，也能叫谈恋爱？

写着聊着，初中高中的孩子，老师校长家长，哪个离得开考大学的话题？农村教育，当下乡村的孩子呀……

九年义务教育法，怎么执行的？谁来监督评估？

升学压力，升学率，无论城乡，都是学校的紧箍咒。不会读书的孩子怎么办？各有各的办法、招数。

…………

我的采访笔记记满了。五个月就写成了。书腰上说五年磨砺，那是广告语。（笑）

六面魔方，有人这么评说该小说的结构。

别　急　着　长　大……

作家在间有人（作家和文学院的研究生）提问的聊谈中，这句话，很清晰很顽强地钻进了我脑里。这脑子，已塞得满满的，进这屋前，还是一个上午，为自己的孩子，两年后要参加高考，在思考选专业，找老师指导（艺考）早做准备呢。与孩子、老师沟通协调，今后升学的目标。

身陷当今的教育体制中，自己的孩子刚刚走过叛逆期，以"个人成长"为心理咨询范围和专业发展目标，这本书，这个话题，又与作者面对面地坐着谈聊，神经，思维，在高速运转。可是，从有关的种种问题中，提炼一个出来，却很难明晰，脑中大大小小的问题太多了，旋转，运行在血液里……

十八岁，就是成人了，将来最低，总要自食其力吧？凭什么呢？成材？成人！没有学历，怎能入当今社会各行各业之大门呢？

还能去当流寇？

人生的责任，谁也推不掉，该扛的，早扛不比晚扛强吗？难道人的社会化和成人期，要无限地去拉长，二十？三十？还不能立起来吗？谁来养他们呢？长不大的孩子，不能在社会上立足的孩子，啃老到何时？

张冲啊，张冲，岂止是农村的孩子？城里，有一大堆呀。

那些来咨询的孩子和家长，求助于咨询师，若把他们的有问题，再推到有病之列，一生还有前程？还有快乐？

社会问题，体制问题，教育问题，文化问题，又岂是心理咨询，能全部担担得起之重之责的呢？还有生物遗传问题，一个人命运的问题……

就在这一团乱麻中，这六面魔方，在手里一页页地翻过——透视着张冲的6D电影呀，最新潮的精神摄像，父母，老师，同学，亲戚，自己，社会，我们看见了什么呢？

困境？人与社会的问题，缺陷？真实生存现实？

若因材施教，谁来教张冲呢？他是要做好汉的。可梁山水泊只在故纸堆里。文人所爱的形象，在现实社会中注定是会锒铛入狱。哪个父母不哀叹？

文学不逃避现实，直面人生！

与作者探讨？什么呢？

写作之道吧？

写剧本写小说，有着怎样的不同呢？

太不同了。不可替代。

剧本的写作中，要有画面构思，要有影像和声音的思维。这是点睛的启迪。几天过去了，脑子里渐浮出这个问题。真想好好问问作者——

"别急着长大"，与"穷人的孩子早当家"，在当今社会，该如何去解读呢？

2011

人与书或相映，花与水或在心
——林小染新作印象及其小说脉络随想

认识小染，得缘于盐田区作协成立。清水芙蓉，是她给人直接的外在第一印象。而这笔名，将90年代知晓的女作家——林白与陈染一合并，便落心记住了。

自标榜为好"色"之徒——对女性，尤甚。男性……是难以貌取人的，力量与才智方为评判。时代不同了，才貌双全的女性，越来越多。这养刁了人的口味。使女子跻身于世，难度大增。美女作家，频频涌现，国之时代特色也。《非诚勿扰》的台上，就曾坐过两位。

在深圳，见识作家本人，从文化甘霖降临"沙漠"以来，在读书月市民大讲堂，文博会，《晶报》报告会，中心书城周五之夜……真有不少机会。发烧友在凑热闹的"滋补"中，把自学中文以来，隐藏于心的，由书及人，由人及书，将书人互印的萌动，慢慢调理出来。对女作家作品，我则更为上心。而深圳本土作家，接触的机缘，是心趋之，缘相随，自然会更多些。在这远远近近的结识中，渐对"文如其人"有些疑惑了。

为什么写作？作家创作的目的不同，其文品，文风，文格，与文之人，来对应，不足而一，烟雾缭绕。人，多么复杂。显于外之文的精神世界，又怎不会多面？

所谓文品，文风，文格，只对"大家"，才有资格去评说吗？

读小说，有时，随意翻翻就被抓住，欲罢不能；有时有心去读，却不一定看得进去。这与读者的在读状态与环境，当然大有关系；而作者笔法笔力笔及，也莫不是主宰。

落花之意，流水之情。作者与读者，当有意随意刻意地表达，相遇着阅读的感觉感受与感知领会，往往就如进入此境。

文学的意蕴，文学的魅力与张力，大概如此吧？

小染写的是情感小说。几年来，红于网络，有"情感天后"之称。

新作《爱若重生——我们70后》，是她的第六部小说（之前的有在改编电视剧）。

这部小说，一入眼帘，就有别于她之前的五部。

蓝白相间的封面：底色是蓝色，从上到下，由浅变深，衬托纯白镂空旋转的凤凰飞翅，白色书腰插印其间，用不同字体，仿古式地从右到左，标识出书名、作者、简介、出版社。

打开扉页，起笔是老老实实的介绍人物：70年代的黎杨两家人，四个孩子，两对大人，因换子而发生了儿女间的相恋，开始了几十年的爱恨情仇的故事。文字质朴地写出个性鲜明的两代人，其命运发展轨迹，刻画了四对70年代人，在社会发展中的变迁与成长。而最让人有坐过山车之感的，是黎昕与杨帆，这对世人眼里不般配的，家人百般阻止极力拆开的，"天之骄子与脚底烂泥"百折千回之恋。

小说不断展示迭起的矛盾冲突，把复杂的人物关系，众多社会问题（包括家庭问题）和社会现象，浓缩为一个个社会的横截面，有如长卷一般徐徐打开：换子，少女叛逆，失学出走，教育失误，校园出租屋，三角恋，母女难容，婆媳之争，医患案件，入监支边，美容重生；贫贱夫妻恩爱图，发达之后婚外恋，独当一面女强人，无育空壳婚姻；演员与粉丝的婚恋，留守儿童，单亲失子，再婚困惑，破镜重圆；公务员考试，城管之痛，精神病人社会归宿，招亲与城市住房等等，随着人物成长和性格发展，自然平整地都连串起来，切入所涉及的社会不同层面。对两家四对年轻人情感发展的描写，多线索地驾驭，运用自如。根据情节的内在逻辑，和人物自身的个性发展，在故事走向中，又把堕落与救赎，醒悟与忏悔，勇敢与坚持，叛逆与回归，决绝与优柔等，这个中轴线上主要人物——黎昕（四四）与杨帆，俩人身上的特质，如影随形，互为因果地糅合进来。这对恋人，自出生起，因俩人的母亲在产房有意地调换，至各自人生发生了错位，之后俩人命运轨迹又巧合相逢相交，而演变成生死之恋。在历经许多变故与磨难后，直到人近中年，俩人半生的情感，终究如何呢？故事的结尾：希望尚在，结局无言。这挑战了传统的大团圆式皆大欢喜，顺应现代艺术的多义性，接应着生活的本来，从而拓展了读者想象的空间，增加了小说的意蕴。

小染会讲故事，善于描写各种细腻情感。环环相扣的情节，引人入胜，可读性强。特别值得一提的是，她很擅长在情节发展中，提炼出小染式的"名言"。有些"名言",读者不妨可看成人生的总结和指导——

家是一把椅子背,让你往后一靠不会落空。——《二婚》

人生的主线是无尽的苦难,串连着星星点点的快乐时光。它们像珍珠一样散发着温润的光芒,照亮星点之间的黯淡旅程。——《朝着幸福的方向》

人在失意的时候最容易被廉价的关怀打垮。——《爱若重生》

人生的目标是快乐,但婚姻不是快乐的唯一载体。——《危情魔方》

宽恕并不为原谅别人,而是为不再折磨自己。——《欲望号酒店》

更多的"名言",切合着故事主人情感状态;不仅如此,还是陷入情感漩涡"身在此山中"的男女,从感情胶着状态中抽离出来,让各自能理性地看待自身的清醒剂。不少"名言"对小说的情节发展,起到画龙点睛之功效。更是章节衔接和场景转换的好手法。对人物矛盾冲突,起到缓冲作用,使行文结构,张弛有度。

小染小说一章节一场景,冲突多,对话多,画面感强,的确适合拍剧。这些特长,从她的处女作《湿地》开始,就初见端倪了。自2005年起,小染一到两年就是一部小说,一路写下来,越来越成熟了。到了《爱若重生》,她的"名言"更有特色。恰如剧情旁白,又似一双穿透情感迷雾的慧眼。

因而出版社直接用这些"名言"来装点小说的封面和封底,真可谓相得益彰吧。

这里所说的"名言",书上称"精彩文摘"——

爱是最美的生命奇葩,总绽放在绝壁悬崖,只有勇气和坚持才能抵达!

(见《爱若重生》封面)

由此让人联想起,著名的俄国大作家托尔斯泰的经典名著《安娜·卡列尼娜》。那开篇第一句就是——幸福的家庭都是相似的,不幸的家庭各有各的不幸。这世界性的名言,是大作家对人间世相的高度概括,也是这部小说的凝练浓缩。

(小染是否由此而得以启示呢?)

有一种创作观认为:作家的观点,不应在小说中跳出来直接表达,不应做思想的传声筒(席勒语?)。而要隐藏在情节的后面,通过小说的人物来表现和表达,并由读者自己去发现去理解去阐释。如此说来,那么托翁这名言之说,以及小染的创作亮点,又该怎样来理解呢?或许,这是另一类创作流派的创作观吧?

小染笔下的情感世界,从商场到职场,领域涉及广泛:校园里的教师和学生,医院里的医生与患者,酒店里的员工与顾客,外企高层与销售,科研博士与研发人员……地域从湖湘小镇，江南矿区，到深圳商场，大都市北京。她的笔力所及，是大小城市广角镜中多个角落。显现出她生活积淀和文字驾驭的功底。

她的小说有从情感入手，一下子就把读者带入她笔下人物世界；也有让人物直接闯入读者视线，通过他们的活动，让读者不自主地跟随着，一同走进都市生活的深处。她着力塑造类型各异女性形象：有良善如菩萨，百折不挠地《朝着幸福的方向》不懈追求的鄢紫；有执着如斗士，能屈能伸如《爱若重生》的大妹和《二婚》里的沈小荻；神秘如魔《危情魔方》里匪气博士江澜和《爱若重生》中风尘烈女黎四小姐；《欲望号酒店》洪玥和颜又又，本如同乡姐妹，却蜕变为职场情感厮杀的对手。

初看小染的《朝着幸福的方向》与《二婚》时，不由让人想起曾经的热剧《金婚》和《蜗居》。沿着这条路子，小说改编成电视剧，是很符合国人电视迷的胃口，市场或真不发愁。感怀书中主人公对幸福执迷不悔的追求，无私无畏地奉献，打动着人心。仿佛回暖着都市里，两性间一些日益势利冷酷自私的心。与精于算计，热衷于三有一无——有房，有车，有存款，无父母，无子女的恨婚恨嫁男女相对比，或许是作者，是着意在现实画布上，涂上一抹追忆往昔的亮色吧？

如今荧屏上家庭剧穿越剧扎堆让人腻味。从家庭走向更广阔的天地，正期待着创作者独特新颖的视角，带给读者观众更好的精神美食。

小染起步网络，有庞大的读者群。时至今日，网络文学已走出网虫视线，进入主流文学殿堂。改编电视的，有大火大热的。通俗与高雅，在艺术领域或会转换，有时也界限分明的。用普罗之筐，装高雅之实，或许是众多写作者努力的一个方向，或许是文艺创作者，去追求的一个风格，力图树起的一个标杆？

张爱玲，不也是从通俗文学起步，从街谈巷弄开始写人物讲故事，高产大销量，从而日后成就为一代大家吗？

在此祝福小染——作品越来越好，读者越来越多！

2012 – 09

出尖拔节拓疆界
——王玉祥短篇小说集择选杂谈

文学是天窗，带领我们去看我们感知以外的世界；文学也是探测器，领航我们去看生活中我们看不到的人心与人性的演变图。

深圳文学打开的天窗，不仅让你看见过去、今天、明天生活在深圳的人里里外外，也不仅让你只看到本土广东的人文风景，奇妙之处，是能延伸到，各个移民作家的家乡风土人情：安徽的，江西的，湖南的，湖北的，山东的，陕西的，山西的……又随着移民海外，深圳文学版图，深圳作家的笔触，又扩充至海外了。

在王玉祥笔下，我们领略的是东北风情——

王玉祥短篇小说创作，短短几年，公务空隙间，已结集成册了——《爱是你我》。打开墨香，一股东北风，扑面而来。

这为深圳文学，增添了一道新风景。在深圳文学版图的一隅，涂上了新色彩。

这当然源于作者出身，东北吉林的老虎沟，童年感知发展中的风土人情，烙下了他个性成长的印记，成了日后写作的滋生地！

王玉祥30篇小说结集，短篇主打，后几篇为微型小说。

本文择选几篇，拉杂而谈——

小说《杀猪菜》（原名——故乡，看上去很美），后直接改为《杀猪菜》，真好比童年养成的妈妈的味道，忍不住地馋啊，不吃一口不过瘾似的。

作者通过对故乡的回忆与讲述，一幅纯美的东北（老虎沟）美丽图画，让人如临其境。视觉，听觉，味觉，甚至触觉，都亲历一般。真勾人欲往！

然而，这似乎只是记忆的美化。

是不是作者在现今都市生活中派生出来的，以此来对抗各种压力的减压期待？或者是中国乡土文学支脉走向的现代衍变？如是说，是基于作者的文学功底和出身。

20世纪80年代中国高校出来的文学才子，中国乡土文学的影响怎么可能绕得过去呢？滋养的土壤往往又会无形中契合着个人的经历，来孵化出个人的文学素养吧？若仅于此，或平俗了。等到大半辈子生活在深圳的公务员，真的回乡了，无论是肉体生病还是心灵上的失落和困惑，才是移民深圳人（抑或是

"凤凰人"——来自乡土的都市人）的共鸣吧？这种"水土不服"，有着自我认同的惊惑震撼！

土生土长的人，回到自己生长的土地，竟然水土不服了?!

心灵瞬间惊呼迸发，自我的失落和诘问又震撼着内心。

回不去的乡村，不正是中国当今移民的都市人共同的感受和普遍的乡愁吗?!

小说中的深圳公务员，在现实和想象（记忆加工）中不断穿梭，读者与作者主客观感受，一次次借助文字和鸣重叠，于是这篇艺术的小说，定格闪亮，凝固升华！

公务员视角，是王玉祥小说创作的独特之处！这在深圳文学中是不多见的。带着东北汉子气质，这篇小说的公务员形象，是深圳小说人物的一个新形象吧？或也是深圳小说创作的一个新视角？

作为读者，每次看完小说，总想问问，是什么契机让作者写出小说中的故事和人物呢？哪些是小说的原材料，哪些又是作者加工的"厨艺"呢？这很令人好奇。

在王玉祥的短篇小说集中，有几篇笔者有机会，过了一把探寻创作之谜的瘾（此瘾，乃是文学对本人最大的诱惑力吧?）。不仅如此，还走了个反向流程——即小说未成形之前，在作者谈小说构思中，就可以对兴趣点开问了。如此小说一出来，要一看究竟的阅读欲，就激发出来了。

他那篇获全国二等奖的《儿孙》，曾提前尝鲜——动笔之前，就听他讲过一个朋友的真实故事，很吊胃口，让人禁不住关心起主人翁的命运和结局。待到小说成品后再读，你不能不惊喜他的手艺！

《儿孙》中，作者塑造了一个深圳人的新形象——有情有义有担当的前妻刘小琳——在前夫再婚后，一对老夫少妻双双横遭车祸而亡，留下一个刚上小学的儿子。她挺身担当起抚养责任。从此这个形象，赫立在深圳文学，也是中国当代城市文学，小说人物的走廊里，最新近的时代艺术形象吧？

这次读《干掉王小帅》，可是品尝到了作者的"厨艺"。

原来这个东北大汉大块吃肉大碗喝酒的豪爽，不光是个性特征，还是他写作原材料的采集地（若你以健康为由来劝诫，都不免会语塞。好在他能把控。）。

这几篇小说中，都有喝酒的场景，信手拈来，毫不费力。与故事的情节发展和人物刻画融合在一起，也难舍难分，道具与道场般的紧密相连。

听到的，看到的，想到的，都拣到篮子里，按鲁迅的操刀拼摆法，再组合起一个个新故事，新人物，这些从王玉祥的笔下奇迹般地站起来，又钻进读者看到的文字里（以至于每次看到作者本人，不禁刮目相看）。

被害人王小帅，在现实中死去，又在小说里复活。从死不瞑目到灵魂安息，作者把他生前死后的世界——展现出来：

农家子弟高考落榜后来深圳餐馆打工，吃苦耐劳，勤勤恳恳，深得老板看重，后来发现商机，返回老家自己创业发展，与老板结成长期采销的生意伙伴。双赢的眼光自然成功不难，在一场本与他无关的借钱纠纷中，本着本乡本土都是同学的良善，自告奋勇地当了唐二牛延期偿还的担保人。谁料他回乡创业的成功，却挡了原本在村里一直当首富的杀猪佬李铁锤的道，让李忌恨在心。李首富的梦中情人又一直对他爱答不理的，却总进进出出王小帅的门。某天李酒醉，终于把王小帅给杀了。心里无数次的恨杀，在真实的酒后恍惚失误中成真。"扳机"的形成，折射反映出，现代社会中盲目攀比的人，心理扭曲迷乱，渐进生恨，欲置人于死地而后快的心理与行动的演变轨迹。

李铁锤可恨该毙！

唐二牛呢？对为自己担保的人不但没有半点感谢，还"拐子拜年就得一歪"，把所欠的债，直接就推到担保人王小帅的身上，还理直气壮地说，不是我请的，是他自己找上门的。直到王小帅被杀，他都再没露面。一切与他无关似的。

或有人会为唐二牛辩护，人性的懦弱怎能苛求？他说的也是实话呀——谁叫你王小帅处处逞能没事找事呢？

无声的妒贤嫉能不是一个大的社会场吗？从来都是枪打出头鸟！

这样的社会环境，好人还有得做吗？王小帅死得不怨吗？

现实社会中，好人难有好报，坏人触犯法律罪责难逃，而中间不好不坏的人如唐二牛，是不是由古训熏陶出来明哲保身失声的大多数呢？

他们真的就无可指责，无需反思？真的就让这样的"生活的本来"永远继续吗？

遵循现实主义的创作手法，这篇小说，作者竟是从一则法制报消息出发，安放进酒桌上听来的故事，联想现实社会，类似老人摔倒被扶遭讹，河中失落被救，却不承认不感谢等等现象，所构思提炼出来的故事和人物。

一路写来不动声色，创作者意图隐藏不露，只让笔下人物登场发声，完全由故事中人物按他自己的思路发展。这种隐含笔法，其实是将自己的观察与思考融入其中，领航读者探寻其中：狼人劣性与东郭先生被咬般的现代悲哀，其内核条纹怎样呢？用白描法挖掘人物与事件的发展线索，让读者扒开故事外壳，窥视到狼人李铁锤们和哀人唐二牛们，行动发展的内在机理究竟是如何的走向。

这就是小说艺术的魅力吧？你不是鱼却能知道鱼的想法，这不是一种创造吗？没有想象就没有文学创造，小说更是如此。

更深追踪与剖析，限于篇幅。

《墓地倩影》写的是墓地攻读托福的打工女孩，在深圳成才故事，励志但有些离奇。这个朝气蓬勃的女孩，来自内地，走向海外。红色性格，无往不胜。最终成为生活的强者，事业爱情双丰收。这是深圳真实现实的写照——深圳的成功女性，大有人在。更是作者对理想女性希冀吧？

叙述者的穿针引线，成了故事中的不可缺少的人物和情节的枢纽。从亲戚朋友的朋友那里，听来的故事，放在曾经的生活场景中，作者编织起来，浑然天成，匠心独运。

开放式的结尾，耐人寻味，埋下伏笔。这又是王玉祥小说的一个特点。可以接着往下写呢。没准哪一天捡起来，写下去，成了一个中篇，长篇。

几个南方深圳叙事，故事各异，人物不同，读起来却机理明晰，饶有情趣。人物情感线，穿插其中，俏皮生动，颇有画面感。语言间杂冷幽默或热幽默，贴合人物身份和背景。

不愿重复自己，是创作者最基本的追求吧？几篇的开头与结尾，各不相同，各具特色，值得一提——

《杀猪菜》，从幻觉开始，酒醉正酣，梦回故里，引出故事人物登场。结尾用都市现实耽误不得的重要理由，召唤着回乡的异乡人，迫不及待地往回赶。一场向往已久，津津乐道的回乡梦，戛然。失落又无言。

《干掉王小帅》引子：

我死了，但死不瞑目！我的灵魂无法安顿，至今四处游荡。

开头就上黑色（幽默），接着。死灵魂还发出牢骚。然后被迫只能自我介绍，说出被杀的来龙去脉。后记中，除了唐二牛，与我相关的人都各得其所了。（为什么唐二牛没有一点音讯呢？这样的人，依然隐藏在茫茫人海？集体无意识地噤声了？）李铁锤终于成了当地首例死刑犯（热幽默？反讽？）。

王小帅捐款修建的"帅桥"还在，王小帅创建的公司还在……尘世了了，我的灵魂可以安息了……静候来生（这也是个光明的尾巴？）！

《墓地倩影》题记：

墓地是人生的终点，但一个妙龄女郎却从这里出发，开启了自己的梦想之旅。

怕鬼人遇鬼了，惊悚间定要弄清楚：到底有没有鬼？故事轴渐次拉开，直至男女主人翁再相遇，相互倾诉探寻……

你说呢？

是"鬼"问人，也是作者问读者吧?!

30篇小说，王玉祥所讲的一个个新故事老歌谣，在现实与想象中穿梭。若你有兴趣，不妨打开一读！读一读深圳的东北人心路历程，读一读深圳公务员的工作生活，读一读东北人在深圳一步一个脚印的成长轨迹。

或许你会有新的发现……

在深圳文学的版图一隅，隐隐约约，一棵春天刚刚露出尖尖，破土而出的山中笋，沾着露珠，一节节地拔节上升，或在山地里，默默地开拓着自己的疆界。

2018

贴着地面的女性写作
——读俞莉的小说《我和你的世界》

20世纪90年代中国文坛涌现出了一批关注女性命运的女性作家。她们以特有的人生体验、独特的视角和极具个性化的叙述语言，创作了一批耐人寻味的女性题材的作品。这批女作家已经不再是脆弱的自恋主义者或痛苦的理想主义者，而是在性别意识的觉醒过程中表现中年女性的生活现状、生存困境与挣扎的过程。

读完俞莉的小说《我和你的世界》，女性写作这个概念，钻出了大脑。这大概是曾经的关注点积淀吧？在热播电视剧《小欢喜》的尾声，想起了俞莉，想做些交流。于是参加了她的讲座，得到了她的这本书。能与作家讨论所写的书，觉得是件有意思的事。只要有机会，就乐此不疲。而听大作家讲座，更是觉得有趣。因好奇作家，让我走近了作家圈。特别是当代作家，生活在同一个时空，他们写些什么，怎么写？总是让人兴趣盎然。

看完《小欢喜》，觉得最出彩的，是三位爸爸。一段时间以来，心理界有这样一种看法，在中国当今社会，不少的家庭，是"丧偶式的养育"——即孩子养育，父亲缺席。不是老人代养就是妈妈一个人独撑。《小欢喜》中的杨杨和英子，就是这两种情形。但在高考的关键时期，经过努力，后都得到改善。有人撰文大赞扬杨的区长爸爸，为了家庭申请退二线。而方一凡的爸爸，家里的调节器，顶梁柱的形象，暖了多少母子的心。后来失业了，当家庭妇男，到再就业，支撑家里两个孩子高考，这样的好男人还能找到第二个吗？宋卫东虽然婚变,但把女儿捧在手心,宠爱有加,最后回归了。面对现实,不能不说三位爸爸太理想了,个个都是好爸爸,也是好老公(宋卫东后来居上)。这给生活涂上暖色调。这是不是"往天上写"的手法呢?

对比俞莉小说中的两位爸爸,就是现实的写照——可是"贴着地面"的写作呢?无论能赚钱还是不能赚钱,爸爸在孩子的成长中一直缺席。两位妈妈,一位过度紧张,一位没有成长。两位孩子,最后高考,也不知情况如何?

俞莉的小说很好读,蛮抓人的,笔力老道。两条线索,两个家庭,跨度近20年,深圳与老家,穿梭跳跃,转换轻松自然,时代背景,在季节的演变中行走变化着,地域色彩鲜明对比。两个小家庭的发生发展,娓娓道来,波澜起伏,人物关系,人物发展,一环扣一环。叙事视角,夹杂期间,画面穿插扑面可感。

而女性的视角,女性的情绪,女性的思维方式,女性的性别意识,生存现状(焦海棠母女),从一开篇的生产场面的渲染,到中间几次生活困境中的挣扎,这些都表现出女性写作的明显特征。阅读中有如邻家故事般真实可感,闺蜜般的叙述,或许正中女性阅读的口味吧?

最后的亮点是,两位孩子留下的信。视野与境界的高下可见。孩子与大人的两个世界可见。不同的环境,不同的家庭,带给孩子的影响可见。

妈妈娴淑与文雅,有人写专文赞赏,我很同意。她一个人走进医院,真让人心疼。在生死关头,她心里还只考虑丈夫和儿子,让人肃然起敬。

一种被指称为"个人化"和"私人化"的女性写作堂堂正正地走进了文坛,她们对女性经验和女性心理全方位敞开,对个人的生存体验和生命体验的书写,对个体欲望的书写达到了前所未有的境地。

女性写作在"她世纪"的舞台上将如何优美地舞蹈?笔者认为,真正意义上的写作应是以人为本的人文关怀写作,女性写作同样不能忘记这种写作的本质追求。新世纪的女性写作应当在反思和创造中,开拓出具有东方特色的文学风采,才能在文学史上留下她美丽的身影。

我们为什么写作?为什么阅读?各自有各自的回答。文学从诞生到今天,有多少流派与主义?

在电视剧《小欢喜》的热播尾声中,我打开了散着油墨香的俞莉小说《我和你的世界》。181000字,在一个黄昏与一个清晨里,与书中两位闺蜜,一起跨越了跨世纪的20载。深皖两地,穿插行笔,风土人情与人物发展,紧紧地抓住了目光。掩卷之后,内心的沉重感,如鲠在喉。

落幕的《小欢喜》受到热议。隔了两天的大结局,让人内心安稳。曾紧揪的情绪也随之平复了。而《我和你的世界》中两个家庭,两个孩子的命运,将如何呢？

作为读者，我不得而知。或可以推测？作为作者，是否知道呢？如果有原型，作者应该知道，但作者没有告诉读者。

把现实呈现出来，不给答案，留给读者思考。这难道不是一种引人思考的写作方法吗？

沉闷闷的心，自问自答。

俞莉说，写作是修行。而我常常把阅读（包括看电视电影）当作引领。在阅读与观赏中，希望作品能引领我，跳出所在的现实，给心以光。

因而常常把作品当作指路明灯，于是渐以此引发起阅读的挑剔与写作的羁绊和桎梏。

写作，是选材架构，展示眼界，表达独特见地，抒怀在场经验……

阅读呢？是心灵共鸣，眺望远方，深究与探测人心，观览他者人生经历……

而写作与阅读，又常常是文学者的双足与双翼。生活在生活中，以现实为支点，形成此起彼伏的跷跷板。

2019

林小染新作《珠翠密码》读前读后

青少年时期看小说被视为不务正业（现在职途，也依然如此）。"学好数理化，走遍天下都不怕"的口号是师长们的警钟训言。由此或被封存了一颗内心的种子？好在青春期恰逢新时期春风，情窦初开迷惑不解之际，闲暇时只有一头扎进一夜盛开的种种期刊和触手可及的名著，碰撞解渴是那个年代军营中唯一的际遇与选择吧？

终归有限。除了时间和需终生学习的职业，不是翻翻不了了之，就是一吸引就非得不看完不放手。这样的习惯弄得现在看大部头越来越少了。眼睛受不了，身体也抗议。于是就流于浅阅读了，有了微信一目十行变本加厉。想看的就揽入掌指间，有意思的收藏抽空细读或分享朋友圈。

而小染的新作就不一样了。

前奏长，口味吊得高——朋友圈里她偶露峥嵘。出版前的封面设计几个样稿发出来征求意见。前五部小说，她讲故事的能力已垫了底。

这是一次突围过往，突破题材，突出悬疑的"三突"之作呢！

喜欢挑战的人总是挑战自己。

游历美日。禅院修学。PK 游泳。回乡扶贫读书郎。在儿子老爸老公之间承当自己的角色。穿梭深圳湖南广州北京。巴沙潜水。不断练就鉴赏翡翠玉石的火眼。不时还看看风水。《琅琊榜》热追热捧，探究甄嬛芈月制作以及悬疑神秘事件。珠宝网店不断创新。

眼花了吧？这是一个怎样的女子？

花容月貌。不喜言谈社交。

与热衷亮相签名合影的反差很大。

于是，不忍屏幕浏览未出版前的样稿。不会在空隙间随意翻翻。专门找出无干扰的时间细细品读。秋夜阅毕，走出海边，把书中的人物场景与作者不断转换。

这岂止是友情阅读？

脑心交战间，发出上帝之作与作家之作之"天问"。

（原打算以此做此篇之题，开篇却变成了个人阅读史了，打住）

咫尺微信，语音互动。

那一夜，已逝。

之后，福建之行（同学＋战友首度榕城聚，故地南平重游会故人，漳泉闽南行）；回来恰逢岁末，入冬以来周围的几个新楼相继开盘，打算换房之心蠢蠢，无奈房价骤飙翻倍，只有落荒而逃；空档蹁然，忽然贸然地就奔赴了光明，参加广东非虚构作研班学习；习毕冷雾浓霾中，几次纠结去不去趟北京，为爱女首度帝都主演的舞台剧祝贺？

终还是因天气和身体原因放弃。

一晃年底。

小染，欠账了。

三年蛰伏，三月挥就，三月又三月地打磨修改，2015 年盛夏完稿。读过林小染的小说的，这部《珠翠密码》一定让你刮目相看。

前五部主人公都是女性，叙述的视角也是女性，故事内容也是女儿事。而这部却是男人视角，男人叙述，男人的厮杀与角斗，场景广阔。绝对是挑战了作者自己。

虽然女作家以男性视角叙事比如张欣，男作家以女性视角行文比如毕飞宇，都有先例，但小染的首次改变视角和叙事，且裹挟着案中案，迷中迷，悬中悬手法，无疑难度加大。

阅读时若不专心致志，人物与情节的发展，会让人迷糊不清的。可想作者写作时的编辑铺排，怎不格外烧脑费神呢？都说挑战突破自己最难，读者可是能领教?!

如今读后又搁下几月再去翻看，主要人物还是比较清晰而次要人物却已模糊了，人物之间情节发展，故事的来龙去脉不甚了了，又得去重新读啊?!

（据说有人读后觉得有《玉观音》的影子，而本人未读过《玉观音》无此感）。

小染的写作风格，以警句为串联情节的珠子——每个自然章节的首句，依然是联接情节句眼。是上个故事的总结，也是下个故事的开启，转换痕迹似有若无。这是染式手法，留有染式痕迹。语言接地气，符合人物又有自己独特的提炼，也是染式一贯特色。故事场景转换频繁，带入现场感强，因而拍摄性也强，这是小染小说，起步就立足并欲意靠向影视方向的追求吧？也是能够被购买签约编剧拍剧的吸引力吧？不是所有的小说都能拍成影像的，其中场景与故事人物的现场感，当是取舍的直接因素吧？

上帝之作与作家之作，感慨的是时代的变迁中，人的命运的无常与作家刻意的编排。生活中的剧情，有时以谁也想不到的方式，发生，转变，终结，其内在究竟有没有逻辑性，也是仁者见仁智者见者吧？而作家的小说，其人物情节故事的发生发展，一定是按照作家可驾驭的脉络去走向？这源于生活，杂合于生活，有的高于，有的未必高于生活的纸上或网上的人生，受制于作家个人的眼界及其个性特征。其高下在有见识的目光中，一定有自己的分辨。

而文学中小说的意义也是莫衷一是的。

每个作家创作的意向与追求，让小说的世界异彩纷呈。与读者相遇的方式或多或少影响着判断与感受吧。这是个隐秘又坦诚的交流，灵魂与灵魂的碰撞的样子各不相同，奇彩万象。彼此陌生或熟识，事先的预期，完全随意等等都影响读感。

为什么写与为什么读的相遇景象，千奇百怪。精神世界的相通与相异，感悟与诧异，也有着文学世界的气象与风景。

因读小说而去认识作家，或认识了作家之后再去读小说。真是一个挺有意思的事情。虚虚实实，真真假假的印证，猜想，对话，交流：有反差的——文与人完全不是一回事；有吻合的——即所谓文如其人，不足而一。这是不是当今文坛文事活跃的一大原因呢？作家开讲，有时不亚于明星呢？水泄不通，蜂拥而至的人们，都不满于"只吃蛋不找鸡"的单项获取吧？钱钟书钱老当年的避舍，今天不知还行不行？

文学会死吗？每当看到这个场面，你就肯定会说，死的一定是文学盲。当然级别不同，作品的影响力与分量不同，读者热衷的程度肯定差异很大。再由不同人给出不同的感思和评论，并不限于评论家。这时就连大名鼎鼎的作家，有时也不会不在乎吧？就像演员演出，谁不希望爆场呢？经济因素不说，心里的幸福与满足感，谁做谁知道。此时创作时的铁板凳与寒窗之苦又算得了什么呢？

　　作家真是个很奇幻的物种。大千世界百样人等，一支笔一叠纸（现在很少了），一台电脑一个世界。作家把自己历见过未历见过的世界和人生，用文字编织出来，成就一本书。从此这本书就活着一个世界一群人。堂皇地亮在书店，或放在某个图书馆的角落，等待相遇的眼睛和心灵，让她满血复活。有幸的还跑进荧幕，影幕，舞台。一遍遍地重生，复活迷倒了，治疗着多少人，多少代，多少年呢？！

　　是不是所有的文化产品都有这个特性呢？

　　我总好奇，作家为什么写呢？

　　答案——太纷纭了。

　　此乃诱我入"歧途"之缘由？

　　这里若把作家换成诗人，有相同的有不同的。类似的情形谁说没有呢？

　　至于小染这部具有"三突"特征——自我突围，题材突破，悬疑突出的新作《珠翠密码》，读者朋友，还是您自己读后亲自来感受和评判吧！

　　期待您的参与与交流！

2016

三、文论及其他

人性·女性·文学
——透视萧红小说创作视角

萧红在不到十年的创作生涯中，留下了大量风格各异，具有自己鲜明特色的文学作品，其中以小说最为著称。它们独特地反映了作者所处的时代及她生长的地域中鲜为人知的人和事。

萧红选择的那些人和事，她小说创作前后期风格的探索，与她自身经历的跌宕起伏，都给后人留下许多思考。

一、人性主题与批判视角及儿童视角

人性，是文学创作永恒的主题和开掘不完的宝库。任何作家都不能不思考，并力图表现人性问题。所不同的是，各自选择的切入视角、表现方式、挖掘程度有所差异。

在萧红的小说中，她在人性问题上，主要是表现20世纪二三十年代，她所生活的东北农村，在封建制度和封建传统文化浸润下，民众的意识形态，行为方式，所显露出的动物性和惰性。萧红是十分坚执地从这个角度来展示人性的。

从《生死场》到《呼兰河传》，萧红小说一个显著的特点是：以"批判视角""对准人类的愚昧"。（1）在这两部分代表萧红前后期创作特色的小说里，萧红站在历史反思的高度，冷静客观地描述乡土人众，动物般的"忙着生，忙着死"在自然轮回的生命状态及在"乡土自律文化禁锢下，臣服自然，依附自然的国民群体"。(2)是个"无主名，无意识的杀人团"。(3)由此，让我们看到一幕幕触目惊心的场面：王婆、金枝、月英、小团圆媳妇们是怎样遭受非人的折磨，有的还死于非命。这让人不能不联想起鲁迅笔下祥林嫂的生命精神，是如何被封建遗毒一点一点地吞噬，最终被夺去生命的控诉。

这个"批判视角"是萧红观照社会、观照人生的切入点，是萧红自觉选择的创作视角。正是这个选择，让萧红崛起在中国20世纪30年代文坛，并且独树一帜，得到了鲁迅首肯和推荐，被普遍认为是继承了鲁迅现实主义创作精神，加入了"国民性改造"的行列。也是这个选择，表明了萧红文学创作的深刻意义和文学价值，奠定了她在中国现代文学史上，尤其是女性文学方面的地位。

如果说，人性是人的自然属性与社会属性的综合体现，是人的理性与感性的统一，那么，人性不可否认地会被打上时代（即人类进程中每个不同时期）的烙印，而且会不可避免地受到个体人所生活的自然与社会环境的影响。文学的魅力便在于反映普遍人性在不同个体人身上迥然各异的表现。要把纵横深浅、方方面面、各个角落的人性，用文学作品集中地、形象地表现出来的作家，因各自背景不同，对人性的思考和表现，显然有着自己的特点。

能否说，男女作家在刻画人性的深度与广度上有着性别差异？我认为，一般来说，男作家的笔触大多伸向更广阔的社会领域，这是由男性承担更多社会角色而决定的；而女性，就说自觉走向文学，在中国也是20世纪之初的事，女性从家庭艰难地走向社会，对社会更为直接的感受更多的还是情感生活，对人性的透视更多的还是从人的家庭角色出发，尽管这个角度可以更为真实地反映人性的本质，但毕竟是较男性活动和表现领域狭窄。这从20世纪初女性文学崛起以来，一批批女作家的作品中可以窥见。

然而，读萧红的作品给人的感觉却不是这样。杨义说她有"善于把女性的纤细感受和不一定属于女性的雄雄赫赫的胸襟结合在一起的艺术才华。"(4)而在《浮出历史地表》一书里，萧红被放在20世纪上半叶异彩纷呈的女作家中，被研究者称为："大智勇者的探寻"。(5)的确，在萧红笔下，几乎读不到似乎只属于女人的，对个人生活的低吟浅唱。我们从她起笔的《王阿嫂之死》到搁笔（应该是绝笔）的《小城三月》，看到的是她"敢于正视淋漓的鲜血，直面惨淡的人生"（鲁迅语）。她写贫困，写饥饿，写疾病，写人民所承受的种种灾祸，展现出一幅幅惊心动魄的人生图景，不仅如此，她的笔锋还向着社会生活的深处，向着民族灵魂深处，去探索，去开掘，去剖析，剖析人们灵魂中那种传统的可怕惰性力量（这种惰性，至今还制约着落后地区社会发展，因而可以说仍有现实意义），继鲁迅之后，再一次"画出这样沉默的国民灵魂"。萧红是一位卓越的精神界之战士，因此，说她的"批判视角"是非女性的，是首先作为独立的"人"的视角，并不为过吧？

萧红是伴随"五·四"文化思潮而成长的。"人"的意识的觉醒是那个时代兴起的文学主题，它的精神内涵是人道主义和个性解放思想。萧红正是以尊重生命的人道主义精神作为创作的出发点，写出宗法社会由于不尊重人（尤其是女人）的生命价值而发生的生命悲剧，和愚昧、麻木的灵魂在物化世界中的生存状态。(6) 那样的状态简直就是人性的萎缩和堕落。人道主义是闪耀着人性光辉的一面旗帜。萧红透过现实的阴霾和泥沼，人性之光，让她对未来怀着"永久的憧憬和追求"。(7) 她渴望着人性的复归，向往着人性的美善。

于是，萧红观照生活的视点及创作的视角开始移动。在小说《手》《家族以外的人》《山下》《后花园》中，我们不难看到王亚明、有二伯、林姑娘、冯二成子等人的内心的渴望和追求，那是作为一个人应有的追求呀！人性的善美在萧红笔下是以"儿童视角"来观照的。几千年封建意识浸润下的人性如黑土地一般厚重，只有孩子的心灵是纯净的，在"孩子"眼里，后花园是块精神乐土。"五月开花，六月结果子，黄瓜、茄子、大芸豆、西红柿爬到墙头上去，一边结着果，一边攀着窗棂往高处伸张，好像彼此学着样，一个跟一个都爬上窗子来了……"(8) 还有"蝴蝶飞、蜻蜓飞、螳螂跳、蚂蚱跳……"(9) 那里没有痛苦，只有欢乐，有慈爱的祖父呵护和抚慰，让人不去看那一望就恐惧的黑乎乎的"东二街大泥坑"，想看又不敢看的"大金山、大银山似的扎彩铺子"，和香火缭绕"跳大神、娘娘庙"，还有神神秘秘的跳河灯、嘈杂纷乱野台子戏……这些让人"开始读时，有轻松之感"（矛盾语），透过字里行间，你分明看到了一双明澈的大眼睛，在注视着呼兰河小城一幅幅特有的社会风俗和自然景观。这双眼睛是属于萧红自己的眼睛，一个小女孩的眼睛。这"儿童视角"凝聚并糅合了萧红那富有艺术才华的"画家视角"和成熟冷峻的"回忆视角"，让我们从这些相互交叉的视线里，看到那片土地演绎着一幕幕悲剧，"心头就会一点一点地沉重起来"（矛盾语）。其实，萧红写下大自然的新奇与美丽，是用来反衬现实的陈旧与丑陋。

与"儿童视角"形成对照的是，萧红创作最重要也是最突出的视角即"女性视角"。

二、女性命运，女性视角与回忆视角

作为拥有女性身份的作家，决定萧红选择"女性视角"进行创作的必然性。应该说，萧红在诸多人生体验中，感受最深、体会最切，当是她作为女性的经验。因而使萧红站在女性立场，以女性笔致，探寻在半封建半殖民地东北农村女性生存状态、生命价值和悲惨命运的根源，几乎成了她创作的使命。也成了她对人生道路的抉择，即坚守自己，不盲从随流。萧红以女性历史洞察力，看到乡土贫穷众人，尤其是女人，是如何生存的。那样的乡土生活，是什么造成的呢？是由最普遍，最落后的历史惰力所致。在这里，"女性视角"渗透着"批评视角"，因此，萧红被鲁迅认为是现代女作家中"最有前途的作家"。

萧红可贵之处，在于她成名之后保持清醒，向自身熟悉的题材回归，去写自己最熟悉的黑土地及黑土地上的人群，特别是女人。那里的女人，性别角色带来的只是痛苦，特别是生育的痛苦，被描写得触目惊心，血淋淋的。萧红把那里的女人不被当成人，女人近乎等同于动物，被视为奴隶的奴隶，连起码的生存保障也得不到那样的社会现实揭露无遗。那里的女人在封建文化意识的毒害下，不但没有最基本的生存权利，更可悲的是她们身上自甘的惰性，根本没有觉醒的意识。即使像翠姨、王大姐两个异类，有一点点自我意识的萌动或稍许"出格"之举，也撞不过封建社会的铜墙铁壁，只落得香消玉殒。

有人说，萧红的全部作品都"贯穿了从女性经验出发来探讨国民性真相的努力。"（10）这里的"探讨国民真相的努力"正是萧红小说创作区别于同时代女作家的一个根本点。

比如丁玲的作品，多反映具有自我意识的现代女性的精神痛苦，其悲剧带有鲜明的时代色彩，借以体现个性解放的思想；（1）而张爱玲描写的主要是现代都市女性，即沪港社会没落贵族小姐、少奶奶们所具有充满疮痍般的感情生活，而且她们个个都清醒地意识到自己生存的困境，却无奈地挣扎在心狱的煎熬中，让人性被践踏，被扭曲。（2）相比之下，萧红的小说重在反映传统妇女生活的艰辛。悲剧带有强烈的文化意味，她主要描写闭塞的农村，生活在最底层的妇女，充满屈辱，蝼蚁不如的生，几近麻木、受尽折磨与摧残的死。这三位同时代各具代表性的女作家，都关注妇女的命运，但各自的视角和关注领域是各不相同的，各有着自己的特点，彼此不易被混淆。

萧红的"女性视角"最有自己的特色：小说中有她前期生活实录如《广告副手》《弃儿》等，也有她以"回忆视角"回望童年的故乡。萧红对童年充满感性观察和体悟，当她经历命运磨难，走在人生漂泊途中，她创作题材的情感系统和观察视角又离不开童年生活经历。在童年话语背后，潜伏着理性的声音。这是处于战争年代的流亡生活的作家对现实状态的心灵投射，也是作家超越生命价值的显现。以"回忆视角"可以与笔下人物距离更远，特别是在《呼兰河传》，明确以第一人称为视角，以矜持、冷峻、犀利笔锋带领读者走进萧红视线，这视点从《生死场》变成更凝重的"梦回呼兰"的历史焦点。在"回忆视角"里，有用儿童独特的视角，描绘出艺术境界的如诗如画，天真率直；又有用女性忧郁视角写世界，满纸透着人生苍凉感；并打破了怀乡作品描写惯例和优美境界，从中流露出萧红的审美意识：重色彩，轻线条，以点、面、线结合，写场面，写事件，写人物，以散文笔法写小说。这些分明是带有萧红个人特质的艺术手法。

萧红"女性视角"在她最后遗篇《马伯乐》中，更加显示了她女性宽广的视界：风格更倾向讽刺和夸张之幽默，更加坚守自己的性别经验。是以"女性视角"写一个逃难中的男人彻底消解了常言形容的大丈夫果断、顽强等精神特质。这让我们从性别入手，看到马伯乐作为文化游民的精神状态——即精神失败法（这于鲁迅先生塑造的典型形象阿Q的"精神胜利法"相对照，可以看到萧红的探寻和努力），此乃萧红对现代中国人性格缺陷的，一个深刻独特的发现。

三、文学，生命之路与女性写作

女性与文学的关系，自20世纪以来，尤其在人类跨入21世纪时，已越来越密切了。对女性的写作，研究者们有以下几种认识："一是生存需要；二是女性经验的打捞；三是女性生命的阐释，是谛视生命律动，体认生命价值的过程；四是女性自我精神价值的确定方式。（3）从这四方面来看，萧红的写作几乎囊括了这四种因素。许多现代乃至当代女作家的写作不都类同如此么？文学，提升了女性之人性。

萧红的人生之路几乎与她的文学之路重叠在一起。这是个特例，因而表明了萧红创作的独特性。20世纪30年代的萧红，一个与"五四"精神一同成长的东北黑土地上的现代青年，首先她是作为一个"人"长大了，她一直用自己的眼睛关注着现实生活和生长的世界，那个她睁开眼睛就看到的，天天耳朵听到的，伸出手就能触摸的世界，是个"春风不度玉门关"的世界。人为什么活着？人就如此活着吗？二十二岁的萧红已不能不思考了。因为她也不可能避免地有着屈辱的经历，她如许多周围女性一样，早已历经沧桑。尽管她生在并不贫穷的家庭，父亲还是个革新派校长，但她却也不能自由呼吸新鲜空气，不能在阳光下幸福地成长。为了上学，她要去抗争。人性的善与恶，美与丑，早已烙在她年幼的心坎上。不幸的萧红，幸运地走进了文学天地。在这个天地里，她看到了另一个有别于现实的世界，在这个新奇的世界里，她阅读，她写作，她交流，她思考，在古今中外名著中徜徉，她看到了文学海洋里，翻动着思想的浪花。于是，萧红用自己的目光和手中笔，也开始关注和表现那些生活在她周围的，活生生的人和事。她决不让自己也同那些人一样，混沌而糊涂地活着。

批判源于否定，不认同的否定是追求的开始。文学对萧红的生命历程有着特殊意义：在她生命陷入绝境时，是文学挽救了她，正是因她文学上的才情，让前来搭救的萧军眼睛一亮，并决心以生命搭救她。从此，她与萧军一同"跋涉"在文学之旅。后来他俩幸运地得了鲁迅的指点、推荐（之后尽管"二萧"分手，但这段经历，对萧红前期乃至整个创作的影响，是不可否认的）。萧红的生命和艺术才华也从此得到了提升。对她来说，创作就是生命的存在方式。在她生命的后期，她执着地选择了不同于主流文化的创作道路，更显示了她的胆略和勇气，更成熟了她在文学上的自我追求即超越自我。

一个作家为什么写？写什么？怎样写？都带有自己鲜明特点。萧红的性别、身份、经历、所受教育及所处地域文化背景，都给她的创作，烙下了明显的个人痕迹，再加上作家艺术上的不断探索与深化，终使她在中国现代女作家中独树一帜。

萧红的艺术生命是永远的。

2000

一场及时雨
——深圳首届鲁迅文学院创作研修班学习笔记

几年前，一个偶然机遇，让我在深圳春天里，与文学有了意外的邂逅。这场及时雨，一直滋润着在这片热土上，一颗颗对文学热忱的心。以下是当时课堂笔记。

当老鲁院的学长，对我们讲述，当年他们学习的艰苦，和他们那代人，尔后在文坛的崛起，我才改变了，写作，做文学，是无师自通的认识。百年之修的缘分，在文明、友谊、平安、创意的希望中，我逐渐打消了当初的犹疑。

首场开讲的白描院长，从文坛陕军三杰——路遥、贾平凹、陈忠实的生长地域和个人特质分析，到他们接二连三地从中国文坛崛起之成因的解析，给我们展示了一些珍贵的黄土人文图片，揭秘大作家们写作实情，讲解了五大创作要素：深度感情体验，勤奋创作训练，诚实的劳作态度，丰厚的美学修养，强烈的超越意识。提出了文学的终极较量是：基本功，才情和人格。"文学作品是什么？就是从作家人格之树上，生长出来的叶子和花朵。"这不仅为我们个体创作指明了方向，对当今中国文学的发展，也是具有极其重要的启示。

苏童，聊天式的讲述，让我们知道了，创作中篇幅的长短，是随叙事内容而定的。叙事手法只有简单，做减法，才是最有效的。写作中要警惕，感觉很爽的奔流。苏童在古今中外名著中穿行采撷，把只有作家本人才写得出的细节，如福楼拜的"长剑入鞘"，"马笼头"主人的辛酸，挑选出来供我们细品，强调叙事中的独特细节。作家与生活是鱼水关系吗？苏童认为，作家是海鸟，应飞行在生活的水面之上。文字的姿态，有流淌的，也有跳跃的，最要拿捏好的是分寸感。对话中的苏童，要求零距离地与我们坐在一起，大家提问非常踊跃。

批评家雷达老师，首先为我们梳理了中国三十年文学发展脉络，成就与问题一一指出。创作与阅读的审美经验，通过作家的作品道出各自特色，提醒我们在创作中该注意的问题。

可爱的老前辈程贤章老人，告诉我们如何"收藏人物"，才能写出活生生的，有岭南地域特色的，生、老、病、死、饮、食、起、居的风俗画。

长篇小说的基本艺术问题是什么？人民文学主编李敬泽，首先给我们讲的是如何结束。好的小说，在构思开始同时就要考虑结束。有完美的结束，也有永不结束的结束。正如生活中的人和事的发展，不知如何结束，其实也是小说的一种结束。小说写作的根本问题是世界观的问题。与哲学的区别是，作者或人物有其独特的角度，是对世界殊异的看法，以表达人类经验无穷无尽的可能性。在结构上，有皈依生活本来的结构，也可按历史发展的历程为结构，作为确立自己创作的支点，找出自己的节奏，如同外婆记忆中总有"自己的时钟"，那安娜的火车，有着她命运的开始和终结。情节，是人的因果链，开辟着想象域，是经验宽度、深度，复杂性的扩张，开发着无从把握的时空。小说中，闲笔不可少，是主线"一根筋"上串起的颗颗饱满的葡萄，虽无用，但有趣。小说有自己的思想，固然好，但更要有能力，激起读者的思想。情理之中的探讨，却往往收获意外，以作启迪点拨之用。小说是虚构的艺术，是要与读者达成默契，达成假定性的预设虚构。真实就是说服力，是确切的深入的精湛的独到的对生活和人的把握，包含精确细节，对人物的态度，叙述实秘等元素，甚至可以说是诱骗的技术，是睁眼说瞎话。对所有的人，怀有一视同仁的好奇心，是小说家的本领。对人类一切公民抱有公正的好奇心，是小说家艺术的态度。正如昆得拉所言，小说是公民社会的基石。多种观点视点冲撞摩擦，众生的嘈杂的小说，应是对现代生活最有力的应对。可包含一切有差异的观点，这对作家的能力是巨大考验。小说是对公说公有理，婆说婆有理的自恰。没有理解，就没有宽容。在想象中，开辟人类生活可能性，使小说的生命不会窒息，等待伟大的作家从我们的尸骸中生长起来。听过李主编的课，读小说，不提高鉴赏力不行，写小说，不懂思考安排也说不过去了。

　　崔道怡，一位银发长者，开口就是一个引人入胜的"十年金蔷薇"的故事，再从中延伸开，来谈文学创作。用情文字和感情的力量冲击对方。故而文学就是情学，作家就是情种，作品就是情书。衡量文学的客观标准有八个字：天——时间观，把握时代脉搏；地——民族性，一方水土一方人；君——先驱者，一朝君子一朝臣；亲——血缘，塑造人品文品的基点；诗——学养，语言和特质；友——认同，四海之内皆兄弟；敌——命相相克，也要真实反映；己——有自知之明，文无定法。作品具体要看语言、细节、情感、思想、人物、故事、结构、意境这八方面，以满足读者好奇心，认同心，做感情的旅伴，从而领悟人生哲理以励志。人生大舞台，舞台小世界。最后，崔老师为我们吟诵一首普希金的《纪念碑》，让我们为人类精神的高贵，肃然起敬。铭记，老师对我们的期望。

　　当刘孝存老师为我们打开琳琅满目，万花筒般的小说结构，着实有点迷人。大千世界，光怪陆离，人的精神世界，更是一草一春，一叶一秋，反映世界，洞悉心灵的小说，没有形形色色的结构，恐怕还真不行，那将如何去包容呢？

　　南翔老师的讲课，正如他所倡导的大信息量的获取，再从中筛淘，而呈现出丰富的生活信息量，深邃的思想信息量，密集的审美信息量，更要有全面的技术创新。让我们先读万卷书，而后才下笔如有神。

　　在格非的《小说与时间》里，我们与老师一起天马行空，漂洋过海，上天入地，忽喜忽悲。为同在世界东方的邻国——中国与印度的隔绝而不解疑惑，为日本文化起源于汉学而追溯和诧异。文学，用文字在时空中穿梭，有时真会让人，不知今夕是何年，不知此地是何处的迷茫和神奇。"巴山夜雨"的诗情，让异国的文学大师，穿行在26个字母中，也是"丈二和尚，摸不着头脑"。我们陶醉在中国古典诗歌迷人的意境的同时，也为灿烂中国文化传播世界，而寻找接壤，献计献策。优雅无尽的古典文化呀，今天在舞台中，在唱腔里，对着永远的一轮明月，接受时间永恒的考验。那曾经的山，还是山吗？曾经的水，抑或还是水？问苍天，问大地，直到我们眼中的山还是山，水还是水呀！人生的此岸，不断向前，如何去抵达，那凝固的彼岸呢？

小说是叙事文学。谁来叙事呢？又如何来叙呢？多角叙事，要转接、切换，好比焦距。价值、情感、文化、语言，如何取向？各有所取，又有综合取向。传统的封闭式，和模仿生活的开放式，如何为你心中奔涌的情感服务呢？同学呀，写吧，悟吧，在实践中，我们慢慢学会运用自如。感谢王彬老师！

写什么？怎么写？写得怎样？面对这当前小说创作的基本问题，原来这并不只是我个人的问题。胡平老师有神功吗？他是如何统获我们心中的困惑呢？在网络文学铺天盖地的今天，闭着眼去写，不是白痴就是笨蛋。谁都可以当作家，我们写作还有什么意义？在有文化的背景中，怎么写？要寻找语言的支撑点。语言和语言的方式是第一问题。写不平凡中的平凡，写平凡中不平凡。在我们呈现现实的同时，还要去照亮现实，以大、小或无主题的、文化的、社会的、伦理的、人性的以及人性所依附的内容、人情的、生命和命运意识的等不同视角，也可以多层次，深浅交织的视角去写作，这是老师给我们所开的，写什么的处方。

青年批评家谢有顺，认为长篇小说有审美纪律。小说首先要还原一个物质世界，不仅要交代、解释，更要创造世界；其次是对精神世界的探索，要寻找写作的根据地，要有实证精神，要贴着语言写。长篇小说是对社会和心灵考古，是写一个时代与一个时代的精神转折以及精神秘密的变化，从世俗中来，到灵魂中去。

马原老师将他心爱的毛姆小说《刀锋》给我们分析，不是让我们在当今社会，思考采用欧洲式还是美国式的生活方式，而是让我们看到他喜欢并崇尚的神性拉里的生活态度。告诉我们：佛教在它的诞生地印度已经死了，被赶出了印度，我们和马原老师一起迷惑并悲哀。中国的每个庙宇，进门要捐门槛，烧香、拜佛、求平安，花钱才能消灾，而基督教教堂，最大的圣彼得堡大教堂，对绵绵几公里的教徒,都一律是免费,敞开胸怀接纳,让人们在此神圣之地,获得精神安抚和平和。

沉醉在千夫长那怀旧的草原故乡,淡淡的忧伤盈盈而起。我们留恋童年的草原牧歌,伤感今日草原不再的无奈和惆怅。进入小说里记忆起点,要有价值和勇气,有人物关系,是客体的经验,将成为精神的遗址。阅读,是为了唤起记忆。那乡愁啊,已是忧愁和悲愁了。但我们依然享受着,都市里不断发展的科技和文明。

最后一堂课,我们品尝了世界获奖电影的盛宴。从戛纳的金棕榈,柏林的金熊,再到奥斯卡的金狮,从1999年起,十年中世界电影的走向,王樽老师用很有限的时间,给我们快速地梳理了一遍,只恨时间太少,根本没能解渴。但我记住了这样一句话:文学是电影的母体和基础,电影使文学更加光彩辉煌!人性深处的波澜,是电影,更是文学,永远的摇篮和故乡。文字有着自己不可替代的魅力,拓展了人类无限想象的空间。真希望有机会细看王老师的百宝箱,那一部部世界电影的最高成就,能有空慢慢地赏析。期待再与王老师相逢,因为他那里有宝藏。

晚间,与同学一起讨论写作计划,写作方向问题,以及对文学的前景,持乐观还是悲观态度的争论,相互交流作品提意见等等,互相促进。夕阳下,大家一起做游戏,唱歌,好不开心。

光明之行,在牛与马中观察思考感受,在果树菜地间徜徉。苏老师对着"天下第一牛"发出的,温柔的眼神,让人感到人对物的感应,不同的差别真奇妙。

作家班的高潮,是尾声中的蕉岭、草鞋岗、客都——梅州之行的采风之旅。

2009

溯源回归　天人合一
——学习中国哲学感思

翻开中国哲学,中华传统文化思想的脉络之源,呈现而出。不可否认,中国哲学,是中华文化重要的思想资源。传统文化所蕴含的思维方式,价值观念,行为准则,无时无刻不影响着各个时代的中国人,甚至那些脱离故土,远离海外的中国人，也不无遗存着某些痕迹。

孔、孟、老、庄、墨、荀、朱……儒、道、法、阴阳、名、佛……诸子百家，几千年来，在中国社会，从封建制度的雄起，到绵延几千年的长足发展，帝王更迭，思潮涌动，一代代中国人，观念深处已组成了，无人不视的斑斓思想彩带，流淌在中国人的血液里，漂浮在中国人的意识中，影响着中国人的举手投足。从古到今，达官百姓，或深或浅，或多或少，或杂或纯，莫有例外。

在利炮坚船打开国门之前，中国人的项上之顶，无不浸润其中，自成体系。近代国门打开之后，西方各种思潮从门窗飞进，飘然侵入，国人，各取所需，进而自觉不自觉地，改造着脑袋和身体。渐进蔓延，一茬一茬的风气，无形之中，波及上层建筑的方方面面。官员，文人，民间，府内府外，端倪可迹。即便如此，中华传统文化的精髓，仍是摆脱不了，移植不掉，清洗不净的浓浓底色，好比黄种人的肤色和黑头发，脱胎换骨不了。

改革开放近30年来，西方思潮，大步地涌入我国大门。曾有人主张全盘西化，向西方学习，唯西是图。而今西方，一些主流价值观，特别是以美国为主流的文化盛行，文化扩张，经济入侵与过度消费，导致全球社会问题频出，人类生存环境日益恶化。西化的后果，尤其是落后与发展的地区，带来许多凸显的问题和困扰。这些，却是西方文化，在其框架里无法解决的。于是西方有些学者，早已开始挖掘东方宝藏（包括中国、印度）。这与我国的有识之士，开始目光向内，重新正视自己的传统文化，不谋而合了。他们钻进故纸堆里，用今天的眼光，研读起中国圣贤之书。比如孔学兴盛，论语新解，道家、老庄、禅宗、佛学等等不一而论，进而获益颇多。特别是全球金融危机之后，西方学人向东方取经之风更盛，中国古代哲学思想，成为首选。纵观亚洲，日本、韩国、新加坡等国家治理和社会发展，莫不是推崇中国圣贤理念，用以治国平世的。这其中，影响最深远的当为孔孟之道和道佛之经。为官为民，经世致用，鼎力或保佑着芸芸众生。

儒家思想的精要：天人合一；身心合一，相即不离；修身，治国，平天下。核心有"仁"。为解决人与人，人与己，人与社会，人与自然等等关系，指出一条亮阔的道路。与西方复兴运动以来的"以人为本"思想，有着某种异曲同工。汤一介提出当今社会，是儒学复兴之时。全球化的三大矛盾：人与我，人与群体（他人，国家，社会），人与自然，是人类共同面临的。儒家学说，贴近人的立世。在为学为师，修身处世，做人做官，知人交友，明善恶，慎言行等等方面，跨越时空，娓娓道来。许多人读之学之，受益无穷。综观世界，风起云涌，人类若都能做到：高悬起"天人合一"的光芒之镜，珍惜自然，珍惜人类的生存环境，有节制地归顺欲望，那么多少纷争，是可以消弭的？

佛教，为东方一大宗教。延绵不绝，未曾式微，且在某地某处，大有日益弘扬之势。在曾经社会急剧变革的时代，有人把佛教看成是消极避世的循遁。在激进的革命者眼里，多少视为不值一提的阻碍。而今时代，在建设个人、社会、生态文明的进程中，在世界观、个人修养、人际关系、思维方式等方面，开始发掘出积极的意义。在缘起、因果、求善、修善、平等、慈悲、中道、圆融这八个方面，重新阐释出：事物多样的运动变化的发展观，因果相连，求善在于觉悟，修善在于和谐，众生相惜，人生在世本着给乐救苦，纷争中远离对立寻求同一，尊重不同，差异合作等等。大同的世界观，无论个人、组织、国家，面对世界，打开天眼，将会赢得新的空间和视角。

哲学的眼光，追求的通透、美好的境界和内在的适意与价值，具有丰富的意向。"哲学只有与隐藏在历史深处的人的现实需求联系起来，才是有价值的精神财富。"哲学，还具有时代性、民族性、个人性，是一定时代的产物，每个民族都有自己的学说和生成智慧，哲学家都带有自己鲜明特点。是思想领域所产生的问题，通过与生活的中介，与每个人产生联系，存在于个人的意识之内或之外。

人类的发展史离不开哲学，每个发展阶段都有自己的哲学。历史的进程中，各个阶段的哲学都是人类发展的思想史。哲学的价值和功能，在于哲人的眼光中。

可是，为什么？社会的发展，几千年之后，人类最辉煌的思想是在远古？人类究竟是进化还是退化？当今全球视野下，人类的生成与发展，却要到远古圣人先哲那里，去寻求答案呢？

人类，究竟能拯救自己，还是会毁灭自己？

从哲学边沿走过，困惑而来，又困惑而去。如若投身钻进去，探求，索取答案，那么对生存在当今社会的人，最后能通达地走出来吗？

哲学，不是科学，不是艺术，不是知识？这是对从小到大，教材里关于"世界观的学问""是世间事物的一般规律"定论的质疑与反叛？这让人皓首穷经的"问题的问题"，有谁可以回避呢？在文学的领域，能绕过去吗？

走遍千山万水，还是故乡亲。中国哲学，对于打开门窗，外出的探寻者来说，也有类似的感觉吧？比较研究，中西哲学，差异中也有某些相通之处吧？

穿梭人类的时空，探寻人类的前方。回溯中华文化之源，让人与自然，和平共处，和谐共生，是当今人类，共同的追求。

2009

搜摘20世纪中外文学交流路径及其演变特点

摘要：20世纪中外文学的交流，是随着八国联军入侵，延续传教士传入，第一代留学生求学救国，辛亥革命，一战，二战，抗战与解放战争，建国，改革开放等大的时代背景而接触、渗透、碰撞、互动、交流、反思，深化所呈现的。曾分割在国统区，解放区，港、澳、台，大陆不同区域，有不同特点。政治影响明显。翻译、印刷、电影、诺贝尔文学奖等都有推助作用。新时期以后到世纪末，国门打开，留学生一代代流动，世界文学、比较文学学科建立与合并及研究，得以促进深入。随着全球化互联网、中国经济发展与改革开放深入，中外文学交流，在探索中反思到，其实主要是中西文学不对等交流，因而开拓了21世纪中外文学交流深度与范围。

关键词：20世纪 中外文学 交流路径 演变特点

20世纪 Twentieth Century 百度百科

时间范围（1901年1月1日或1900年1月1日）至2000年12月31日

20世纪，最令人深刻的记忆是前所未见的全球型战争与军事对峙（两次世界大战，冷战）以及知识爆炸。在这世纪，影响人们最深远的是共产主义对资本主义的挑战。虽然前者对后者大部分夭折，却促使后者在经济与社会上多重修正与省思。

此外，21世纪的殖民主义发展到极致，却在1960年代后迅速瓦解。而20世纪广布欧洲的民族主义风潮传到亚洲、非洲与大洋洲，却意外导致恐怖主义在全球盛行，尤其透过网络等信息媒体，造成全球性的恐慌，并使下个世纪初蒙上恐惧的阴影。而知识爆炸使更多人能接受知识，并质疑与检讨各学科的发展和研究。

在艺术上，以美国为发源地的大众文化成为最为人所知的事物。尤其透过电视、广播和电影，几乎全球各地或多或少都受到其影响，甚至视其为"进步""便利"和"文明"的象征。但另一方面，各地的在地文化也利用这些科技媒体宣扬散播于本国或邻近地区，这种现象尤以日本与法国最为明显。

此外，21世纪是人类史上流动速率最频繁的时刻：为了劳动需求、政治庇护与更好的生活品质，大量的华人迁到北美与东南亚，许多土耳其人与北非地区人民移居西欧，不少的西班牙裔透过合法或非法的方式进入美国。这些人口的流动打破过去以种族划分的地理概念，却也造成许多工业国家内部的社会问题。

20世纪中外文学关系是一个具有相当潜在活力的学科分支，它处于20世纪中国文学和比较文学研究的交叉地带，每个学科的进展与变革信息都会具体地通过中外文学关系研究而得到传递，并相互启发，而近年来在20世纪中国文学研究中的变革已经向中国比较文学显现了新的启示。

——宋炳辉《20世纪中外文学关系研究与比较文学学术空间的拓展》

20世纪西方社会处在科学技术的高度发展和社会形态的不断变动的新形势下，其文学观念也处在持续性变革和文学形态的创新性改变之中。它不断调试自己的审美焦点，试图回答20世纪不断出现的全新的社会问题，力图对人的本质以及人与社会的关系做出符合时代需要的审美性解说。

——《刘建军：关于20世纪西方文学的再思考》（《上海师范大学学报（哲社版）》）

2015-11-23

20世纪中外文学交流的路径

1. 传教士带入：主要是西方（欧洲）文学。

大学兴起——传教士将西方教育传入中国，先后建立天主教辅仁大学、天津工商学院、震旦大学、复旦大学、燕京大学、齐鲁大学、东吴大学、圣约翰大学、之江大学、华西协和大学、华中大学、金陵大学、福建协和大学、华南女子文理学院、金陵女子文理学院、沪江大学、岭南大学等二十余所大学。

从欧洲到中国并在文化的互动交流方面产生影响的是基督教传教士，尤其是耶稣会教士。在文化方面最先了解中国的西方人是传教士，西方大学里最早聘请的汉学教授，也大多是传教士。

2. 战争：八国联军侵入——西方用船坚炮利打开中国大门，而文化最初则是渗透与拿来。

1900年一开始，八国联军就进了北京。中国20世纪一开始，带来的是一个大的历史创伤。这个创伤，使中国跟西方不一样。

我们都是革命的子孙——辛亥革命、1949年革命——一直到现在，有人认为，20世纪是一个革命的世纪，我们在探讨这段历史的时候，往往是从一个革命后的立场往前看的，所以就发现，清朝末期，就1900年来说，只是一个通向革命的前奏曲而已。

在1900年到1910年，就是到辛亥革命前夕，这十年之间，当时社会上的一般人，特别是都市人，包括知识分子、大官、商人、平民，不管识字不识字，他们到底有什么感觉呢？我个人认为这种感觉就是中国式的"帝制末"、晚清王朝下的"帝制末"式的感觉。

在西方，特别是在维也纳，这个1900年，真的很奇怪，文艺界发生了各式各样的重要的大事。有件很重要的大事，就是尼采死了。尼采是一位了不起的哲学家，特别是对现代主义的推动，可以说是不二的功臣，也有人认为是奸臣，看你怎么看，因为尼采说"上帝已死"。尼采提出一个主张，大家都很熟悉的，对于文艺上有重要贡献的，就是他要彻底颠覆西方各种传统的价值观念，他要重新界定一系列西方的人文价值观念。

另外一位很著名的——至少在西方文艺语境下——就是弗洛伊德。弗洛伊德在1900年写了一本名著，叫做《梦的解析》。《梦的解析》第一次把西方传统的对于人的观念颠覆了，他说人不只是表面上你看到的人，人的心理、下意识里面还有各种所谓冲力、动力，而这种冲力、动力呢，一般而言当时是没有人感受到的，他用科学的方法把它带出来，于是整个地开始流向西方文艺界。

当然还有一个人，就是马克思，如果比较注重社会动力的话，还要把马克思带进来。马克思对于西方整个社会经济改革的观念也是和尼采、弗洛伊德对等的，甚至于更重要的，所以很多人就把这三个人放在一起来看19世纪末西方文艺的面貌。

在中国，晚清的知识分子表面上也许在做两三种工作，一种就是政治上的改革工作，这个大家都很熟悉的；另外一种就是在学术上的改革工作，他们真的是希望能够在中国传统的学问分类里面吸收西学，建立他们自己的学术的系统。特别是严复，他花这么大的精力，用这么精确、典雅的古文翻译西方重要的政治经济的论著，特别是英国人的论著，他是要建立一种学问，不只是介绍西学而已，因为他感觉到中国这么多年来，包括18世纪的乾嘉之学，要开始有它新的东西出来了。

中国的礼教传统一直到20世纪初还存在，不管你怎么批评，还是存在的，它的表现方式，最光辉灿烂的，当然是《红楼梦》，它是18世纪的，《红楼梦》里面有很多新的因素，包括它的叙事学因素，可是它基本上还是在一个传统艺术架构里呈现的。

从晚清的文本里面感受到这种"帝制末"式的或中国式的"世纪末"的焦虑感呢？我常常用的——可能陈平原已经听腻了，因为我以前讲过好几次了——两本小说，一个是《老残游记》，一个就是《文明小史》。

第一次世界大战整个的创伤式的影响，带动了现代主义的高潮，20世纪20年代那些重要的著作，像艾略特的《荒原》、普鲁斯特的《追忆似水年华》，《追忆似水年华》是1907年就开始写，一直到第一次世界大战的时候才发表，才受到注意，包括乔伊斯后期的小说，等等。

整个的西方现代主义的潮流是发生在——如果把它和中国对照来看的话，就非常有意思了——中国真正的多难之秋。这个多难之秋，就是在辛亥革命前的十年，中国在帝国主义侵略之下最痛苦的时候。你要从革命立场来看的话，如果再不革命，中国真的是要亡国了。所以亡国灭种，被列强瓜分，不是口号，已经进入人的心里。

"五四"才开始提出一种西方现代主义式的冲刺，就是反传统，打倒孔家店，它基本上是一种表现、表演。我觉得整个"五四"就是一场表演，跟西方的前卫有相似的地方，就是生怕你没有反应，没有反应就赶快化名找人来反应一下。

梁启超的小说三要素里面没有讲震撼这个词，提、熏、浸、刺，也许刺有那么一点。为什么？因为梁启超不是文学艺术家，他不是尼采，他不把那个美学当作最重要的东西。他最重要的东西还是政治，或者是社会。所以他觉得小说的功用是要改变一个国家的人的道德、心理、政治。他基本的动机其实跟尼采有相似的地方、相对等的地方。可是尼采是一个叛逆式的哲学家，梁启超不是那么叛逆，至少他对于中国传统不是那么叛逆。中国没有尼采式的叛逆式的哲学家，如果有的话，他是一种悼亡式的、抒情式的，可是中国有深思式的哲学家，王国维就是一个。

1918年鲁迅写《狂人日记》，那个人也发狂，也有心理。1918年卡夫卡也写狂人，《煤桶骑士》。当然鲁迅没有看过卡夫卡，因为卡夫卡当时默默无闻，刚刚在捷克稍有名气，卡夫卡的名气进到中国的语境，茅盾提过一点，真正进了中国的语境是在台湾，大力吹捧是在台湾，经过美国的学院派推荐进来。大陆"文革"之后，余华这些人发现了卡夫卡，进到了中国文学里面，直接和"文革"连在一起了。

《野草》的散文诗，大约是写在1924—1925年吧，同一个时期，甚至比鲁迅稍微晚一点，艾略特的那首诗《The Hollow Men》（《空心人》）出现了。《空心人》里面也有影子，而且影子和诗人的对话，和鲁迅非常相似。我们可以证明鲁迅没有看过艾略特，可是两人为什么这么惊人地相似？这就非常有意思了。

所以20年代、30年代日本开始有比较接近欧洲式的焦虑感。而中国没有，几乎是没有。如果有的话呢，就是少数，就像鲁迅这种少数人。

——李欧梵《现代主义的历史和文化背景》
——李欧梵"中西文化关系与中国现代文学"系列演讲

从西方近代历史的整体趋势看，西方文学、文化以及关于文学、文化的理论之发展，不只是现实社会的被动反映，不只是捕捉所谓时代精神，而更多的是以暗流的形式，表达着社会经济、政治地位不断变化着的中下层阶级对未来社会的预期，反映的是他们在政治、经济以及伦理、审美等文化领域的诉求。

所谓文论已经越来越多地与哲学或曰思想合流。众多文论家，其职业身份实际上是哲学家、精神分析学家、社会学家、人类学家或文化学家。自20世纪80年代以来，一切社会问题、文化问题皆可成为文论家们谈论的话题。不同学科的理论交叉繁殖，产生于不同文化背景的理论之间的相互挪用，理论的超时代意识，理论自身的异化作用，等等，是19世纪末、20世纪初以来西方各类理论层出不穷的主要原因。

中西方跨语言、跨文化交流碰撞，历史悠久。"中学西渐"的过程其实要比"西学东渐"长得多。但自晚清以来，中国传统的社会文化包括文艺创作、理论批评，由于废除科举、兴办新学、采用白话文等变革举措，所受"西学"的冲击影响是巨大的，这大大地改变了中国知识分子对自己、对世界，特别是对西方的看法。加上一百多年过程中，曾数次出现民族文化虚无主义的政治、文化运动，致使民族文化自信心受到极大伤害。

——汪洪章《形而上学的衰落与20世纪西方文论话语形式》（《南京社会科学》）
2017 - 08 - 31

3. 留学生——世纪初第一批，拿来与传播

当时中国现实社会的背景是什么？从表面上看，经济困难，内政腐败，兵

祸，天灾……表面的现象，大可以用"痛苦"两个字来概括。再揭开表面去看，觉得"混乱"与"烦闷"也大概可以概括了现社会之内的生活。

现在社会中的人，似乎可分为三流：（A）丝毫不曾受着西方文化影响的纯粹中国式的老百姓，是一流；（B）受着西方文化影响，主张勇敢进取的，又是一流；（C）介乎两者之间的，不主张反古而又不主张激烈的新主义的，又是一流。这三条对角线的伸缩就形成了现在中国社会思想之外壳。中国社会情形将来要变成什么式子，也全恃乎这三条对角线伸缩的程度谁强谁弱而定。

在20世纪初短短30年光景，中国文学出现了一个从未有过的繁华时期，理论家和批评家都尽情借鉴、学习和消化外国各种文学资源，尽可能地接触和输入西方最新近、最时髦的文学思潮和观念，形成和造就了各种各样繁花似锦、令人眼花缭乱的文学景观。

实际上，中国20世纪文学批评的意义，就在于其与社会、人生和文化建立的各种各样复杂丰富的关系，诸如为社会、为人生、为艺术、为人类、为民族、为国家等等，并提供批评的通道和方式使它们得到碰撞、交流和汇聚，最终得以形成一个多种文化、声音和观念相互并存、竞争和倡扬的时代。

——殷国明《转向·转换·转型——关于危患时代的20世纪中国文学批评》（《文艺争鸣》）

2018-08-24

4. 翻译、电影、诺贝尔文学奖等推助。

（1）翻译

翻译活动在中国有着近三千年不间断的历史，形成了深厚的翻译传统，留下了数量巨大和内容丰富的翻译文献。但将这一翻译活动的演变作为一种独立的研究对象来进行考察和研究，始于1902年（清光绪二十八年）的《译书略论》。民国时期蓬蓬勃勃的翻译史研究承接清末发轫的中国翻译史研究，注意介绍和借鉴国外翻译史研究的理论与方法，形成了中国翻译史研究的多角度、多学科的特点。20世纪50—70年代，我国翻译史研究发生了重要的转折，在大陆处于研究低潮的阶段，台湾、香港地区的学者仍然承继了民国时期的学脉。20世纪70年代末，大陆的翻译史研究再度兴起，并在1984年后走向高潮，显示出研究的多元格局。不仅有翻译文学史、科学翻译史、翻译理论史、翻译出版史、翻译教学史，以及宏观视野下的翻译文化史；也有区域翻译史、口译史，以及以译书为中心的翻译史、译者为中心的翻译史、译事为中心的翻译史、翻译形式为核心的专题翻译史论文集。中国翻译史研究在经历了起承转合后，终于在

20世纪末形成了中国大陆、台、港多元研究的新格局，学术界逐渐有了愈来愈多的学术共通话语，为21世纪中国翻译史从复兴走向繁荣奠定了坚实的基础。

在中国最早提出"翻译文学"概念的是梁启超《翻译文学与佛典》一文。

陈子展（1898—1990）是20世纪较早重视研究近代文学并撰写著作的少数几位学者之一。1928年春，他应田汉之邀，在上海南国艺术学院讲授"中国近代文学之变迁"一课；1929年4月，以"陈炳堃"署名将《中国近代文学之变迁》一书交由中华书局出版。该书首先将"翻译文学"写入中国近代文学史，专门列出"翻译文学"一章，讨论了严复（1854—1921）、林纾（1852—1924）、马君武（1881—1940）、苏曼殊（1884—1918）等人的文学翻译。该书是一本仅194页的小册子，但"翻译文学"有31页，占全书篇幅的16%。

并附录"各国文学书中译本一览"，分别列出俄国、法国、英国、德国、日本、意大利、美国、波兰、比利时、西班牙、古希腊、印度、奥地利、新犹太等国的文学译本。由于在相对有限的篇幅内试图对翻译文学予以全面评价，导致不少属于蜻蜓点水式的分析，但其中仍不乏作者独到的见解。

中国翻译史研究起步较晚，但却有着一个很高的起点，参与研究的不仅有风云一时的大学者梁启超、胡适，也有后来成为著名文学家的郑振铎和阿英，哲学家贺麟；多学科研究者的参与也是早期中国翻译史研究的特点之一，参与翻译史研究的不仅有文献学家郑鹤声，还有历史学家柳诒征，译史的内容在20世纪30年代就进入了综合性历史文献学和通史类著述。

早期中国翻译史研究起点较高，使得20世纪的中国翻译史研究在初期阶段就形成了一种比较宽阔的外部史研究的视野，为80年代以来中国翻译史研究的繁荣打下了坚实的学术基础。

20世纪50—60年代，默默延续着民国时期翻译史研究的传统，在新的政治环境下继续做着中国翻译史资料整理和研究工作的还有阿英和张静庐（1898—1969）。

20世纪50—70年代，中国翻译史研究的研究群体学术背景趋于多元化；三十年期间，三地在史学上渐趋有所谓中国大陆、台、港迥然相异的研究风格，形成了三足鼎立的研究格局。在大陆学术界处在低迷，特别是"文革"时期失去了正常学术研究的状态下，民国时期西学东渐和中学西传研究的学术传统在台港学术界得到了延续，这些翻译史的著述接续了民国时期翻译史研究的传统，将佛典翻译和西学翻译重新作为专门论题提出，虽然他们的研究尚不够系统，但以单行本论著和单篇论文的形式推进了中国佛典翻译的研究，也对近代西学翻译史和文学翻译史详加讨论，其意义实在非同一般。台港学术界的这些工作既绵延了中国的学术传统，也开发了新的西方学术传统。

——邹振环《20世纪中国翻译史研究的起承转合（上）》（《南国学术》）
2018-07-21

关注翻译对中国现当代文学的影响，也就是将文学翻译看作参与中国文学建构的重要组成。撰述者都是现当代文学学者，他们对外国文学的了解自然不及外国文学研究专家，却能更多关照中外文学之间的复杂关系这个层面。

翻译与中国现代文学的建构，与中国文学"现代性"追求关系密切。文学创新，文学改制，文学秩序确立，与翻译都有直接关系，或者说离不开翻译的推动，离不开"外来"影响产生的"冲击"。

——洪子诚《当代文学中的"世界文学"》（《文艺争鸣》）2016年第8期
2016-08-31

在当前的东西方学界，世界文学被定义为流通中的翻译文学已广受认同，可以这么说，没有翻译，就没有世界文学。但我们可以往前更进一步——世界文学是在翻译中发生了变异的文学，没有翻译的变异，就不会有世界文学的形成。

近二十年来中国文学在荷兰的翻译形势是令人鼓舞的，其标志是一大批年轻的翻译工作者正在成熟，他们活跃在中国现当代文学的翻译介绍领域，许多空白还有待于他们去填补。

（2）电影

小说与电影的结合，其实也并非偶然。从实际情况看，二者之间关系十分密切。一方面，叙事性特征与电影制作的实际需求不谋而合。作为传播媒介，文学作品和电影从一开始就确定了传播属性。

——《文学与电影改编研究的现状与发展——以21世纪英语世界文学与电影改编研究为例》（《北京电影学院学报》）

（3）诺贝尔文学奖

赛珍珠的中国写作与引路：赛珍珠《大地三部曲》1938年获诺贝尔文学奖。之后对林语堂的引荐。

不夸张地说，是赛珍珠使大多数西方人看到了真正的大多数的中国人的生活。《大地》对于消除种族偏见和改变中国形象起了重要的作用。也正是因为这部作品的新内容，才使它最终打破了出版界的坚冰并为"整整一代美国人'制造'了中国人"。

——一个值得同情并且让人钦佩的全新的中国形象

与传教士、记者、观察家不同,赛珍珠没有用一种西方的标准来看待和描写中国,但是她的代表作却取得了巨大的成功。正如哈罗德·伊萨克斯指出的那样:"在所有喜爱中国人并试图描述、解释他们的美国人当中,没有一个能够做得像赛珍珠那样卓有成效。没有一本关于中国的书比她那著名的小说《大地》具有最强大的影响力。几乎可以说,她为整整一代美国人'制造'了中国人,就像狄更斯'制造'了维多利亚时代英格兰贫民窟中的人们那样。"(《美国的中国形象》)

——顾钧《赛珍珠的〈大地〉与中国形象在西方的改变》 (《中华读书报》)
2018-12-09

赛珍珠自幼在中国长大,在中国生活30多年,而林语堂在美国也生活了30多年。赛珍珠在中国开始创作,却在美国成名;而林语堂在中国成名,却在美国发达。抗战爆发前,赛珍珠将林语堂请到美国,将之捧红,一步登天。

——赛珍珠与林语堂:二十多年的交情,为何最终反目为仇? 非常历史
2018-06-20

"拉丁美洲文学爆炸"代表作家,诺贝尔文学奖几位获奖者——马尔克斯、略萨、博尔赫斯,80年代中期,在中国文学出版与阅读中,掀起来了高潮。

聂鲁达对中国和中国文化很有兴趣,一生中曾经三次到过中国。1928年他作为外交官赴缅甸上任时,出发来中国,给宋庆龄颁发列宁国际和平奖,此行中,他还见到了茅盾、丁玲、艾青等文学界名流,进行了友好的交流。

迄今为止,在诺贝尔文学奖的名册中,先后出现过四位非洲作家,分别为尼日利亚的沃莱·索因卡(非洲历史上第一个获得诺贝尔文学奖的人)、埃及的纳吉布·马哈富兹,以及南非的纳丁·戈迪默和 J. M. 库切。但是说到真正能够代表非洲文学的人物,当属被称为"非洲现代文学之父"的尼日利亚作家钦努阿·阿契贝,这位与诺贝尔文学奖失之交臂却获得了几乎所有世界文学重要奖项的作家,因来自于非洲心脏的发声享誉世界。(百度)

莫言获得诺贝尔奖肯定会使得西方产生更多的兴趣去翻译更多的当代中国文学作品。事情总是这样的。我们同样也看到50年前,当加西亚·马尔克斯以及其他魔幻现实主义作家崛起的时候,拉丁美洲文学所发生的一切为世人所知。

莫言的作品如果不翻译成英语和瑞典语,他是不会获得诺贝尔奖的。

(这虽是21世纪之初的事,但莫言的创作多在20世纪后20年,也特别能

说明问题。)

夏志清教授提起的一个现象,可以有助于说明中国小说为何走不出去。那就是现代中国作家的"感时忧国"倾向使得他们无法把自己国家的状况和中国以外的现代世界的人的状态连接起来。夏老的评论重点在于现代作家如鲁迅、茅盾等人,但葛浩文认为当代作家也有类似情况,太过于关注中国的一切,因而忽掉文学创作一个要点——小说要好看,才有人买!造成这个现象的原因很多,可能是跟教育有关,或是信息不够流通,或是作家一般无法不通过翻译来阅读其他国家文学,也可能是传统的文以载道思想作祟。

但当一部作品想要走出国境,就必须注意一些潜规则,才可能在翻译后得到广大读者的认可。

——葛浩文"他是莫言作品的翻译,英文世界地位最高的中国文学翻译家"英语演讲第一站,"精彩英语演讲"

2月3日

5. 政治影响

阅读的全部意义就在于,它使我们产生更深刻的自我意识,促使我们更加批判地观察自己的种种认同。

文学作品就是重重期待的不断产生和不断打破,是规律性与任意性,标准与偏离,惯常的形式与戏剧性的陌生化之间的复杂的相互作用。

语言是意识形态斗争的战场,而不是铁板一块的系统;符号则就是意识形态的物质媒介,因为没有符号任何价值或观念就都无法存在。

实际上,不必把政治运动拉进文学理论:就像在南非的体育运动中一样,政治从一开始就在那里。

只要个人自由仍然依赖于他人的那浪费生命的劳动以及对于他人的积极压迫,那么任何个人的自由就都只能是残废的和寄生的。文学是可以对这样的状况提出抗议或保持沉默的,但文学却首先正是由于它们才成为可能。

"政治的"与"非政治的"批评之间的差别只是首相与君主之间的差别:后者是通过假装不搞政治而促进某些政治目的的实现的,前者则是直言不讳的。

——[英国]特里·伊格尔顿《二十世纪西方文学理论》,伍晓明译,北京大学出版社,2018年5月。

20世纪50年代成立的一些国际性政治、文化机构,对当代文学的走向也很重要。

亚非作家会议成立于1958年10月,第一次会议在当时苏联的乌兹别克共和国的塔什干举行，在科伦坡设立常设事务局，秘书长是森纳雅克。

6. 开放后各种思潮的涌入与八九十年代的留学潮

中国的人文学科在1980年代之后得到很大的发展，特别是对于西方当下的各种人文学科的理论开展了大量的翻译、传播和借鉴工作。但比较而言，我们切实地感觉到，中国学术界对西方的了解和把握，比西方对中国学术的了解和把握要全面和深刻得多，这个落差非常大。就人文学科来讲，在各个领域、各个学科，只要是西方或国际著名学者的重要著作出版，或者重要的观点一出现，中国几乎是同步译介过来，中国各种媒体也会有迅速的反应。在中国，几乎所有的人文学科都充斥着各种各样的西方理论、学说和观点。

7. 恢复高考后外语系的世界文学研究

在历史久长的欧洲中心主义远未消散、平等还很遥远的世界，霸权势力还在主导着话语权；体现于世界文学，必然还存在中心和边缘。中国文化虽然悠久，却在世界上还处于弱势。弱者面对霸权文化，时有"羡憎情结"，中国也不例外。

世界文学概念进入中国以后，同"外国文学"这个更为常用的概念几乎是一个连体，而外国文学主要指西方文学，包括俄苏文学。

1998年，教育部将比较文学与世界文学合并为一个学科。

8. 比较文学建立——走出去引进来

一般说来，汉学家们虽然以汉语文本为研究对象和素材，但用来表述的语言主要是英语和其他西方语言，所讲授的中国文学课程一般被称为"翻译中的中国文学"（Chinese Literature in Translation），很像我们中国高校中文系开设的用汉语讲授的世界文学课。

一百多年来，"在中国发展过程中的重要关口，民族主义几乎每次都担当了社会舆论和意识形态先导的角色。显而易见，中国文学融入世界文学的过程也不能不带上民族主义意识形态的政治和文化烙印。"国家实力和国际地位的显著提高，直接导致21世纪以来中国民族主义思潮的勃兴，伴随着激情、希望和焦虑。强烈的"走向世界文学"的冲动，期望中国文学早日真正跻身于世界文学之林的呼唤，在于人们不得不承认，尽管中国文学已经摆脱被冷落、被边缘的困境，但仍然处在世界文学的边缘。需要指出的是，我们也不能忽略一个事实：世界很大，亚非拉还有许多优秀文学依然默默无闻；与那些文学相比，中国文学在西方的译介，其实已具一定规模，且在西方的世界文学选集中的比重还在逐渐增加。

安徽大学大洋洲文学研究所成立于1979年,是中国第一家以澳大利亚文学为研究重点的学术机构。

9. 互联网推助与中国(现)当代文学走出国门

从网文发生发展的嬗变轨迹看,早期网络文学一直具有民间文学或大众文学的特点,民间文学注重心理表达,是内心情感的自然表露,所以早期写手出于春蚕吐丝一样的必要写出了一系列"心灵化"的作品,他们所从事的是王朔所谓"手对着心"的写作,不是那种直接奔着钱去的东西。按照聂庆璞的说法,心灵化写作是不在意消费的,也不能进行工业生产,是一种与类型化写作完全不同甚至敌对的东西。第四代写手"终于摸到了类型的门路,开始文字产品的制作。……至此,我国网络文学终于完成了从心灵化到类型化的转换。"

——陈定家:从"茅盾文学新人奖"看网络文学大趋势
20世纪海内外中文文学6月15日
——以"网络时代的赛车手"唐家三少为例

10. 世纪末奠基,开启了新世纪交流发展

作为东亚地域的我国的比较文学研究者,由于在它"复兴"之始就把其学术视野大致圈定在"中西文学"之中,造成这一学术多少有些"先天"的缺憾,致使直到当今也仍然有不少人认为所谓"比较文学"就是"中西文学研究"。

实事求是地说,中国比较文学者一直致力于批评和反对"西方文化中心主义",一直致力于批评和反对"霸权话语",但是,确实也不能低估了"西方文化中心主义"和"西方霸权话语"对于全球文化人的精神的侵袭和渗透的深入和细微。眼见许多高举批评和高喊反对的人士,当他们在阐述自己这些凛然正义的立场时,却在比较文学研究的具体操作和实践中,也正在"无意识"地把"非西方文化"的"东亚文学"边缘化和区域化。

20世纪50年代曾经担任过美国哈佛大学东西比较文学学系主任的纪延教授(Claudio Guillen)这样说过:"只有当世界把中国和欧美这两种伟大的文学结合起来理解和思考的时候,我们才能充分面对文学的重大的理论性问题。"我国学者所做的努力,从一个积极的方面对此做了相当有意义的提示。

——严绍璗摘自《中国古代文学中的日本形象研究》序言

20世纪中外文学交流的特点

1. 20世纪初（五四前后）中国文学，以文化主力军与急先锋姿态，启蒙与救亡式传播。

在中国近现代民族危机的大背景下，我们便不难理解中国早期世界文学观的实用主义倾向和颇为独特的发展走向：如西学东渐的大势所指，救亡图存的危机意识和唤起民众是彼时引介外国文学的出发点，时人企望借西方先进文化之力，达到启蒙和民族救亡的目的。

2. 20世纪中外文学交流，以1949年10月1日为分界，可为上半页与下半页。是以中西交流为主，有不对等与时间差，有中国古代文学外吸与欧洲文艺复兴后内吸现象。

大约两次世界大战期间的二三十年间，西方对中国道家思想表现出前所未有的热情，有其深刻的时代背景。

19世纪末20世纪初，随着西方科技理性的发展，导致了人类的生态环境、精神等方面出现"现代性问题"，西方兴起了一股"东方文化救世论"思潮，作为一种"精神科学"和生存智慧的道家思想为西方文化界竞相采集，他们把道家思想作为人类至高智慧的榜样加以崇奉。

——邵志华《道家思想对西方文学文化的影响》 中国学派 6月28日

在中国，自五四运动开始，中国文化逐渐形成了自我开放意识，外国文学成为中国文化的重要资源，外国文学也成为本土的人文学的一部分。但外国文学并不是一进入中国就自然成为中国人文学的一部分，而是需要本土化的媒介和过程。

——姚成贺、程朝翔《文学与世界：21世纪文学研究展望》
——《程朝翔教授访谈录》，（《外国文学文艺研究》） 6月16日

在过去的很长一段时期，西方的汉学基本上以中国的社会、文化、历史和政治为研究对象，即使涉及中国文学，但也仅止于19世纪末以前的中国古典文学，极少涉及中国现当代文学。

中国文化在英、美、法、德等主要西方国家的传播，已经有了一段漫长的历史，这其中不仅有这些国家的汉学家们的努力，同时也有广大中国留学生对祖国文化的传播和介绍。

重古典轻现代转向重视20世纪的中国文化和文学现象，尤其应重视近20

年改革开放以来中国文学的发展走向，因为只有这一阶段的中国文学才最为接近国际潮流，只有这一阶段的中国文学才能最有效地反映世纪末中国的社会、政治、经济和文化的全貌。

——王宁：中国现当代文学研究在西方

就是西方汉学家对于中国文学的研究，主要的精力和力量还是集中在古代文学上。对当下特别是我们所说的1980年代改革开放以后文学的变化和进步了解和介绍比较少。

许多汉学家的研究还是关注中国古代的唐诗、宋词和元曲，而对当代中国文学了解甚少。

3. 外国文学的影响，中国文学流派纷呈。

20世纪是西方现代主义文学风起云涌的时期，各种流派纷纷登场，或相互借鉴，或独树一帜，呈现出百花齐放的局面。有现代主义、后期象征主义、表现主义、意识流小说、存在主义文学、荒诞派戏剧、新小说派、黑色幽默文学等等。

4. 港（澳）台的各自发展，呈现别样特点。

相同点都是深受中华传统文化影响，不同点是本土文化与外来文化融合与渗透。比如香港受英国文化影响，澳门受葡萄牙文化影响，台湾受日本文化，同时还受岭南和闽南文化的影响。

5. 政治经济的影响明显。

"20世纪中国经历了从政治制度、经济组织到文化价值体系的全方位革命性震荡，文学常常成为各种力量纠结争夺的对象。于是，关于文学的评判也来自各种不同的势力与向度：政治的、战争的、民族的、哲学的乃至于病学研究，而最易为人忽略的是从审美标准看文学。误解与偏见掩盖了文学的本来面目。"（王一川）

6. 外国文学，以欧美西方与日本为主，诺贝尔文学奖为引领。

路径也是特点，外国文学其实主要是欧美与日本、印度文学。百年诺奖更是导向与路标。

7. 世纪始末，世界范围内的海外移民的华文文学发展与研究。

近30年来，中国大陆、台湾陆续出版了一些海外汉文学作品集，比较系统的有上海古籍出版社出版的"域外汉文小说大系"（包括《越南汉文小说集成》《朝鲜汉文小说集成》《日本汉文小说集成》《传教士汉文小说及其他》）。与此同时，海峡两岸又举办了一系列有关海外汉文学以及域外汉籍的学术研讨会，标志着海外汉文学已日渐得到中国学术界的研究和重视。

——世陈贤茂《海外华文文学的前世、今生与来》（《曹霑工作室》）

2016 - 07 - 27

8. 宗教与东方文学

关注季羡林的研究。印度文学，东南亚文学……

关注东方与西方宗教在文学中的表现与传播及作用。

9. 文学的内缩与互联网的兴起

一些研究只关注文学本身，另一些在做交叉跨界。互联网提供了跨界，跨地区，跨年代研究与创作的便利。

10. 文学关门与开门的思考

文化研究与中国当代文学文化批评建构。随着文化研究在英语文学界的异军突起，西方的中国现当代文学研究也受到一定的影响，但较之英国文学界，汉学所受到的应是积极的影响。

进入 90 年代后期，在全球化的语境下文化研究在整个西方文化理论界又有了新的发展，它经过一段时间的内部分化和整合，基本上可分为这样两种取向：一种是完全脱离传统的文学研究，面向整个大众文化，并且越来越与当代传媒关系密切；另一种取向则是把传统的文学研究的疆界逐渐扩大，使之变得越来越包容和具有跨学科和跨文化的性质。

在当今的文化研究中，考察影视业以及各种传媒现象也被看作是文化研究的一个重要课题。全球化对我们的娱乐生活产生了影响，这主要体现在当代高科技的飞速发展所导致的传播媒体的更新以及全球化时代生活节奏的加快等方面，这相对于文学曾经有过自己黄金时代的电影所受到的挑战就不足为奇了。

在全球化的时代，电影已越来越受到电视和网络的冲击，虽然后二者都属于传播媒介，但它们各自的功能有所不同，它们各自只能满足观众/网民某一方面的需要，却不能彼此取而代之。因此在相当一段时间内，这三种媒体之间的关系并非全然对立，而是互动和互补。如果就其覆盖面和影响而言，首先应数网络，其次是电视，最后才是电影；但就其艺术等级而言，则首先是电影，其次是电视，最后才能数到网络。

——王宁：中国现当代文学研究在西方　苏州大学海外汉学

2017 - 12 - 02

本文是应上海大学中文系研究生院的"比较·互鉴·转换——中国经验与文学阐释"研究生创新论坛征文而急就的。对其中"二十世纪中西文学交流"的议题非常感兴趣,用八天时间,翻看资料,了解个大概,东鳞西爪,把脑中闪现的零星线索,仓促间串起了个"大串烧"。

2019 年 8 月

四、歌曲

名医风范
国巍演唱

徐云芳词曲

1=C 4/4

(3· 3 2 3 | 5 6 5 3 - | 2 1 2 3 5 6 i 7 5 | 6 - - -)

i 6 5 6 6 | i 6 5 6 6 - | 2 2 2 1 2 6 | 5 - - - |
胸怀宇宙宇宙天地， 大自然之精华，
心系天下天下苍生， 传承中华之医药，

2· 3 6 5 | 3 2 3 1 - | 2 2 3 5 6 7 | 6 - - - |
你 凝神运筹组方， 药到病   除。
你 用心经络推拿， 调理气   血。

𝄋
‖: 6· i 7 6 5 6 | 6 - - - | 6· i 7 6 5 3 | 3 - - - |
啊 名 医，   众生呼 唤，
啊 名 医，   百炼成 钢，

3· 3 2 3 | 5 6 5 3 - | 2 1 2 3 5 6 i 7 5 | 6 - - - :‖
无 论达官百 姓， 你都以诚望闻问 切。 D.S.
无 论何时何 地， 你都秉持医者本 色。

结束句
3· 3 2 3 | 5 6 5 3 - | 2 1 2 3 5 6 i 7 5 | 6 - - - |
无 论何时何 地， 你都秉持医者本 色。

2 1 2 3 5 6· i | 7 - 5 | 6 - - - | 6 - - 0 ‖
你都秉持医者本   色。

2005 年作
2021 年修改

感谢罗智勇先生！让这首歌起死回生。并请国巍演唱。一并致谢！

后 记

　　写作，是与自己的对白，是一个人的独舞，是情绪、情感、记忆、想象、思考，在时间与空间里的感应、倾诉与表达。有时骑驴找马，有时天马行空，有时直抒胸臆，有时自我放逐。

　　这本《月上心弦》得以出版，得感谢深圳，感谢盐田，感谢文学，感谢时代！

　　书名取了好多年了。将零零散散的文字归拢在一起，也好多年了。

　　这好多年里，人生与社会，都发生了很大变化。

　　无论如何能得以出版印制成纸质书，总是对写作者最大的安慰。

　　一些文字今天自己读来也惊讶。那时是怎样一种心境呀！每篇文末落款的写作时间，整理时给删了，连同标题下作者名字。再找回来，有的或已不大准确，只是一个大概。

　　生命，其实就是年份中日子，相连接起来的。

　　有文字留下，就没有白活。曾了解过，不少写作者，有这个内在的写作动因。许多写作者，有这个心愿。

　　文学是外遇，像个情人。1991年夏来深圳，之前多在自学汉语言文学。从函授到自考，从大专到本科到研究生，跨越了几个省，渗透了整个青春。当年在军校，开始课余只是漫无目的翻翻书与杂志。后来工作了，八小时之外，就常常捧起高校课本，找些原著来读。一些书，像是个默默的领路人和促膝谈心的朋友，一路相伴。每年春秋两季，一关一关地考，慢慢把自己变成了战友们口中的文青了。或许这弱化了其他能力？文学的潜移默化，渐演变为看世界，看人间的切入与思考方式。

　　后来遇见了营养学与心理学，也是一头扎进去，全力投入。文学置之一边，又常常在难以平息的时分浮现。心理学对文学，有着更深的挖掘、拓展与补充。19世纪心理学诞生以来，二者犹如相互交织，相互渗透的泾渭河流。遇见后，时常流淌在我心中。

医学是婚姻，不得不从一而终，是维持生活基本保障。身在其中，工作与学习，一个天然透视人生百态的窗口。心理学还是医学与文学，一个联通的隐形桥梁。

来深圳后，一个意外开门红，让文学奠定了身在曹营心在汉的隐匿根源。深圳文化中，不安分基因，是否也暗合了文青们的精神指向？当一波又一波文学课堂，如同不断更新的时尚诱惑，让人难以克制的，去占据工余时间。要知道许多当代在文字中读过的作家，有机会听到本人讲创作讲文学，简直就是生命中的盛大节日，不可抵御，欢欣鼓舞！

那些年，每每听课回来，想写的冲动难按，总是兴冲冲地敲起键盘。然而大部头，万把字之后，一次又一次地成了"烂尾楼"，丢在电脑里，辗转在电脑里。夜里写，第二天上班，思路打断，被这事那事耽误与影响，放下来，一段时间后，就找不到最初的萌动了。

而千字文与诗歌，大都一挥而就。顶多熬个夜。不是熬，是奔放的思绪不写不得平静。如此，写作成了自我拯救，自我平复，自我梳理。由此有意无意地寻觅、搜集、观察，来自日常种种撞击过心灵的资讯。

半路出家，外行业余。手法与才情，羞于见人，故而很少投稿。《沙头角文艺》《盐田文艺》，所给予的平台，是我的一种荣幸！从创刊到时光叠成一摞杂志，一路学习与交流，相遇的同行者，就是文学上的参照与路标。

2020-05-24 子夜